Una Notte Morte e Tempestosa

I MISTERI DELLA LIBERIA NEVERMORE, BOOK 1

STEFFANIE HOLMES

ISCRIVITI ALLA NEWSLETTER PER RICEVERE AGGIORNAMENTI

Vuoi una scena bonus gratuita dal punto di vista di Quoth e le regole del negozio di Heathcliff? Se ti iscrivi alla newsletter di Steffanie Holmes riceverai una copia gratuita di *Cabinet of Curiosities:* un compendio di racconti e scene bonus di Steffanie Holmes.

http://www.steffanieholmes.com/newsletteritalian

Ogni settimana, nella mia newsletter, parlo di vere e proprie infestazioni, strani avvenimenti, rovine fatiscenti e fatti inquietanti che ispirano le mie storie. Con la newsletter riceverai anche scene bonus e aggiornamenti esclusivi. Adoro parlare con i miei lettori, quindi unisciti a noi per un po' di spettrale divertimento:)

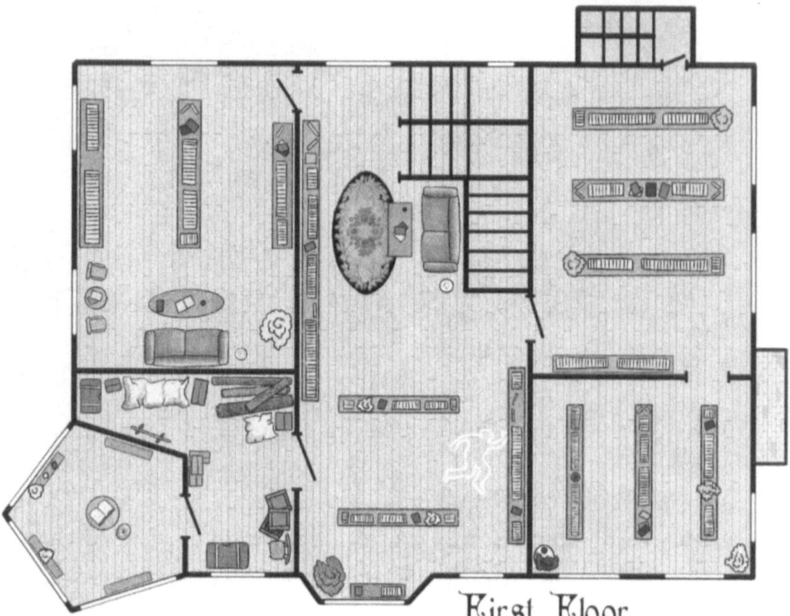

First Floor

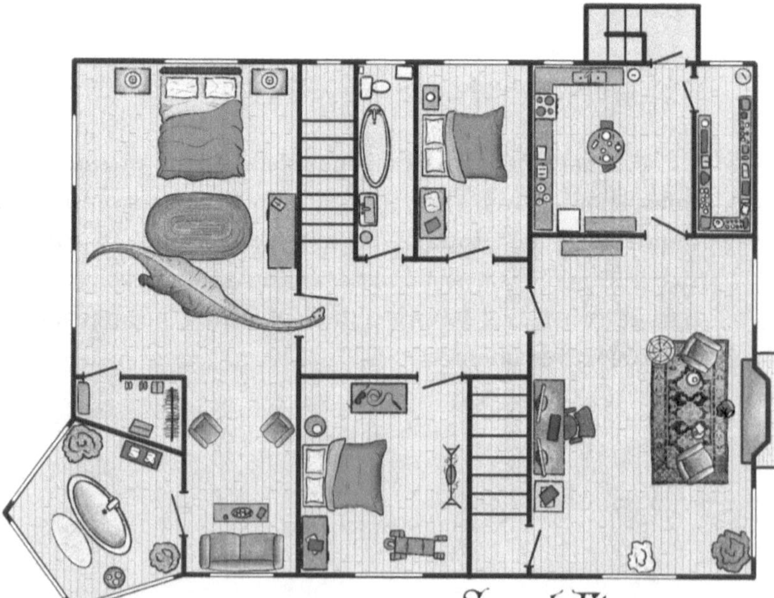

Second Floor

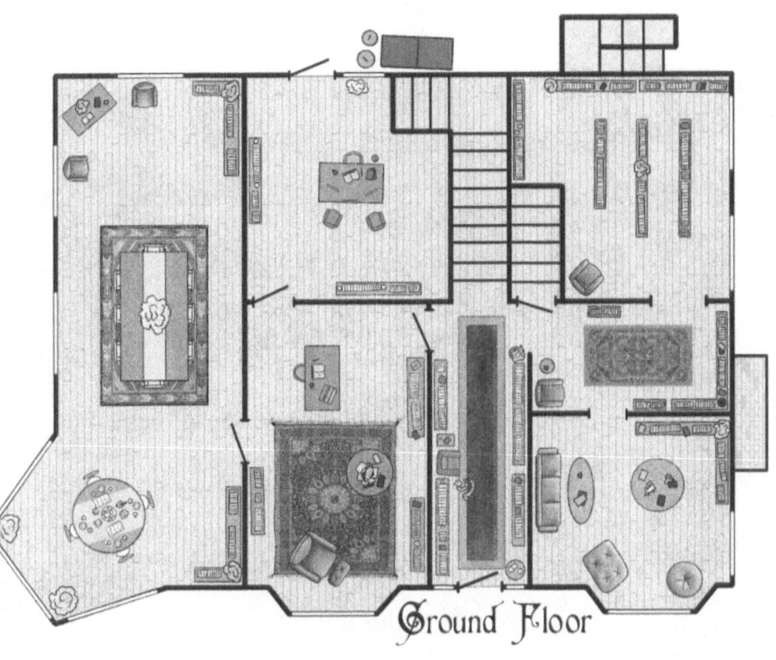

Ground Floor

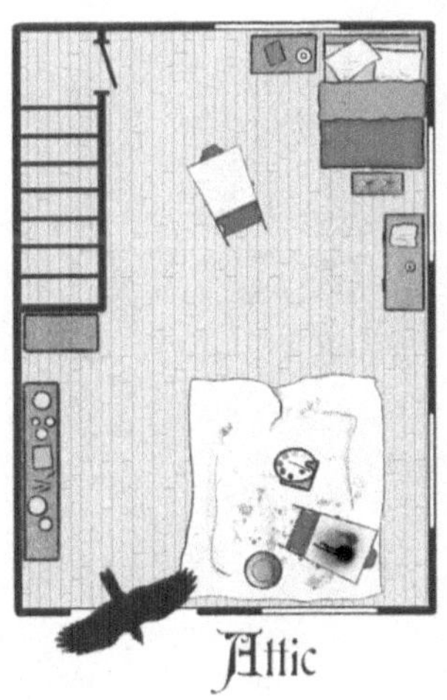

Attic

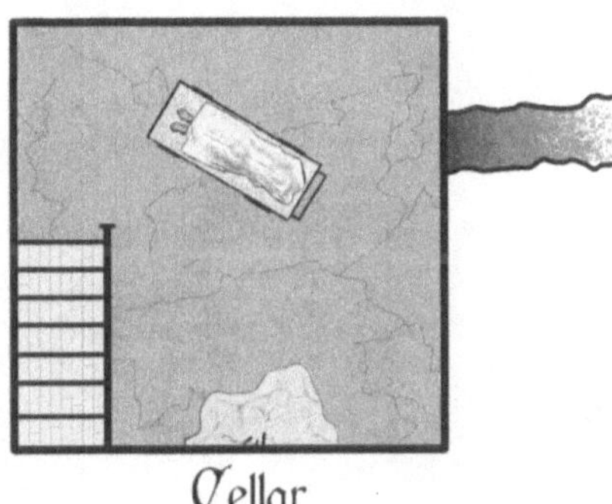

Cellar

A tutti i miei amanti del mondo dei libri,
che mi tengono sveglia la notte.

I

Cercasi: Assistente/sistematore di scaffali/tuttofare generico per libreria di seconda mano. Deve conoscere bene la letteratura classica, detestare i libri elettronici e tutti coloro che li utilizzano, e avere esperienza nel rispondere a domande insensate di clienti per otto ore di fila. Niente allergie a polvere o a gatti: in caso di scelta tra te e il gatto, tu perderesti. Lavoro duro, retribuzione pessima. Presentare la candidatura all'interno della Libreria Nevermore.

Accidenti. Chiusi l'app della comunità locale e mi infilai il telefono in tasca. *In realtà chi ha scritto quell'annuncio non vuole affatto assumere un assistente.*

Sfortunatamente, non avevano tenuto conto di me, Wilhelmina Wilde, stilista fallita di recente, proprietaria di due occhi malconci, nonché patetico avanzo di essere umano. Avrei ottenuto quel lavoro di assistente, che quello Scrittore-di-Annunci-Tirchio-Brontolone-e-Ossessionato-dai-Gatti mi volesse o meno.

Non avevo alternative.

Scrutai l'imponente facciata vittoriana in mattoni della Libreria Nevermore, al numero 221 di Butcher Street, Argleton, con un misto di nostalgia e timore. Avevo trascorso gran parte della mia infanzia in un angolo buio di quel negozio e ora, se mi fossi giocata bene le mie carte, sarei riuscita a vederlo stando dall'altro lato del bancone. Era l'unica luce nel mio buio mondo di merda.

Non ricordavo che avesse un aspetto così... inquietante.

A parte la scritta sbiadita *Libreria Nevermore* in caratteri gotici sopra l'ingresso, l'esterno dell'edificio non lasciava intendere che mi trovassi di fronte a una delle più grandi librerie di seconda mano di tutta l'Inghilterra. La facciata di una sgangherata casa georgiana con aggiunte vittoriane si ergeva per quattro piani dalla strada, più simile a un inquietante orfanotrofio di un romanzo gotico che a un deposito di libri di pregio. Gli alberi piegavano gli spogli rami sulle finestre oscurate e il glicine si arrampicava sui mattoni sudici, avvolgendo l'edificio in uno spesso rivestimento di fogliame. Ragnatele si tendevano all'interno delle grate e ricoprivano i davanzali. All'interno non sembrava esserci nessuna luce.

Le erbacce soffocavano i due vasi di fiori ai lati della porta. Un tempo smaltati di un blu brillante, erano ora macchiati di striature marrone e bianche prodotte da uccelli troppo presenti. Un piccione tubava sinistro dalla grondaia sopra la porta, minacciando di scaricare qualcosa di indesiderato. Come due occhi maligni, gli abbaini gemelli nel sottotetto guardavano la stradina acciottolata, e un basso balcone nero in ferro battuto al secondo piano faceva da dentiera. Una torretta esagonale sporgeva dall'angolo sud-occidentale, dove un tempo forse batteva il sole, prima che Butcher Street le si sviluppasse intorno.

Quando ci andavo da bambina, i primi due piani erano del negozio: un labirinto di corridoi stretti e di stanze anguste, con pareti e tavoli pieni di libri. Il precedente proprietario, un bonario vecchietto cieco di nome signor Simson, viveva negli altri due piani, ma per quanto ne sapevo, il nuovo proprietario usava quello spazio come fumeria d'oppio o affumicatoio di carne.

Per fortuna il pallido sole inglese faceva capolino tra le nuvole grigie, e ciò significava che potevo distinguere i dettagli più fini della facciata. Gli edifici ai lati erano avvolti da quella strisciante ombra nera che ormai mi seguiva ovunque. Strizzai gli occhi per osservare la lavagna che faceva da insegna sulla strada, sperando di trovare qualche indizio sulla personalità del nuovo proprietario, ma c'erano solo strane linee che sembravano zampe di gallina.

Questo posto è ancora più squallido di quanto ricordassi. Avrebbe bisogno di un po' di cure amorevoli.

Come me. Strizzai l'occhio al riflesso nella vetrina buia, ma riuscivo a malapena a distinguere la sagoma del mio corpo. Almeno sapevo che quando ero uscita di casa avevo un aspetto fiero, con la mia gonna a pieghe di Vivienne Westwood (comprata su eBay per venticinque sterline), la camicia vintage con le ruches, la cravatta da uomo presa in un bizzarro negozio gothic al mercato di Camden e il blazer della mia vecchia scuola con una spilla smaltata sul colletto che diceva: "Jane Austen è la mia amica del cuore." Con le mie scarpe da ginnastica preferite e un paio di occhiali dalla montatura spessa, avevo il look perfetto da "bibliotecaria stronza."

Cioè, se si ignorava il fatto che a causa dell'oscurità strisciante che mi invadeva i margini del campo visivo avevo dovuto appiccicare il naso al vetro per vedermi riflessa, e spostare la testa per vedere bene i dettagli del mio abbigliamento.

Vi prego, Iside e Astarte e qualsiasi altra dea in ascolto, fatemi ottenere questo lavoro. Non posso sopportare altri rifiuti.

Mi lisciai i capelli, presi un respiro, spinsi la porta cigolante del negozio e feci un passo indietro nel tempo.

Mentre il campanello del negozio tintinnava e l'odore di carta ammuffita mi riempiva le narici, tornai ad avere nove anni: la bizzarra bambina emarginata la cui madre era stata bandita dagli eventi scolastici dopo che aveva truffato il presidente dell'associazione genitori-insegnanti con un programma di mastermind Forex trading, che in realtà era solo un CD-ROM con lei che paragonava il trading di valuta al processo di fare il bucato (in fondo, era colpa sua se era stato truffato: chi li usava più i CD?).

Appena suonava la campanella della scuola, io mi precipitavo in centro, entravo da questa stessa porta e mi rifugiavo in un altro mondo. Mi accoccolavo sulla poltrona di pelle scricchiolante nella saletta di Storia del Mondo con un'enorme scaffale pieno di libri e leggevo finché mia madre non finiva il turno e veniva a prendermi. I libri divennero i miei amici: personaggi come Jane Eyre e Dorian Grey erano i perfetti sostituti di quei ragazzi che mi trattavano in modo terribile. Quando diventai più grande a scuola venivo derisa da quei ragazzi che invece corteggiavano la mia migliore amica, così continuai a tuffarmi nei libri, per innamorarmi di ragazzi cattivi, intelligenti e pieni di rabbia, desiderio e dolore. Quelli su cui nessuno avrebbe scommesso. Adoravo gli antieroi come Heathcliff e Sherlock Holmes, e scoprii che autori malinconici come Edgar Allan Poe parlavano direttamente alla mia anima.

Il signor Simson mi rivolgeva a malapena la parola, ma sembrava che non gli importasse che io leggessi tutti i libri del suo negozio senza potermi permettere di comperarne nemmeno uno. A volte mi lasciava persino frugare nelle scatole degli scarti prima che venissero mandati al macero. La gente entrava nel negozio e cercava di vendere al signor Simson montagne di libri da aeroporto: tascabili di James Patterson e John Grisham che nessuno voleva di seconda mano. Se rifiutava la loro generosa offerta, loro tornavano di notte e infilavano i volumi uno per uno nella fessura per la posta, così il signor Simson ne aveva sempre delle pile in giro. Io li portavo di nascosto a casa, nel nostro quartiere popolare (se mia madre mi sorprendeva a leggere, mi faceva la predica su come agli uomini non piacessero le ragazze intelligenti e litigavamo di brutto) e li leggevo di notte sotto le coperte oppure nascondendoli tra i libri di testo durante le lezioni.

Fu nella Libreria Nevermore che scoprii per la prima volta la musica punk. Avevo trovato una scatola di riviste malconce del 1970 nella sezione Musica di Successo e mi ero persa tra le fotografie sbiadite di adolescenti annoiati con creste di capelli sbiancati. Nessuno di loro si sentiva nell'ambiente giusto, e non gliene fregava un cazzo. Ero innamorata.

La Mina teenager si buttò nella musica e nella moda punk, comprò una macchina da cucire di seconda mano e iniziò a cucirsi i vestiti da sola. La moda divenne un modo per esprimere me stessa, e mi si aprì un mondo più grande, più luminoso e più divertente del posto dove vivevamo, della mia scuola di merda, della mia mancanza di tette e della cittadina di Argleton.

Quando non si hanno amici e si ha a disposizione un'intera libreria per le proprie ricerche, si fanno un sacco di compiti. Alla fine del mio ultimo anno di scuola secondaria, mi furono offerte quattro borse di studio per altrettante università prestigiose. Ma c'era solo una cosa che volevo: diventare una stilista punk-rock. La futura Vivienne Westwood, tante grazie. Così, quando ottenni un posto al famoso Fashion Institute di New York, impacchettai anfibi e macchina da cucire e mi lasciai definitivamente alle spalle Argleton.

O almeno, questo era ciò che avevo pensato.

Ho così vissuto a New York per quattro gloriosi anni, rompendomi il culo a forza di lavorare, facendo baldoria con la mia migliore amica Ashley e imparando tutto ciò che c'era da imparare sull'industria della moda. L'anno scorso ho terminato gli studi e ho preso parte insieme con Ashley allo stesso stage di un anno presso Marcus Ribald, il nostro stilista preferito di sempre dopo Vivienne.

Tutto è iniziato a cambiare quando notai una leggera sfocatura con la coda dell'occhio e per tre giorni di fila caddi dalle scale. Prendevo la tazza del caffè e la facevo cadere, oppure firmavo un documento senza riuscire a scrivere sulla riga. Pensavo che non fosse niente, ma era come vivere costantemente con i postumi di una sbornia. Mi tenevo in piedi con caffè e hot dog scontati perché scaduti il giorno prima e avevo immaginato che fosse quella la causa dei mal di testa martellanti che mi trafiggevano giorno e notte. Ma continuavo a insistere a lavorare, a bere. Stavo vivendo un sogno. Niente poteva fermarmi.

Sbagliato. È bastata una fastidiosa visita medica. E il tradimento di Ashley.

Addio tirocinio. Addio, schifoso appartamento infestato dai topi che segretamente amavo. È stato bello conoscervi, sogni di un futuro in cui avrei vestito le celebrità per il red carpet. Ora ero di nuovo ad Argleton, dormivo nella mia vecchia e squallida stanza e mi agitavo per un colloquio di lavoro come cazzo di *tuttofare generica*.

Mi addentrai nel cupo negozio. Nell'ingresso fiancheggiato da alti scaffali pieni di libri, appoggiai lo stivale su una spessa moquette. Una piccola fila di roditori imbalsamati mi scrutava da piccoli scudi di legno inchiodati lungo le modanature. *Quelli non li ricordavo*. Il nuovo proprietario aveva sicuramente un gusto bizzarro per l'arredamento. E aveva scritto un annuncio di lavoro davvero acido...

Feci scorrere le dita lungo i dorsi dei libri, muovendomi con cautela per evitare di inciampare nelle pile di tascabili di cui era disseminato il pavimento. Muffa, naftalina, cuoio e carta vecchia mi accarezzavano le narici. L'aria praticamente *trasudava* libri.

«C'è qualcuno?» chiesi tossendo, con la polvere che mi solleticava la gola. *Questo posto è sempre stato così polveroso?*

Ciao, bellezza, gracchiò una voce dietro di me. Mi voltai di scatto, pronta a rispondere per le rime. Ma sulla porta non c'era nessuno. Girai la testa per scrutare gli angoli della stanza, ma non riuscivo a penetrare l'ombra.

Da dove veniva quella voce?

«C'è qualcuno?» ripetei. *La prima cosa che farò se otterrò il lavoro sarà ravvivare un po' questo posto.*

Qualcosa frusciò nell'angolo buio sopra la porta. Alzai lo sguardo. I miei occhi scoprirono la forma di un enorme uccello nero appollaiato in cima alla libreria. All'inizio pensai che fosse impagliato, ma aprì una ampia ala e me la sbatté in faccia.

«Ahia!» Alzai un braccio e con un gomito urtai una pila di libri, che caddero a terra. Il corvo gracchiò soddisfatto e richiuse le ali.

Che ci fa un corvo qui dentro, nel nome di Astarte? Farà la cacca sui libri. Chissà se si è fatto il nido sul tetto da qualche parte? Dovremo scovarlo, se vogliamo mandarlo via...

«Cra,» commentò il corvo con tono accusatorio, come se avesse sentito i miei pensieri.

«Credo che il posto ti si addica.» Osservai l'uccello mentre mi chinavo a cercare i libri. «Un corvo nella Libreria Nevermore. C'era una volta una mezzanotte uggiosa...»

«Cra.» Gli occhi gialli del corvo rilucevano. Qualcosa in quel gracchiare suonava come un avvertimento.

«Va bene. Va bene. Non sono venuta qui per citare poesie a un uccello.» Mi alzai in piedi e mi massaggiai il gomito che mi doleva. «Voglio parlare con il capo. Sai dove posso trovarlo?»

Come se avesse capito la domanda, il corvo scese dallo scaffale, mi superò in picchiata e volò dietro l'angolo, scomparendo al di là di un arco sulla sinistra. Lo seguii in quello che un tempo era un salotto e che ora era un'accozzaglia di scaffali spaiati e di mobili da rigattiere. Al centro della stanza c'erano due pesanti tavoli di quercia, uno con un grande mappamondo e l'altro con un armadillo imbalsamato. I libri formavano pile così alte che sembrava che l'armadillo si stesse costruendo un muro di confine. Vecchie poltrone da cinema e poltrone a sacco formavano un'area di lettura sotto la finestra, e la grande scrivania da avvocato che era servita come bancone del signor Simson occupava ancora il posto d'onore accanto al grande camino, anche se la targa d'ottone sulla parte anteriore ora recitava "Signor Earnshaw".

Il corvo mi svolazzò intorno e si appollaiò sulla lampada da tavolo, picchiettando gli artigli contro il metallo. Mi ci vollero alcuni istanti per individuare un uomo ingobbito alla scrivania: i capelli scuri e mossi che gli ricadevano sulle spalle ne oscuravano il volto, e i vestiti neri si confondevano con il legno alle sue spalle.

«Siamo chiusi.» Una voce burbera rimbombò da sotto la capigliatura.

«Però l'insegna dice aperto.»

«Beh, girala quando esci.» La voce riuscì a sembrare esasperata e disinteressata allo stesso tempo.

«Ehm, certo. Il signor Earnshaw, vero?» Salutai con un cenno della mano. Lui non alzò nemmeno lo sguardo dal giornale. «Ho visto l'annuncio di lavoro che avete pubblicato sulla app di Argleton e volevo...»

«App?» Alzò di scatto la testa. Occhi di fuoco nero mi guardavano con sospetto da sotto un paio di folte sopracciglia, incastonate in un viso dalla pelle scura, di una bellezza così straordinaria che mi mancò il respiro.

Il nuovo proprietario era più giovane di quanto mi aspettassi (il signor Simson era un uomo anziano anche quando ero una ragazzina) e troppo bello per lavorare in una libreria. I suoi lineamenti esotici e gli zigomi pronunciati sarebbero stati bene sulla copertina di una rivista di moda. L'inclinazione provocatoria del mento e le labbra altezzose serrate in una linea sottile nascondevano la tempesta che gli infuriava dentro.

Ondate di pericolo emanavano dalla sua persona. Pericolo... e desiderio.

Robusti muscoli tiravano le cuciture della camicia. Aveva le maniche arrotolate fino ai gomiti e su un avambraccio nerboruto aveva il tatuaggio di un albero spoglio e nodoso, con alcune parole in corsivo.

Per quanto un Adone, quel signor Earnshaw aveva anche l'aspetto di un vero stronzo. Arricciò il naso perfettamente scolpito e le labbra si tesero in un ghigno. «Che diavolo è una app?»

Che razza di domanda è? «Ehm... sa, un'applicazione per il telefono, così si possono sapere gli orari dell'autobus o parlare con gli amici, o...»

«Non parlarmi di telefoni,» scattò Earnshaw. «La gente passa troppo tempo al telefono.»

Giusto. Avevo dimenticato la parte dell'annuncio in cui parlava dell'odio per gli e-book. *Questo tizio deve essere uno di quei tipi strani che hanno la fobia della tecnologia.* «Oh, sono d'accordo. Voglio dire, i telefoni si dovrebbero usare solo per chiamare le persone. E per controllare i social media. E basta. Io non lo userei mai per leggere,» sbottai, infilandomi il cellulare dietro la schiena. «Voglio dire, gli studi hanno dimostrato che a lungo termine può causare danni alla vista e...»

«Poi continuare a parlare quanto ti pare, ma siamo sempre chiusi. Cos'è che vuoi?»

«Fare domanda per il posto di assistente.» Cercai nella borsa la busta che avevo accuratamente sigillato, cercando di evitare di mostrargli per sbaglio l'e-reader nascosto dietro l'astuccio per il trucco. «Ho qui il mio curriculum con tutte le mie qualifiche e...»

«Non mi serve. Se vuoi il lavoro, dimmi perché dovrei assumerti.»

«Giusto, beh...» Era il colloquio più strano che avessi mai sostenuto. Gli occhi di Earnshaw mi trafissero, riducendomi le budella in poltiglia. Aprii la bocca, ma lui sbatté le palpebre. Le lunghe ciglia nere gli si abbassarono sugli occhi, degli enormi buchi neri che si mangiavano interi universi a colazione. Un brivido mi partì dalla base del collo e mi scese lungo la spina dorsale, fermandosi solo quando arrivò ad accarezzarmi in mezzo alle gambe.

Ora desideravo quel lavoro più che mai, solo per stare a fissare quell'esemplare tutto il giorno. Accidenti, ho sempre avuto un debole per i ragazzacci burberi. Davo la colpa a Emily Brontë. Il brutale e indomabile Heathcliff mi aveva rovinata.

«Se la tua risposta è stare a guardarmi a bocca aperta come un'ameba bavosa,» ringhiò, «allora puoi prendere il lavoro e ficcartelo dove non batte il sole...»

«Non è la mia risposta.» Mi sentii le guance in fiamme. *Ma chi è questo tizio? Adone o no, come fa a parlare così a clienti e potenziali dipendenti? Non c'è da stupirsi che il posto sia deserto.* «Stavo solo raccogliendo i miei pensieri. Dovrebbe assumermi perché sono una gran lavoratrice. Sono puntuale. Ho esperienza nella vendita al dettaglio, nonché competenze nel campo del design, quindi posso occuparmi della grafica e delle vetrine...»

«Non mi interessa. Perché vuoi lavorare *qui*? Nessuno vuole lavorare qui. Era *questo* il senso dell'annuncio.»

Io mi ruppi la testa per trovare una risposta a quella domanda. *Cosa vuole da me?* «Ehm... credo sia perché da bambina frequentavo sempre questa libreria. So dove vanno tutti i libri e ho aiutato personalmente il signor Simson a sistemare il registratore di cassa in almeno due occasioni.» Indicai l'antico marchingegno che il corvo stava sbecchettando.

Earnshaw mi guardò, con gli occhi che mi scorrevano sul viso come se cercassero qualcosa. Non disse nulla. Il silenzio tra noi si protrasse fino a quando anche il corvo si stufò di cercare vermi nella macchinetta delle carte di credito e mi fissò.

Sta aspettando altro?

«E... beh, ho ogni sorta di abilità utile.» Cercai di trovare qualcosa che potesse rendermi simpatica a quell'uomo dal mento forte. «Ho un diploma in moda, e quello probabilmente non sarà utile. Però sono una millennial, quindi posso occuparmi dei social media del negozio. Potrei creare un sito web...»

Lo vedi, vero? disse quella strana voce. *È ovvio. È lei quella di cui ti ha parlato.*

Heathcliff grugnì. Io lo guardai stringendo gli occhi. *L'ha sentito anche lui?*

Tu assumila e basta, disse ancora quella voce. *È carina.*

«Ehi!» Mi guardai alle spalle, cercando il proprietario della voce per dargli un calcio nelle palle. Ma nella stanza non c'era nessun altro.

Era Earnshaw? Ma la voce non sembrava la sua e, a giudicare dal modo in cui mi fissava, già pensava che fossi pazza. *Forse lui non l'aveva sentita?*

Inoltre, la voce sembrava quasi provenire *dalla mia testa*.

Per favore, non ditemi che, oltre a tutto il resto, ho anche allucinazioni sonore.

Mi piace. Scommetto che mi porterà dei dolcetti. Bacche, salmone affumicato, forse anche un uovo sodo.

Sbirciai di nuovo dietro di me. *Si stanno nascondendo nel corridoio? Dietro la poltrona a sacco?* «Chi è?»

Earnshaw alzò di scatto la testa. «Con chi stai parlando?»

«Non ha sentito? Qualcuno che blaterava di salmone e uova.»

Gli occhi di Earnshaw si assottigliarono. Allungò una mano enorme e afferrò il becco del corvo. «Non hai lasciato la porta aperta, vero? Dovremmo essere *chiusi*.»

«No. Io...» Mi ingobbii. *Chi sto prendendo in giro? Non c'è speranza.* «Credo che ora me ne andrò. Grazie per il suo tempo e...»

«Inizi domani,» sbottò Earnshaw. «Apriamo alle nove. Sii qui alle otto e mezza, ma non far entrare nessun altro. Se sei in ritardo, il tuo primo stipendio se lo prende l'uccello.»

2

«Tesoro,» sussurrò una voce appena spalancai la porta d'ingresso, con una nota crescente di eccitazione. «Sei a casa! Vieni ad aiutarmi.»

Il tono di mia madre mi fece sprofondare lo stomaco. *Conoscevo* quel tono. Era del tipo "ho scoperto il segreto per fare soldi al di là dei miei sogni più sfrenati", altrimenti noto come l'inizio di un altro dei suoi piani fallimentari per fare soldi a palate.

Mia madre era ossessionata dall'idea di diventare ricca. Se anche lo fosse diventata, non credo che lo sarebbe rimasta a lungo, perché era totalmente incapace con i soldi, però non ne avevamo mai avuti, così non potemmo mai verificare la mia teoria. Per tutta la mia vita abbiamo vissuto a tanto così dall'essere cacciati, mentre lei passava da un progetto all'altro, convinta che ogni volta avrebbe guadagnato milioni. Miscele per frullati, vitamine, frullatori troppo complicati, presepi illuminati, unghie finte: mia madre le aveva provate tutte, e ogni avventura l'ha sempre spinta a indebitarsi sempre di più. Quando non vendeva inutili schifezze ai poveri abitanti di Argleton, si guadagnava da vivere come medium e lettrice di tarocchi in un negozio locale di cristalli e stregoneria. Non aveva un briciolo di precognizione (come provato dalla sua incapacità di prevedere il fallimento delle sue imprese, nonostante non ci fossero dubbi in merito), ma aveva studiato le sorelle Fox e Mina Crandon, quindi conosceva ogni sorta di trucco.

Quando le dissi che avevo deciso di rinunciare alla borsa di studio a Oxford per frequentare la scuola di moda a New York, mi aveva abbracciata dicendomi che non ero mai stata più figlia sua di così. «Non volevo dovertelo dire, tesoro, ma non esiste un professore ricco. Quando sarai la futura Vivienne Westwood, io vorrò il posto accanto a Edward Woodward sul tappeto rosso.»

«Edward Woodward è morto, mamma.»

«Oh, sono sicura che troverai una soluzione, tesoro.» E si era lanciata in una complessa descrizione dell'abito che voleva che le disegnassi per il matrimonio con Edward Woodward. Mia madre era così, immersa nel suo mondo di fantasia. Eravamo simili, in questo senso.

In quel momento stava trascinando un'enorme pedana metallica nel nostro angusto soggiorno. «Dobbiamo tirare fuori il resto di queste cose dall'auto.»

«Che cos'è?»

«È una macchina a piastre elettriche,» mi spiegò con un sorriso, mentre lasciava cadere la pedana a terra con un tonfo. «I cosmonauti russi le usano per allenarsi ai rigori dello spazio. Non è incredibile? Se ci stai sopra, la ciccia sparisce a forza di vibrazioni. Guarda.»

Con mio orrore, si tolse il maglione e salì sulla pedana, dopo averla collegata alla presa di corrente. L'apparecchio prese vita, facendole vibrare tutto il corpo, così che la pancia le sembrava una foto venuta male, cosa che non avrei mai voluto dire di mia madre.

«Sta fa-facendo lavorare tutti i mu-muscoli del mio co-

corpo,» sentenziò. «E aumenta la circolazione e la forza mu-muscolare e stimola il co-collagene. E guarda, se faccio così...» si accovacciò e si piegò in avanti in modo che il suo peso fosse sopra le ginocchia. «La mia pa-pancia lavora ancora di più.»

«Mamma!» Mi voltai dall'altra parte. La vista del suo ventre ballonzolante avrebbe tormentato i miei sogni quella notte. «Sai almeno cosa significa stimolare il collagene?»

«Sei proprio una guastafeste.» Scese dall'apparecchio e girò l'interruttore. «Ho appena bruciato ventidue calorie. Questo significa che posso mangiare una fetta di torta per dessert. Ho altre venti macchine così in macchina. Non è una genialata?»

«Perché hai venti piastre oscillanti in macchina?» chiesi con timore, conoscendo già la risposta.

«È la mia nuova attività, naturalmente!» Mi spinse verso la porta con un sorriso. «So che stai facendo una smorfia, Mina, ma ascoltami bene. Questa sarà *diversa*. Sarà decisamente migliore di tutto ciò che ho provato prima, perché posso *diversificare*. Posso avere *più fonti di reddito*. Oltre a vendere le piastre elettriche, terrò corsi, venderò integratori per l'allenamento, video di esercizi, e miscele di frullati.»

«Basta con i frullati,» gemetti, con lo stomaco che si contorceva al ricordo dell'ultimo tentativo di ma madre: le cosiddette miscele di frullati salutari con sapori come "broccoli, tarassaco e mirtilli" e "tè verde, asparagi e pepe di Cayenna".

I ridicoli progetti di mia madre non sarebbero stati così male se non avesse continuato a impormeli. Un frullato di tè verde, asparagi e pepe di cayenna è al limite dell'abuso di minori.

Sotto la tettoia, la minuscola Fiat di mia madre era piegata in due per il peso degli apparecchi oscillanti. Nuvole grigie si addensavano all'orizzonte, avvolgendo il quartiere in una foschia grigia e tetra. Aprii il bagagliaio e tirai fuori una piastra, con i muscoli che mi si tendevano sotto il peso.

Dall'altra parte della strada, gli spacciatori ci scrutavano da dietro le tende.

Trascinai in casa cinque apparecchi e li accatastai in un angolo del soggiorno, accanto a cinque scatole di vestiti per bambini lasciati dall'attività della Baby-Mobile. Mia madre riuscì a portarne dentro due prima di essere presa da un misterioso attacco di tosse e chiudersi in bagno. Ero tentata di lasciare il resto in macchina perché finisse lei, ma ero di buon umore per il lavoro in libreria e così li portai dentro tutti.

Lei si ripresentò proprio nel momento in cui stavo appoggiando l'ultima scatola in cima a una pila in equilibrio precario. «Vedi? Funzionerà, Mina. Queste piastre elettriche saranno il biglietto per i nostri sogni, me lo sento.»

«Ora però non possiamo vedere la televisione,» le feci notare.

«Sarà solo per stasera, tesoro. Domani le venderò tutte e avremo abbastanza soldi per una televisione molto grande.» Mi mise un braccio intorno alle spalle doloranti e mi portò in cucina, mentre il disturbo che aveva minacciato di farla morire era ormai scomparso senza lasciare traccia. «Tè?»

«Pensavo che non me l'avresti mai chiesto.» Nel nostro angusto cucinino, misi a scaldare il bollitore e lei prese fuori tazze, latte e bustine di tè.

«Com'è andata in libreria?»

«Ho ottenuto il lavoro,» dissi raggiante. «Inizio domani.»

Mia madre scosse la testa. Non condivideva il mio entusiasmo per le vecchie librerie o per i redditi stabili. «Non preoccuparti, tesoro, non dovrai lavorare a lungo in quell'orribile posto. Non appena avrò venduto questi apparecchi e avrò assunto dieci venditori, sarò in grado di mantenere entrambe nel modo favoloso che ci meritiamo. A quel punto non avrà più importanza quando tu andrai...»

«Non dire quella parola. Non voglio parlarne.»

«Lo so, tesoro, ma...»

«Tu sai qualcosa del proprietario della libreria, il signor Earnshaw?» La interruppi mentre mi chinavo davanti al frigorifero per vedere se c'era del vino o del sidro. Riflettendoci, il tè non sarebbe bastato quella sera: avevo bisogno di alcol per cancellare il ricordo del ventre ballonzolante di mia madre.

«Quel gitano scorbutico? Pensavo che avesse già lasciato la città. Oh, Mina. Non puoi lavorare per lui.»

«Non dovresti chiamarlo così, mamma.»

«Bah, sono tutte sciocchezze da computer.» Mia madre era della generazione che richiedeva agli altri di tollerare i propri insulti razziali in nome della Grande Tradizione Culturale Inglese. «È un gitano, con quella pelle scura e quegli occhi maligni. Ho sentito dire che è un lontano cugino del signor Simson È venuto dal Nord quando il signor Simson è andato in pensione, ma non sembra sapere nulla di come si gestisce una libreria. O qualsiasi altro tipo di negozio. Non sa nulla di *diversificazione* o di *flussi di reddito multipli*. La settimana scorsa c'è stato il mercatino di Natale in città e lui non ha appeso nemmeno una decorazione! Debbie Fisher gli ha chiesto di gestire una bancarella in occasione della raccolta fondi per il rifugio degli animali e lui l'ha guardata male! Un uomo come lui non dovrebbe essere così torvo.»

«Ha uno sguardo cattivo,» concordai, ripensando con un misto di trepidazione e desiderio agli occhi del mio nuovo capo che fissavano i miei.

«Se insisti a lavorare per lui, forse puoi convincerlo a ripulire un po' quel posto. Qualche bella vetrina e magari una postazione per i miei apparecchi oscillanti in un angolo?» Mia madre mi guardò speranzosa mentre versava il tè.

«Non sembra il tipo di persona che accoglie a braccia aperte i cambiamenti, ma farò del mio meglio.» Assaggiai il tè. Perfetto, con la giusta quantità di latte e una piccola spolverata di zucchero. Per quanto mi facesse impazzire a volte (okay, sempre), lei sapeva quali erano le cose importanti della vita.

Mia madre si allungò verso di me e strofinò le sue dita sulle mie. Sulla pelle aveva rughe che sembravano catene montuose e gli occhi avevano un taglio triste. Mi sentii il petto oppresso da un senso di colpa. Era mia madre che invecchiava o era tutto quello che le avevo fatto passare negli ultimi mesi che l'aveva fatta appassire prematuramente?

Al di là della sua testa fissai la torre di scatole di un'azienda di cosmetici impilate in un angolo della cucina. Erano piene di miracolosi trattamenti anti-invecchiamento che l'avrebbero aiutata a riportare indietro l'orologio. Oh, se avessi potuto io riportare indietro l'orologio della mia vita.

«Come ho detto, non voglio parlarne.» Mi costrinsi a sorridere. «Sto bene. Vado avanti con la mia vita.»

Lei sembrò poco convinta. Doveva sapere che non le stavo raccontando tutta la verità. Sapeva della diagnosi, naturalmente. Avevo pianto abbastanza con lei al telefono. Ma per quanto ne sapeva, avevo lasciato il tirocinio al termine del tempo previsto ed ero tornata ad Argleton per godermi un po' di cucina casalinga mentre pensavo alla mia prossima mossa.

«Ho letto le carte per te.» Mia madre tirò fuori dalla tasca un mazzo di tarocchi e sparse le carte sul tavolo. «Ogni volta vedo lo stesso risultato. Stai scappando dal passato per finire dritta nei guai.»

«Tu non credi ai tarocchi, mamma. Davvero, sto bene.» Finii il tè, appoggiai la tazza nel lavandino e aprii la bottiglia di sidro. «Cosa facciamo per cena? Pensavo del formaggio alla piastra. O takeaway indiano in fondo alla strada?»

«Vada per il formaggio. Ho speso tutto per gli apparecchi miracolosi...» Mia madre prese il pane dalla credenza e io presi il formaggio e un pomodoro. Iniziai ad affettare il formaggio, ma lei mi fermò con un cenno. «Vai a sederti, tesoro. Preparo io. Pensa che tra non molto potremo assumere uno chef.»

«Certo, mamma.» Sorseggiai il mio sidro.

Lei si rabbuiò. «Sei così triste, Mina. Non sembri entusiasta della mia attività. Ah, so cosa ti tirerà su di morale. Non posso credere di essermi dimenticata di dirti che ho visto Helen Greer all'ufficio postale, mentre stavo prendendo le piastre elettriche, e mi ha detto che Ashley verrà a trovarla e rimarrà fino a Natale.»

Mi bloccai, con la tazza sospesa a mezz'aria. *Ashley.*

«Non è bello, Mina? Potrete stare insieme, come sempre.»

No. Non può essere. Non posso avere a che fare con la mia ex migliore amica. Non con tutto quello che sta succedendo. Non dopo che...

Mi appoggiai alla sedia e mi rovesciai in gola l'intera bottiglia di sidro, senza fermarmi quando le bollicine mi salirono nel naso. Mi alzai in piedi, spingendo la sedia all'indietro con tanta forza da mandarla a sbattere contro le scatole. «Mi sono appena ricordata che devo... fare pratica di occhiatacce allo specchio. Il signor Earnshaw ha detto che è meglio che mi adegui al linguaggio della libreria.»

«Mina...»

«Chiamami quando è pronta la cena. A dopo, mamma!» Mi precipitai in camera mia, accesi lo stereo a tutto volume e mi sbattei la porta alle spalle. Appoggiata allo stipite, crollai in ginocchio, lasciandomi investire dai lamenti rabbiosi di Sid Vicious, mentre mi asciugavo le lacrime che mi scendevano sulle guance.

Mi sono trasferita dall'altra parte del mondo per allontanarmi da Ashley, e ora lei è qui. Perché l'universo mi odia così tanto, cazzo?

3

Andrà tutto bene, cercavo di ripetermi, rigirandomi nel letto per cercare di dormire. *Argleton è un posto grande. Scommetto che non la vedrò nemmeno.*

Sono forte, mi ripetevo mentre infilavo la cannuccia nel frullato alla fragola QuikFit Pure Plus (quello, almeno, era leggermente commestibile). *Ho affrontato cose ben peggiori nella mia vita: crescere povera e senza un padre, tutti gli anni di bullismo a scuola, mia madre che era... lei, la mia diagnosi, perdere il lavoro con Marcus... Posso affrontare un litigio con Ashley.*

Ashley odia leggere, ricordai a me stessa percorrendo Butcher Street fino alla porta d'ingresso della Nevermore con i miei anfibi vintage preferiti, quelli di vernice rosso ciliegia. *Non le verrà mai in mente di entrare in libreria.*

Controllai l'ora mentre giravo la maniglia della porta. Otto e mezza in punto. Non un minuto prima, non un minuto dopo. *Oggi farò colpo su Earnshaw, imparerà ad apprezzarmi e forse una cosa nella mia vita andrà per il verso giusto...*

La pesante porta non si muoveva. Feci il giro dell'edificio e provai quella sul retro. Anch'essa era chiusa a chiave. Tornai davanti e bussai.

«Volete fare piano là fuori?» gridò una voce stridula dall'altra parte della strada.

«Buongiorno, signora Ellis,» risposi alla donna affacciata alla finestra del piano superiore. La signora Ellis era una delle mie insegnanti, quando andavo a scuola. Era una donna gentile, anziana, paffuta, con le guance rosse e che amava tre cose al mondo: l'insegnamento, le torte e i romanzi rosa. In quel momento era affacciata a una finestra, con i capelli azzurrini arrotolati sui bigodini e la sua migliore espressione da "non disturbarmi, ragazza".

«Mina Wilde, sei tu?» Mi scrutò da sotto gli occhiali con la montatura di tartaruga, e i suoi lineamenti severi si ammorbidirono in un ampio sorriso. «Pensavo che ti fossi trasferita.»

«L'ho fatto, signora Ellis, ma sono tornata per un po'. Lavorerò alla libreria...»

«Che bello, cara. Ti prego di ricordare che alcuni di noi sono rimasti alzati fino a tardi per le prove del coro ieri sera.» Fece schioccare la lingua mentre spalancava le persiane. «Non riesco più a reggere il vino della comunione come una volta.»

«Ma piantala, vecchia baldracca senza gambe!» gridò Il signor Pearsons dalla finestra sulla strada.

«Non sono stata io, è stata la ragazza, Wilde,» ribatté la signora Ellis strillando. «Però, cosa vuoi che ne sappia lei di fare baldoria. Ai miei tempi facevamo orge che duravano giorni...»

«Aahh!» Mi battei le mani sulle orecchie.

«E allora, cos'è tutto questo baccano?» chiese il macellaio facendo capolino dalla porta accanto.

«Zitti, zitti, tutti quanti.» Un'altra anta della finestra si aprì di botto.

Io bussai alla porta. «Signor Earnshaw, apra!» *Per favore! Prima che finisca ricoperta di pece e piume in mezzo alla strada, o che sia costretta a sentire altre storie sulla vita sessuale della mia ex insegnante.*

Sul balcone si spalancò una finestra da cui spuntò una testa di riccioli neri indisciplinati. «Non sai leggere il cartello?» tuonò una voce profonda. «Siamo chiusi.»

«Signor Earnshaw, sono io, Mina Wilde. Mi ha assunto ieri. Ha detto che dovevo presentarmi alle otto e mezza in punto, né prima né dopo.»

Sentii un grugnito evasivo. «Bene. Vai a comprare il caffè e nel frattempo io trovo dei pantaloni.»

Cercai di non permettere alla mia mente di correre all'immagine deliziosa del corpo tonico del mio nuovo capo, libero dalla costrizione dei vestiti. Non era il caso di pensare a lui in quel modo, soprattutto quando era così scontroso. Andai alla panetteria di fronte e ordinai due tazze di caffè fumante e un paio di *scone* ancora caldi di forno.

Proprio mentre salivo i gradini, la porta del negozio si aprì di scatto. Nello specchio della porta, al posto di Earnshaw si stagliava un altro bell'esemplare di sesso maschile. Era così alto che dovette chinarsi per passare sotto lo stipite della porta. La camicia bianca fresca di bucato si tendeva sulle spalle larghe e una giacca grigia finemente confezionata sottolineava la sua struttura maestosa, il tipo di muscolatura robusta che viene da un esercizio fisico energico come il ciclismo. Aveva capelli castani tagliati a spazzola e portava con sé una valigetta di pelle per il portatile con una sicurezza che suggeriva che, all'occorrenza, avrebbe potuto usarla per uccidermi. Un paio di occhi azzurri come il ghiaccio mi fissarono, e il sorriso che gli si disegnò sulle labbra era da vero demonio.

Oh, slurp. Il mio stomaco ardeva per qualcosa di diverso dalla colazione. *Potrei mangiarti subito...*

«Non avresti dovuto.» Il tizio tirò fuori di scatto una mano con dita lunghe e prese uno degli scone dal vassoio.

«Ehi, quello era per il signor Earnshaw,» dissi.

«Non ne ha bisogno. Lo zucchero lo rende irritabile.» Il tipo masticò felice, pulendosi con il dorso della mano un baffo di crema dal naso perfetto. «Fidati, ti ho appena salvato da una mattinata di torture. Non c'è bisogno di ringraziarmi. Sono James Moriarty, per servirti. Tutti mi chiamano Morrie.»

Tese una mano. Gliela strinsi e una scarica elettrica mi risalì il braccio e mi arrivò dritta tra le gambe. *Iside, aiutami, quest'uomo dice guai.*

«Ti chiami *James Moriarty*, come il cattivo di Sherlock Holmes?» dissi con una risata. «Non mi stupisce che tutti ti chiamino in un altro modo.»

«Posso assicurarti che l'associazione è una coincidenza. Il personaggio James Moriarty è caduto da una scogliera e, poiché io aborro i grandi spazi aperti, è improbabile che succeda a me. Come è nella natura dei soprannomi, io non ho avuto nessuna scelta. Se l'avessi avuta, avrei fatto in modo che tutti mi chiamassero "Sua Altezza". O forse "Oh, ben dotato".» Mi strizzò l'occhiolino e a me si rovesciò lo stomaco. «Tu devi essere la nuova aiutante. Mi hai fatto vincere una scommessa, quindi mi sei già simpatica.»

«Una scommessa?»

«Sì. È da diversi mesi che tormento Sua Scontrosità Reale perché si trovi un aiutante. Era convinto che nessuno avrebbe voluto lavorare per lui. Ho scommesso cento sterline che se avesse messo un annuncio sull'app, avrebbe trovato almeno un candidato. Lui ha accettato la scommessa a condizione che fosse lui a scrivere l'annuncio e poi glielo caricassi io, visto che non sa cosa sia un'app. Ed eccoti qui, il che ha il suo fascino.» Quegli occhi gelidi mi scrutarono il corpo. «Sei cresciuta qui, ma sei tornata da poco da oltreoceano. Dall'America, se posso osare? Forse New York?»

Io sbiancai. «Come lo sai?» Non avevo detto nulla di tutto ciò al signor Earnshaw.

«È stata una serie di semplici deduzioni. Ti ho sentita parlare con la signora Ellis e, dalle sue parole e dalla sua precedente occupazione di insegnante, ho concluso che dovevate conoscervi da quando eri piccola. Anche se non l'hai urlato per la strada, ho dedotto New York per il lieve accento. Il fatto che sei stata via per un po' è provato dal fatto che tutti qui sanno di non bussare a questa porta prima delle nove, se non vogliono passare guai. Soprattutto se portano il tipo di caffè sbagliato.» Morrie prese uno dei due caffè macchiati sul vassoio. «Lui lo preferisce nero.»

«E tu come fai a saperlo?» Ero rabbiosa. Quei caffè non erano costati poco e i miei fondi stavano per esaurirsi. Non mi aspettavo di dover offrire la colazione anche a uno sconosciuto di passaggio.

«Ah, dovrebbe essere facile per te. Non c'è tempo per parlare. Il gioco è iniziato.» Morrie scese i gradini saltellando con la custodia del portatile che gli sbatteva contro le lunghe gambe. Si guardò alle spalle e mi rivolse ancora una volta quel sorriso malvagio. «Se ti stufi di cercare di strappare una conversazione intelligente al tuo amico *Earnshaw*, vai di sopra e aspettami. Oh, quanto ci divertiremo, signorina...»

«Non andrà di sopra,» sbottò Earnshaw. Scese i gradini a grandi falcate e strappò il resto dello scone dalle mani di Morrie. Io feci per intervenire, ma lui era già scomparso nelle profondità del negozio. «Sarà meglio che entri prima dei prossimi trenta secondi,» urlò dall'altro lato della porta. «O il tuo lavoro lo do all'uccello.»

Morrie alzò le spalle. «È un po' geloso del suo spazio personale. Onestamente, mi sorprende che lasci entrare i clienti nella libreria. Sono il suo coinquilino e a me non permette nemmeno di prepararrgli la cena. Eppure sono un cuoco fantastico.»

«Quindi anche tu vivi al piano di sopra?» chiesi. Le mie dita strinsero la maniglia della porta, consapevole che Earnshaw mi stava aspettando all'interno. Ma il sorriso di Morrie mi teneva inchiodata, le gambe sciolte in una pozza di gelatina. Un brivido delizioso mi corse lungo la schiena quando sentii gli occhi di Morrie vagare di nuovo sul mio corpo. *Spero di poterti vedere molto di più, strana e deliziosa creatura.* «Anche tu lavori nella libreria?»

«Assolutamente improbabile. Io ho un lavoro vero.» Morrie controllò uno smartwatch al polso. «Che probabilmente dovrei raggiungere ora. Ma se vuoi rimango ancora qualche minuto, per assicurarmi che ti faccia davvero toccare i libri.»

«Lo apprezzerei molto,» sorrisi a Morrie. *Questa giornata promette bene.*

Morrie mi accompagnò in panetteria per comperare un altro caffè e uno scone. Quando tornammo alla libreria, mi tenne aperta la porta, facendo un ampio cenno con il braccio in un teatrale gesto di cavalleria. I miei occhi si ambientarono a fatica al buio corridoio. Due forme scure mi sfrecciarono davanti correndo sul tappeto marrone. Le seguii fino alla sala principale. Sul grande tavolo di quercia con sopra un mappamondo c'era un gatto nero con una zampa alzata in segno di sfida, che fissava il lampadario sopra di lui. Il corvo stava appollaiato su uno dei lunghi ed esili bracci, agitando la punta dell'ala appena al di là della portata del gatto.

«Hai già fatto questo gioco, Grimalkin,» mormorò Earnshaw alla gatta, senza spostare lo sguardo dallo schermo del computer. «Hai perso ogni volta. Perché ora dovrebbe essere diverso?»

Posizionai il caffè sulla scrivania. «Spero che le piaccia forte e nero.»

«Come la mia anima,» sospirò lui prendendo la tazza.

Aspettai che Earnshaw mi desse qualche istruzione, ma lui tenne gli occhi incollati sullo schermo mentre sorseggiava il caffè, con la bocca contorta in una smorfia arrabbiata. Morrie costrinse il suo corpo allampanato sulla poltrona a dondolo sotto la finestra. Tirò fuori il telefono dalla tasca e *picchiettò* sullo schermo, ma capii che non stava leggendo. Sentivo il suo sguardo bruciante su di me.

«Allora...» feci dondolare le braccia. «Da dove comincio? Posso togliere le tende oscuranti e sistemare qualche vetrina? Oppure potrei spolverare gli scaffali della...»

«Yeeeeooooow!»

Mi girai appena in tempo per vedere un lampo nero che si infilava dietro gli scaffali di Storia Medievale. Il lampadario oscillò con furia mentre il corvo spiegava le ali in segno di vittoria.

«Cra,» dichiarò il corvo.

«Smettila di torturarla.» Earnshaw lanciò un'occhiataccia all'uccello.

Mi ha strappato due piume della coda, rispose una voce cupa.

Alzai lo sguardo. Era la stessa voce del giorno prima. Non era la voce da scolaretto londinese di Morrie o il dialetto nordico di Earnshaw. Era gutturale, ricca e assolutamente affascinante.

Inoltre, non sembrava avere un proprietario.

«C'è qualcun altro qui?» chiesi.

«Non siamo ancora aperti,» sbottò Earnshaw.

«Ma ho appena sentito una voce che parlava di piume...»

«Oh, mi dispiace,» disse una voce di donna. Mi voltai e vidi un'anziana signora in piedi davanti alla porta, che stringeva tra le mani tremanti una grande borsa di tessuto ricamato. «La porta era aperta. Volevo solo sapere se avete un certo libro. Sono anni che lo cerco in diverse librerie, ma nessuno mi sa aiutare.»

Earnshaw sollevò le sopracciglia guardando verso di me, come per dire: «Vedi?»

Ma... ma non è la stessa voce!

La signora si avvicinò al bancone, tenendo le mani a quindici centimetri di distanza. «Avete questo libro? L'ho letto in un albergo di Londra nel 1984. O nell'83. Non ricordo bene. È grande più o meno così, con la copertina blu, e si intitola qualcosa come *Una Bandiera di idioti...*»

Earnshaw sospirò. Alzò il suo fisico massiccio dalla sedia e si spostò verso lo scaffale dei classici, che occupava un'intera parete della stanza. Tirò fuori una copia di *Una Banda di Idioti* di John Kennedy Toole e gliela mise tra le mani. «È questo?»

«Ehm, beh sì... sì, è lui!» La donna fissò il libro sorpresa.

«Le faccio lo scontrino?» Mi illuminai e mi portai dietro il bancone. *Non posso credere che stiamo già facendo una vendita a quest'ora del mattino. È emozionante!*

«Oh, beh, io...» La donna aprì la copertina. «È un po' troppo costoso per me, mi dispiace. Ma grazie.» Appoggiò il libro sul banco e si allontanò. «Ero di passaggio...»

«Cra,» disse il corvo dalla sua postazione sul lampadario.

«Oh, un corvo!» Il volto della donna si illuminò di un sorriso ammaliato. «Cosa ci fa dentro la libreria?»

«Vive qui,» rispose Morrie.

«Sembra proprio a suo agio lassù sul suo piccolo trespolo,» commentò. «È una specie di mascotte della libreria. Mi ricorda quella poesia... le suore me la fecero imparare a memoria quando ero piccola a scuola. "Quell'augel d'ebano, allora, così tronfio e pettoruto tentò fino a un sorriso il mio spirito abbattuto..."»

«Cra,» disse il corvo.

«Non lo farei se fossi in lei,» avvertì Morrie, infilandosi il telefono nella tasca della giacca e congiungendo la punta delle dita come in attesa di qualcosa di preciso.

«... "Sebben spiumato e torvo, dissi, un vile non sei tu..."»

«*Cra.*»

«Davvero, signora.»

«Lasciala fare, Morrie.» Earnshaw appoggiò il libro di Toole in grembo a Morrie e aprì la copertina, indicando qualcosa sulla pagina. «Ha il destino segnato.»

«Di cosa sta parlando?» chiesi, proprio mentre il corvo sollevava una zampa, inclinava il corpo e faceva una cacca enorme sulla spalla della donna.

Lei urlò e scagliò la borsetta per colpire il corvo, ma lui era già volato via, atterrando con grazia sull'armadillo. La donna urlò una serie di invettive che avrebbero fatto arrossire le suore e si precipitò lungo il corridoio. L'intera casa sussultò quando la porta sbatté sul telaio. Il campanello tintinnò.

«Cra!» le gridò dietro il corvo, mettendosi a lisciarsi le ali.

Earnshaw e Morrie scoppiarono a ridere. Io mi misi le mani sui fianchi. «Avreste potuto aiutarla!» gridai. «Avreste potuto darle un fazzoletto di carta o almeno farle un paio di sterline di sconto sul prezzo del libro.»

«Cosa? *Pagarla* per portarmelo via?» Earnshaw sollevò il libro, dove vidi il prezzo scritto in corsivo. 1,50 sterline.

«Ma ha detto che era troppo costoso. E non sembrava povera. Aveva una borsa Chanel.»

«Ecco la prima lezione sul commercio di libri usati. Ogni giorno entrano in libreria molte persone. Solo poche di loro vogliono comprare libri. Le altre vogliono far perdere tempo. Imparerai a distinguere questi due tipi di persone, ma solo se resti qui abbastanza a lungo e non commetti sciocchezze. Era una perditempo e ora non tornerà più. L'uccello ci ha fatto un favore.»

Earnshaw frugò nel cassetto superiore e tirò fuori una manciata di mirtilli rossi essiccati. Li gettò sul pavimento. Il corvo balzò giù dal lampadario e attraversò il tappeto saltellando per andare a raccogliere il suo premio.

«È davvero carino,» dissi. «Non sapevo che un corvo potesse essere addomesticato.»

Il corvo alzò la testa e mi fissò con intensi occhi castani bordati d'oro, quasi come se avesse da ridire sulla mia scelta di parole. Il che era ridicolo. I corvi sono intelligenti, ma non capiscono la nostra lingua.

«Non è un animale domestico,» ringhiò Earnshaw. «È un altro maledetto coinquilino rompiscatole, proprio come quell'idiota laggiù.»

«Non sono un idiota,» sbadigliò Morrie. «È *Heath* quello che consuma tutta l'acqua calda per farsi lo shampoo alle sopracciglia.»

Earnshaw aveva delle sopracciglia stupende. «Si chiama Heath?»

Morrie sbuffò. «Non te l'ha ancora detto? Dopo che mi hai preso in giro per il mio nome, questo ti *piacerà*. Il nostro amato, irascibile proprietario della libreria si chiama Heathcliff Earnshaw.»

4

R isi. «Come Heathcliff, la famigerata canaglia di *Cime tempestose*?»

«Mia madre aveva un senso dell'umorismo abominevole,» borbottò Heathcliff.

Ma soprattutto, è una maledetta veggente. Altrimenti, come si spiegherebbe che questo idiota dalla bellezza devastante, dalle sopracciglia epiche e dal carattere cupo si chiami proprio *Heathcliff?*

«È troppo esilarante.» Mi uscì di getto una risata e mi appoggiai alla scrivania, reggendomi la pancia mentre lacrime di divertimento mi pizzicavano gli occhi. «Come fate voi due a vivere in una libreria con i nomi che avete? È troppo "meta".»

Heathcliff e Morrie si scambiarono un'occhiata strana. «Ci siamo conosciuti online,» rispose Morrie, «in una chat di figli di famiglie ossessionate dalla letteratura.»

Mi ci volle qualche istante per capire il senso di ciò che mi aveva detto. «Oh. State insieme?» Certo, gli indizi c'erano tutti: due scapoli che vivevano sopra una libreria, il modo di vestire impeccabile di Morrie, il fatto che Heathcliff continuasse a guardarmi con quel ghigno di disgusto. Ovviamente, erano più

31

che semplici coinquilini. *Merda*. Che delusione. Cercai di mascherare il tono della mia voce con un colpo di tosse. «Voglio dire, va benissimo, naturalmente. Volevo solo dire che non me ne ero accorta, non che mi importi, in un senso o nell'altro...»

«James ha risposto a un annuncio che ho messo in vetrina,» spiegò Heathcliff. «I nostri nomi sono una sfortunata coincidenza.»

«Non stiamo insieme,» aggiunse Morrie, passandosi la lingua sulle labbra. «Anche se non è per mancanza di tentativi da parte mia. Heathcliff è un tale puritano.»

«Quindi tu...» osai chiedere.

«Pansessuale, credo si chiami oggi. Nel mondo dei miei libri, era considerata una devianza sessuale.» Gli occhi di Morrie mi squadrarono di nuovo e io rabbrividii. *Sì, ti prego.*

«Quindi se vuoi scopartelo, fai pure.» Heathcliff aggrottò la fronte. «Ma non al piano di sopra. Là ci devo mangiare.»

«Ehi, non è appropriato...»

«Con tutte queste chiacchiere non si riesce a lavorare.» Heathcliff diede una spinta a una cassa dietro la scrivania con una tale forza da sollevare una nuvola di polvere che gli arrivò in faccia, macchiandogli le sopracciglia e la barba di un grigio dignitoso. «Questi sono libri.»

«Non mi dire, Sherlock.» Poi lanciai un'occhiata a Morrie. «Senza offesa.»

«Oh, io non mi offendo mai.»

«Devi esaminare questa cassa e scegliere i libri che dobbiamo conservare, poi caricarli sul computer e metterli sugli scaffali. Non ci saranno molti libri da tenere.» Heathcliff lanciò un'occhiata a Morrie. «Puoi dare a *lui* la colpa di questo compito ingrato perché quando io sono sgattaiolato all'ufficio postale, lui si è fatto convincere da un ottuagenario rimbambito ad accettare queste idiozie.»

Io aprii il coperchio della cassa, che mi rivelò una marea di titoli di James Patterson e Nora Roberts. Libri da aeroporto, ovviamente.

«Se ti stai chiedendo perché non vogliamo libri come questi...»

«Perché sono libri da aeroporto. Qui non si comprano libri da aeroporto, romanzetti o bibbie del diciannovesimo secolo. Se qualcuno entra con dei libri ferroviari, di auto-aiuto, di storia locale non auto-pubblicati, e volumi della Folio Society, quelli finiscono immediatamente nella pila dei "sì." Come ho già detto, sono cresciuta in questa libreria. Ho imparato alcune cose dal signor Simson.» Presi in mano una copia de *I 5 linguaggi dell'amore*. «Per esempio, questo è da conservare.»

Morrie e Heathcliff si scambiarono un'occhiata tagliente. *Stanno esprimendo un giudizio sulla mia competenza o mi sono persa qualcosa?*

Entrambi si allontanarono con una mezza giravolta, come se fossero stati sorpresi a fare qualcosa di sconcio. «Ci pensa lei, brontolone,» commentò Morrie facendo svolazzare una mano in direzione di Heathcliff, che raccolse una copia malconcia di *Jurassic Park* tra i libri in cima alla cassa prima di tornare alla poltrona di pelle. Il corvo si appollaiò sullo schienale del divano, scrutando da dietro la spalla di Morrie e muovendo la testa avanti e indietro sulla pagina. Sembrava quasi che leggesse le parole insieme a Morrie.

Io rovistai tra la pila di libri. Grimalkin si insinuò di nuovo nella stanza e mi girò intorno alle caviglie. Morrie leggeva e Heathcliff lavorava al computer. Per Heathcliff lavoro voleva dire dare dei pugni alla tastiera e lanciare parolacce colorite allo schermo quando non obbediva ai suoi ordini.

«Tutto bene lì?» chiesi sbirciando da dietro la sua spalla mentre gli appoggiavo una pila di custodie sulla scrivania.

«Odio questi cazzo di ordini online,» ringhiò, colpendo di

nuovo un lato del monitor. «Perché la gente non può venire in negozio come ai bei vecchi tempi?»

«Forse perché sono tutti bruciati dalla tua solarità?» intervenne Morrie dall'altra parte della stanza.

«Cra,» aggiunse il corvo.

«Ne ho abbastanza di voi due,» ribatté Heathcliff. «Tu non dovresti essere al tuo lavoro?»

Morrie sbadigliò. «E perdere l'occasione di vederti spiegare il computer a Mina? Mai. Ho mandato un messaggio dicendo che avrei fatto tardi. A loro non importa. Oggi hanno problemi più grandi.»

«In realtà sembra piuttosto facile.» Mi chinai sulla spalla di Morrie. «Basta aggiungere i libri a questo catalogo online e questo li sincronizza con Amaz...»

«Non pronunciare mai quella parola in questa libreria!» Heathcliff sbraitò, tappandosi le orecchie con le mani.

Allarmata, incespicai all'indietro e mi aggrappai al bordo della scrivania per evitare di rovinare a terra in una massa informe. Grimalkin fuggì su uno scaffale.

«Che parola?» ansimai, sforzandomi di recuperare un battito normale. «Intende il nome del più grande negozio online del mondo? Ma allora come facciamo a parlare di gestione dell'azienda?»

«Noi lo chiamiamo il Negozio-Che-Non-Si-Deve-Nominare,» intervenne giulivo Morrie. «Anche se Heathcliff ha delle espressioni più indovinate, se le preferisci.»

«Bene,» sospirai. «Immagino che avrei dovuto sapere che avrei lavorato in una casa di pazzi. Non posso credere a quello che sto per dire, ma Heathcliff, mi mostri come facciamo a fare arrivare i libri al Negozio-Che-Non-Si-Deve-Nominare.»

Osservai da dietro la spalla di Heathcliff mentre mi spiegava come funzionavano il catalogo e il software dei prezzi. C'erano molti fattori da considerare, ma mi avvisò di fare particolare attenzione alla corrispondenza automatica dei prezzi. La funzione assicurava che qualsiasi libro caricato avesse un prezzo sempre inferiore al volume più economico in vendita nel Negozio-Che-Non-Si-Deve-Nominare, ma se non stavamo attenti, potevamo sbagliarci e vendere a tre penny una prima edizione di valore inestimabile. A giudicare dal modo in cui Heathcliff picchiettava sulla tastiera con un solo dito e prendeva a schiaffi il lato dello schermo ogni volta che non riusciva a trovare il tasto che voleva, era chiaro che aveva sicuramente caricato qualche prima edizione a un prezzo stracciato.

Nel prendere il mouse, sfiorai il suo braccio con ilmio, il che mi provocò un brivido che non aveva nulla a che fare con il freddo invernale. *È una follia. Non posso innamorarmi di questo tizio. È il mio capo, è un completo idiota e, a giudicare come gli sta la camicia, non ha nessuna idea di cosa sia la moda. È uscito direttamente dal diciannovesimo secolo.*

«... e qui possiamo vedere gli ordini online. Controllerai questa casella di posta ogni mattina, cercherai i libri, li inscatolerai e li porterai all'ufficio postale. Non lasciare a me questo lavoro. Puoi farti due chiacchiere con Deirdre, la postina, e portarmi altro caffè come questo quando torni.» Sbatté la tazza da asporto vuota sulla scrivania. «Siamo d'accordo?»

Esatto, direttamente dal diciannovesimo secolo. Gli feci un largo sorriso. «Con un aumento di stipendio di mezza sterlina l'ora, le offro anche dei fagottini imbottiti per colazione.»

«Tu sì che ci sai fare.» Heathcliff mi tese la mano e io la strinsi.

Fu solo la mia immaginazione, o mi strinse le dita per un secondo più del dovuto? I suoi occhi cupi e misteriosi incontrarono i miei. Lui ritirò di scatto la mano e per poco non mi spezzò le dita.

Una volta che ebbi inserito tutti i libri sul catalogo online, Heathcliff mi lasciò libera di sistemare sugli scaffali ciò che avevo trovato, insieme a un'altra cassa di libri che aveva già catalogato lui. L'uccello e il gatto mi seguivano mentre andavo in giro per le stanze a cercare gli scaffali giusti, estraendo libri a caso e sfogliandone le pagine, inspirando il loro odore confortante e rievocando i ricordi della mia infanzia.

Stavo aggiungendo alcuni libri della Folio Society nella loro stanza al primo piano quando trillò il campanello della porta d'ingresso. Pochi minuti dopo, una signora di mezza età con un cardigan orribile fece capolino nella stanza, sollevando lo sguardo dallo schermo luminoso del telefonino per scrutare gli scaffali. Tirò fuori un paio di libri a caso e li fotografò. Dirigendosi verso la stanza successiva, notò il corvo sullo stipite della porta.

«Oh, che uccello maestoso,» commentò. «È un corvo, vero? Una volta, a mezzanotte, mentre stanco e affaticato...»

«Cra!» Il corvo sbatté le ali, sollevò la zampa e fece volare un altro pacco regalo. La donna strillò e si scansò appena in tempo per evitare di essere colpita.

«Scusi!» urlai. «Sembra che questa poesia non gli piaccia!»

Lei si affrettò a scendere le scale. Un momento dopo, la sentii urlare a Heathcliff. *Oh, andrà tutto bene.* Mi spostai in cima alle scale per assistere allo spettacolo. Grimalkin mi si infilò tra i piedi e il corvo si posò sulla balaustra. Con un ultimo grido, la donna si precipitò all'ingresso. «Fuori, fuori, fuori!» le urlò dietro Heathcliff.

«Non sono mai stata insultata in questo modo!» gridò lei, con le vene della fronte che le pulsavano. «Non comprerò mai più un altro libro qui!»

«Tanto non ne avrebbe mai comprato uno. È proprio questo il punto!» Heathcliff si affacciò alla porta, con le sopracciglia aggrottate in un'espressione di totale disgusto.

«Cosa guardi?» mi ringhiò contro mentre sbatteva la porta.

«Sa, se fosse più gentile, magari i clienti potrebbero anche *comprare* dei libri.» Feci un gesto verso la sala in penombra. «Forse così potrebbe permettersi qualche lampadina in più nel locale.»

E io non inciamperei in continuazione.

«Non avrebbe mai comprato un libro,» sbottò Heathcliff. «Non l'hai vista? Andava in giro a scattare foto con il cellulare in modo da cercarle in seguito sul Negozio-Che-Non-Si-Deve-Nominare. Un lettore si riconosce a un chilometro di distanza.»

«Ah sì?» Morrie apparve sulle scale dietro di me, emergendo dall'appartamento al secondo piano. Aveva aggiunto al suo completo una sciarpa di cashmere blu che si intonava perfettamente ai suoi occhi. «Illuminaci con i tuoi poteri di deduzione.»

«Mina è una lettrice.»

Morris sbuffò. «Ma no? È ovvio.»

«Come fai a dirlo?» gli chiesi. «Ho detto a Heathcliff che praticamente vivevo in questa libreria, ma a te non l'ho mai detto.»

«Facile,» disse Morrie. «Hai una macchia d'inchiostro sull'indice destro e...»

«Ha impiegato quarantacinque minuti per archiviare sette libri,» disse Heathcliff. «O li legge mentre lavora, o è tonta.»

«Ehi!»

«Galante come sempre, Heathcliff. Se vuoi scusarmi, Mina, uno di noi deve lavorare. Vado in ufficio.» Quando Morrie mi passò accanto sul pianerottolo, mi prese la mano, se la portò al viso e mi sfiorò la pelle con le labbra morbide e calde. Mi sentii travolta da una vampata di calore. «Non farti spaventare da quel vecchio bisbetico. Non vedo l'ora di rivederti.»

«Sì... ehm... giusto. Ciao.» Lo seguii con lo sguardo mentre scendeva lentamente le strette scale e usciva dalla porta principale. Per Ishtar, sapevo di aver già visto quel culo nei miei sogni.

Finché avrò ancora sogni, riuscirò a vedere.

Mentre Morrie si chinava per passare sotto la porta, un'altra figura lo incrociò. Una giovane donna della mia età, con in mano quella che da dove mi trovavo sembrava una borsa Birkin, si fermò all'ingresso e si voltò per osservarlo allontanarsi.

«Per Iside, non avrei mai pensato di vedere un culo del genere uscire da una discarica come questa,» sussurrò una voce gutturale.

Il cuore mi balzò in gola. Fuggii dalle scale e mi addossai al muro, desiderando di essere inghiottita dal legno scuro.

Ashley.

5

Avrei riconosciuto quella voce a un miglio di distanza. E aveva giurato su un'antica divinità femminile, cosa che io e Ashley avevamo iniziato a fare in America notando che tutti parlavano sempre di Dio.

Il panico mi annodava lo stomaco. *È qui. Perché è qui? Ashley non legge. Le uniche volte che ha messo piede nella Libreria Nevermore è stato quando veniva a trovarmi dopo la scuola.*

La logica mi diceva che avrei dovuto nascondermi nelle profondità della libreria, perché non si poteva sapere cosa sarebbe successo se Ashley mi avesse vista. Ma non potevo farlo. Dovevo scoprire perché era qui, nel *mio* territorio. Mi inginocchiai sulla moquette e indietreggiai gattonando sul pianerottolo, girandomi in modo da guardare attraverso la balaustra. Riuscivo a malapena a vederla nella semioscurità, ma distinguevo la sua sagoma indistinta e quella di Heathcliff, che era apparso sulla porta.

«Se in quella tua bella borsa hai un e-reader, puoi andartene subito,» ringhiò lui. Con il dorso della mano soffocai una risata. *Per Atena, ti amo, Heathcliff.*

«Tranquillo, amico. Sono qui solo per dare un'occhiata a

qualche libro.» I tacchi a spillo di Ashley ticchettavano sul pavimento di legno mentre si dirigeva verso le scale.

Cazzo.

Feci uno scatto, andando oltre la sezione di Sociologia ed entrai nella stanza successiva. Il rumore dei tacchi di Ashley era sulle scale. Mi guardai intorno in cerca di un nascondiglio. Al centro della stanza, di fronte a un tavolino, c'era una chaise longue di velluto sbiadito. Forse sarei riuscita a infilarmi tra il divano e la libreria. Mi inginocchiai di nuovo e strisciai nella penombra, sperando che il mio sedere non sporgesse fuori e mi tradisse.

Dietro il divano, una coltre di polvere e mucchi di palle di pelo nero formavano una congrega infernale. Mi coprii la bocca con una mano e cercai di pensare a qualcosa di diverso da quel terribile solletico in fondo alla gola. Da lì potevo vedere la cima della scala, il pianerottolo e la stanza al di là.

Ashley spuntò sul pianerottolo e si aggirò nella stanza da cui ero appena uscita, quella che ospitava i libri della Folio Society, oltre a scaffali di libri di psicologia e sociologia. Scavalcò la pila che avevo lasciato sul pavimento e si fermò davanti alla sezione di Sociologia.

Mentre la guardavo dal mio nascondiglio, la mia mente era sconvolta da un turbinio di emozioni. Aveva un aspetto *aggressivo*. Per forza: la combattività era la sua caratteristica principale, il suo *marchio*. Aveva trentamila follower online grazie ai suoi scatti quotidiani "What I Wore" e alle sue storie dal mondo della moda. Ogni giorno dedicava ore a vestirsi e a truccarsi per essere sicura di essere perfetta. Oggi non era diverso: aveva i capelli corti tinti di un biondo Miami Beach. Mentre studiava i dorsi dei libri appoggiò il viso da folletto allo scaffale, con le labbra imbronciate ben segnate dal suo immancabile rossetto rosso.

Ashley indossava una gonna a pieghe e una camicetta nera

di chiffon con maniche a campana e polsini enormi, abbinata a stivali neri stringati che sembravano usciti direttamente da un ritratto a lutto vittoriano o da un sexy club di New York. Il suo tradimento mi faceva ancora male, ma mi prudevano le braccia per la voglia di uscire dal mio nascondiglio e abbracciarla.

Io e Ashley eravamo diventate amiche a quindici anni, durante un'ora di educazione fisica. Io stavo fingendo la solita "maledizione femminile" per evitare l'allenamento di cricket e lei era finita in panchina per aver dato un pugno in faccia a Sabrina Winter. Ricordo che quando si sedette accanto a me io mi irrigidii. Era stata in classe con me per anni e l'avevo sempre evitata perché era rumorosa e mi faceva paura. Ashley si era chinata per abbassare la copertina del libro che tenevo in mano. «Bella camicia,» mi aveva detto con un sorriso.

Io avevo abbassato lo sguardo sulla mia maglietta dei Putridessence. «Sono un gruppo punk,» le avevo spiegato, allontanando il libro. Nell'ora precedente Sabrina Winter e le sue amiche si erano sedute nel banco dietro, scambiandosi a mezza voce dei commenti terribili su di me. L'ultima cosa che avrei voluto in quel momento era che Ashley Greer mi prendesse in giro per il mio stile.

«*Lo so,* idiota. Sono amica del batterista. Vuoi vedere il loro spettacolo a Londra questo fine settimana?»

«Ehm... sì. Sì, certo.»

Quel sabato sera, Ashley mi aveva fatto conoscere un nuovo aspetto di quella musica punk che amavo tanto: lo spettacolo dal vivo, il moshpit, la rabbia cruda delle parole gridate e delle chitarre urlanti. Nel backstage lei si era sbaciucchiata il batterista, e la band ci aveva offerto da bere per tutta la sera. Da quella volta diventammo inseparabili.

Quando decisi di iscrivermi alla New York Fashion School, Ashley si creò un portfolio in una sola serata e lo inviò. Non aveva mai avuto idee chiare sul proprio futuro, però era decisamente portata per la moda. Quando accettarono entrambe io ero al settimo cielo, così come quando vincemmo lo stage di Marcus Ribald. Il giorno in cui ricevetti la peggiore notizia di sempre, mi venne a prendere dal medico con una bottiglia di bourbon e mi fece ubriacare completamente, come solo una vera amica sa fare.

Beh, quella che credevo fosse la mia migliore amica. Ora... lei era il motivo preciso per cui ero tornata ad Argleton, a soffocarmi di palle di pelo in una libreria deserta, invece di lavorare all'ultima linea di Marcus Ribald.

Cosa ci fa qui? Era strano che Ashley fosse tornata ad Argleton. Odiava quel posto tanto quanto me. E perché era tornata proprio in quel momento? Sapevo bene che durante la Settimana della Moda di Parigi l'ufficio sarebbe stato un manicomio, quindi la sua presenza lì era un vero mistero.

Sembrava che stesse studiando i titoli di sociologia, il che era altrettanto bizzarro, perché immaginavo che Ashley non avesse mai letto un libro di sociologia in vita sua. Probabilmente non sapeva nemmeno come si scrivesse *sociologia*...

Il pavimento scricchiolò e il cuore mi balzò in bocca. Ma era solo Grimalkin, che era saltata giù da uno scaffale da qualche parte in fondo al negozio, per avvicinarsi ad Ashley. «Oh, ma che bella gattina.» Ashley si inginocchiò per accarezzarla. Grimalkin le girò intorno ai piedi, con la punta della coda che risaliva girando, come un periscopio.

Quando Grimalkin mi vide le si illuminarono gli occhi. Si staccò dalle gambe di Ashley e si diresse verso di me.

Io infilai di nuovo la testa nel nascondiglio mentre Ashley si girava. *Brava gattina, fai finta che non ci sia. Torna a strofinarti su Ashley o a pulirti il buco del culo. Ecco, brava...*

Grimalkin mi saltò sulla testa. «Miao, miao, miao!» chiacchierava felice, picchiettandomi la frangia con una zampa.

Grazie, gatta. Grazie di cuore.

«Oddio, Mina, tesoro! Cosa ci fai dietro quel divano?»

Alla sua voce mi immobilizzai. *Non guardarmi. Non ci sono.* Ma era troppo tardi. Gli occhi di Ashley si conficcarono nei miei. Grimalkin, la traditrice degli amici, mi si avvicinò e allungò la testa, chiedendomi di essere accarezzata.

«Ehm, ciao, Ashley.» Mi misi in piedi, spazzolandomi la polvere dai vestiti. Osai dare una sbirciatina alla gonna, ma rimasi inorridita nel notare le strisce di sudiciume che avevo sul petto. «Stavo solo... risistemando dei libri. Ora lavoro qui.»

«In questo vecchio posto polveroso? Ma perché?»

Perché? Dopo che hai spifferato il mio segreto più profondo e oscuro per rubarmi il lavoro dei miei sogni non sono riuscita a trovare un altro impiego nell'industria della moda e di conseguenza non ho più potuto permettermi il mio merdoso appartamento di Manhattan, quindi son dovuta tornarmene qui con la coda tra le gambe e ora dormo nella cameretta della mia infanzia, circondata da cataste di apparecchi vibranti.

Ma non le dissi nulla di tutto ciò, perché io ero io e lei era Ashley, e ricordavo ancora quando da adolescenti dormivamo l'una a casa dell'altra e stavamo sveglie tutta la notte a ritagliare immagini dalle riviste di moda e a esercitarci nelle nostre sfilate. Invece le dissi: «Avevo bisogno di un lavoro. Ho un sacco di tempo libero in questi giorni, così ho pensato di venire a trovare mia madre. E tu?»

«Marcus si è tagliato con un foglio di carta la settimana scorsa, quindi ora è in convalescenza a Martha's Vineyard. Ha deciso che odia l'intera collezione di gennaio, o qualcosa del genere, quindi l'ufficio è in stand-by nell'attesa dei suoi progetti, e poi New York è terribilmente *costosa*.» Strabuzzò gli occhi. «Sai com'è fatto. Starà via per una settimana o anche più e poi dovremo lavorare il doppio per recuperare, in tempo per Parigi. Ho pensato di cogliere l'occasione per venire a trovare i miei e per subaffittare il mio appartamento e risparmiare un po'. È per questo che sono qui, volevo qualcosa da leggere perché mi ero dimenticata quanto fosse noiosa Argleton.»

Avevo il sangue che mi ribolliva nelle vene. *Come si permetteva?* Quello di cui si lamentava sarebbe dovuto essere il mio lavoro, e lo sapeva bene. Eppure aveva il coraggio di venire qui a parlarmi come se nulla fosse cambiato. Mi spazzolai della polvere dal gomito e la fulminai con lo sguardo. «Deve essere strano per te stare in quell'appartamento da sola.»

«Mina… non possiamo parlarne? Oh, no. *Gattaccia.*» Gli occhi di Ashley si spostarono su Grimalkin, che stava strattonando un lato della sua Birkin. Lei sganciò gli artigli della gatta e la spinse via, e qualcosa dentro di me si incrinò.

«Certo che possiamo parlarne. Sono *così* contenta che tu sia tornata per vantarti di avere spifferato il problema dei miei occhi a Marcus e a chiunque volesse ascoltarti, facendomi perdere non solo il lavoro dei miei sogni, ma anche qualsiasi altro lavoro nel mondo della moda.»

«Ero ubriaca. Sai come sono fatta. Non si riesce a farmi tacere! So che pensi che l'abbia fatto apposta, ma non è vero.» Ashley lanciò un'occhiata alla pila di libri per terra, alla fioca luce a sospensione che era l'unica illuminazione della stanza e poi tornò a guardare me. «Sei sicura che sia una buona idea lavorare qui?»

Le fissai gli stivali. Avevano dei piccoli occhielli a forma di pipistrello ed erano la cosa più bella del mondo. *Ti odio così tanto.* «È solo una cosa temporanea, finché non riuscirò a mettere da parte abbastanza per fare un altro stage a Londra. A meno che tu non intenda sputtanarmi anche lì…»

«Ma, Mina.» Ashley si chinò in avanti e mi sussurrò a mezza voce, mentre il suo profumo speziato mi arrivava in faccia. «Non è troppo buio qui dentro per te? E poi, essere circondata da tutti questi libri non ti farà impazzire?»

Io serrai la mascella. «A dire il vero, io sto bene.»

«Te lo chiedo solo perché mi interessa. Mi interessa davvero.» Si scostò i capelli dalle spalle. «Ho detto a Marcus quello che sai solo perché ero *preoccupata...* ho detto scendi, gatta!»

Ashley si scagliò contro Grimalkin, che era scesa dallo schienale della poltrona per aggrapparsi alla Birkin, graffiando la pelle con i minuscoli artigli. Afferrai la gatta nera da sotto il ventre e la allontanai rapidamente prima che Ashley le facesse del male.

«Guarda cos'ha fatto!» Ashley fissò inorridita i buchi sulla sua borsa. «Era il regalo di uno dei miei sponsor e non l'avevo ancora fotografata. Si incazzeranno a morte.»

Grimalkin si avvicinò e mi leccò il naso, con le vibrisse che le fremevano. La tenni stretta. *Sei stata brava. La prossima volta puoi cavarle gli occhi?*

«Ho molto da fare qui.» Infilai un tomo a caso sullo scaffale. «Ti posso consigliarle alcuni libri illustrati che sono proprio del tuo livello.»

«Mina...»

Grimalkin mi salì sulla spalla e le soffiò contro. Presi nota di prepararle un bel piattino di panna. «Addio, Ashley.»

«Dopo l'annuncio del lavoro sei scappata. Non abbiamo nemmeno avuto la possibilità di parlare...»

«Non ho nulla da dirti.» Vidi il corvo appollaiato sul bastone della tenda, che osservava la scena con quegli occhi castani e vispi. Glielo indicai. «Se hai bisogno di qualcuno con cui parlare, prova con lui. Adora quando si cita *Il Corvo*.»

«Oh, che carino. E se ti riferisci a quella stupida poesia che recitavi sempre, credo che sia impressa nella mia memoria.» Ashley fece una smorfia di esasperazione e alzò una mano, schioccando le dita come se ciò avesse potuto far avvicinare il corvo. «Una volta a mezzanotte, mentre stanco e affaticato...»

Il corvo scattò in aria e scaricò un altro letale pacco regalo, esattamente sul bersaglio.

SPLAT.

«Argggh!»

Ashley alzò le mani per scacciarlo via e si precipitò verso le scale. L'uccello tornò a posarsi sul bastone della tenda, con gli occhi scuri che mi scrutavano come per verificare di avere fatto un lavoro magistrale. Probabilmente fu solo un'ombra, ma avrei potuto giurare che mi avesse fatto l'occhiolino.

6

Ashley sembrava decisa a torturarmi. Dopo il regalino del corvo sulla Birkin, scappò via, ma un'ora più tardi tornò indossando un abito rosa stile country, con una stampa a revolver neri. Passò l'ora successiva a curiosare nella sezione Sociologia. Ogni cinque minuti si avvicinava alla vetrina, poi tornava agli scaffali. Se ne andò senza comprare nulla. Non riuscii a rilassare la mandibola finché non sparì dietro l'angolo della strada.

«I tuoi amici sono strani,» disse Heathcliff mentre lo aiutavo a rispondere alle e-mail della libreria.

E per aiuto intendo che lui mi dettava parole al vetriolo e io ho traducevo i suoi insulti arcaici in qualcosa di simile a un inglese moderno e civilizzato. L'unica e-mail che non modificai fu quella indirizzata al team di supporto di Negozio-Che-Non-Si-Deve-Nominare. «Se faccio il gentile non mi riconosceranno,» sbuffò. Accettai con riluttanza, soprattutto perché assaporavo quella che poteva essere la mia unica occasione nella vita per scrivere: "Preferirei di gran lunga essere condannato a dimorare perpetuamente nelle regioni infernali, piuttosto che, anche solo per un momento, sopportare i puerili sproloqui di un tale insulso tontolone".»

E mia madre diceva che questo lavoro sarebbe stato noioso.

«Ashley non è mia amica,» dissi a denti stretti. «Perché è strana?»

«È rimasta qui per un'ora, nonostante la visita precedente, e non si è mai spostata, nemmeno una volta, dalla sezione Sociologia.»

«E questo è strano?» Cioè, per Ashley lo era, ma Heathcliff non lo sapeva.

«Quella sezione è la zona morta della libreria. È dove accatastiamo tutti i libri che non possiamo mettere da nessun'altra parte. Nessuno, nemmeno i professori di sociologia, compra da quella sezione.»

Feci finta di scrivere su un taccuino immaginario. «Nota per me stessa: nessuno compra dalla sezione Sociologia, specialmente le mie strane ex amiche. Vede, sto già imparando molto sul commercio dei libri. Ora, cosa facciamo per pranzo? Sto morendo di fame. Usciamo o...?»

«Io non esco. Qui vedo già abbastanza gente che perde tempo, senza dover andare in cerca della loro ignoranza nei miei momenti liberi.»

«Beh, potrei andare all'appartamento e preparare qualcosa...»

«No. Tu non vai di sopra.» Heathcliff estrasse il cassetto superiore della scrivania. «Ho cibo in abbondanza, proprio qui.»

Sbirciai nel cassetto, che era pieno di pasticci di maiale ammuffiti, salsicce secche e tavolette di cioccolato sciolte in forme spettrali.

Indicai un grumo sbiadito sul fondo del cassetto. «È un formicaio?»

Heathcliff afferrò una barretta di cioccolato e richiuse con violenza il cassetto. «Se hai intenzione di essere un assillo, puoi anche andartene. Vai a prenderci qualcosa di fritto, o ricoperto di zucchero.»

«Bene.» Presi il cappotto. «Per questa volta offro io, ma se volete che vi procacci il pranzo tutti i giorni, sarà mezza sterlina in più all'ora.»

«Affare fatto.»

«Cra!» aggiunse il corvo dalla cima delle scale, mentre percorrevo il corridoio.

«E qualche bacca per l'uccello,» mi urlò dietro Heathcliff.

«Quello è una sterlina in più!» replicai, sbattendomi alle spalle la porta d'ingresso.

«Craaaa!»

Venti minuti dopo, quando spinsi la pesante porta, fradicia com'ero per la pioggia e con in mano una torre di cibo indiano, una bottiglia di vino bianco e un cestino di mirtilli d'importazione, venni colpita da un odore sgradevole, come di morte, calzini ammuffiti e formaggio puzzolente. Tutti insieme.

«Il gatto ci ha portato una sorpresa?» chiesi appoggiando il cibo sulla scrivania di Heathcliff per poi avvicinarmi a lui con uno sgabello. L'odore era così pungente che mi bruciava le narici e mi faceva lacrimare gli occhi.

Heathcliff borbottò qualcosa e tolse il coperchio a un *rogan josh*. «Questo invece puzza di peperoncino e spezie esotiche.»

«Certo che sì, è curry. Come fa a sentire qualcosa, con tutta la puzza che c'è qui? È sicuro che non ci sia un mucchio di pesce in decomposizione nascosto in quel cassetto della scrivania?»

«Esagerata.»

«Immagino che il suo olfatto sia intorpidito da anni di squallida vita da scapolo, ed è per questo che non vuole che vada di sopra.» Distribuii i contenitori da asporto sulla scrivania. «Forza, prenda delle posate e si tuffi. Se il rogan josh è troppo piccante, ho anche del pollo al burro, un paio di *samosa* e anche una bottiglia di *plonk* a buon mercato per festeggiare la sua geniale decisione di assumermi e il fatto che cambierò questo posto... Heathcliff, quell'odore è *disgustoso*. Non possiamo continuare a lasciare che quell'uccello defechi qui dentro, sta dando a questa libreria un pessimo...» mi fermai di colpo mentre con lo sguardo seguivo il naso fino alla fonte dell'odore. Sulla poltrona imbottita sotto la finestra sedeva un signore spettinato che indossava un paio di jeans che avevano più buchi che tessuto. Portava un trench con delle striature di sporco e aveva dei capelli così aggrovigliati che sembravano non aver mai visto un pettine o una doccia. Aveva un libro aperto in grembo e una mano infilata nella parte anteriore della giacca. All'inizio pensai che stesse facendo qualche porcheria, ma poi vidi che la mano era sul petto. Bah, strano.

Mi chinai sulla scrivania, dove Heathcliff aveva il naso infilato in un libro e i pesanti stivali incrociati sulla tastiera, con il computer che emetteva un bip di protesta. Gli agitai la mano sotto il viso, ma lui non mi guardò.

«Ehm, Heathcliff,» sussurrai. «Non so se l'ha notato, ma c'è un barbone che legge in un angolo.»

«Certo che l'ho notato.» Heathcliff gettò a terra il libro e sollevò il coperchio di un contenitore, osservandone accigliato il contenuto. «Hai preso del *bhaji* alla cipolla?»

«Odia i negozi di e-commerce e le persone con i cellulari, ma non ha nessun problema con i vagabondi puzzolenti che appestano la libreria?»

Heathcliff lanciò un'occhiata all'uomo, che non sembrava aver notato il mio arrivo. «Earl non ha una casa. Dorme su una panchina del parco. Fuori è freddo e umido e lui vuole leggere, e la cosa migliore è che... non possiede un e-reader.»

La sua gentilezza mi fece battere il cuore. Forse vivere a New York mi aveva resa insensibile nei confronti dei senzatetto, ma Heathcliff aveva ragione. Non c'era nessun altro lì dentro e fuori c'era un freddo cane. «Sei dolce, per essere un bastardo brontolone.»

Heathcliff grugnì mentre strappava un pezzo di naan e lo inzuppava nel rogan josh. Non si mostrò contrariato dal fatto che fossi passata al "tu". «Forse io e lui abbiamo degli interessi in comune.»

«Perché non lo lasci dormire sul divano di sopra, allora?»

«Stai scherzando? *Puzza*. Non lo farò certo avvicinare alle mie cose.» Heathcliff estrasse due bicchieri da vino dal secondo cassetto della scrivania e li posò sul tavolo.

«Tieni i bicchieri da vino nella scrivania?»

«Lavoro nel settore dei libri. C'è sempre un motivo per bere.» Il tappo oppose resistenza solo un secondo sotto le sue dita forti. Mentre Heathcliff versava il vino, lasciai vagare la mente, che mi portò dritta a una fantasia di lui che scaraventava dalla scrivania le pile di libri e il computer, mi costringeva a coricarmi e consumava il nostro controverso rapporto di lavoro con la scopata più intensa che avessi mai sperimentato.

Scommetto che Heathcliff usa parole come consumare, il che va benissimo se sa dispensare orgasmi multipli...

Dannazione, cos'ho che non va? Sarà anche sexy, ma è il mio capo. Ed è anche un cazzone.

Un cazzone enorme.

Scommetto che ha un cazzo enorme...

Oh, Afrodite, salvami.

Fissai intensamente il mio curry, sperando che Heathcliff attribuisse il mio rossore al peperoncino.

«Se quella ragazza non era tua amica, chi è?» mormorò lui tra un boccone di naan e l'altro.

«Una ragazza che conoscevo,» risposi mentre mangiavo. «Immagino che una volta fosse mia amica.»

«Non vuoi parlarne?»

«No.»

«Bene. Odio parlare, cazzo.»

Il resto del pomeriggio passò in un turbinio di libri e pesce in decomposizione. Dopo circa un'ora, il senzatetto inserì uno scontrino sporco di un fast food come segnalibro, nascose il libro sotto la poltrona e uscì. Quando passò davanti a Grimalkin nel corridoio, lei sibilò e gli colpì la caviglia con le unghie affilate. «Non disturbare i clienti, Grimalkin,» mormorò Heathcliff senza alzare lo sguardo dal libro. «Non ha un gatto con sé.»

Curiosa di sapere cosa avesse attirato l'attenzione di Earl, aspettai che Heathcliff fosse occupato con un cliente e presi il libro da sotto la poltrona. Il nostro amico senzatetto stava divorando *Il più bel libro dei gatti*. Prevedibile, immaginai. Riposi il libro al suo posto.

Alle quattro, Morrie entrò dalla porta. «Oh, chi ha portato il vino?» Afferrò la bottiglia mezza vuota e ne versò il fondo in un bicchiere, mentre Heathcliff scacciava via l'ultimo curioso e si chiudeva la porta alle spalle.

«L'ho portato io.» Mi sedetti sullo sgabello accanto alla scrivania e cercai di strappargli il bicchiere di mano. Morrie aveva l'abitudine di prendere quello che voleva, anche se non gli apparteneva.

Lui sollevò il bicchiere sopra la testa. «Non ne hai portato abbastanza.»

«Hai intenzione di buttarmi giù da una cascata per questo, *Moriarty?*» Sollevai un sopracciglio.

Heathcliff rientrò nella stanza con passi pesanti, con

Grimalkin che gli sgambettava intorno. Il corvo arrivò in picchiata dal piano di sopra e si posò sull'armadillo. «Non fate entrare nessun altro,» mi ringhiò. «Siamo chiusi e non voglio...»

Fu interrotto da un rumore sferragliante all'ingresso, come qualcosa di pesante che colpiva il pavimento di legno.

«Allontanati da quella cazzo di buca delle lettere,» tuonò Heathcliff, scattando verso l'ingresso. Sentendo puzza di guai, il corvo gli svolazzò dietro.

«Hai passato una bella giornata al lavoro?» chiesi a Morrie.

«La società ha perso ottantacinque milioni di sterline,» mi comunicò indifferente, mentre sorseggiava il vino mal guadagnato e sfogliava un lurido libro su Jack lo Squartatore. Il corvo tornò a svolazzare nella stanza e si appollaiò sullo schienale della sedia.

«*Cosa?*»

Gli occhi di Morrie scorsero la pagina. «Sì. Il denaro è sparito dai conti. Come per magia.»

«Come fai a non essere preoccupato? Ce l'hai ancora un lavoro? Almeno ti pagheranno?»

«Sono stato licenziato, insieme a tutti gli altri. L'azienda era comunque una chiavica. Non hanno mai ascoltato il mio suggerimento di istituire una giornata in cui portare al lavoro il proprio animale. Avrei lasciato che questo ragazzo se la vedesse con i grassoni della dirigenza.» Morrie si avvicinò e fece il solletico al corvo sotto il mento. Il corvo emise un *«hiuh-hiuh-hiuh»* gutturale, quasi come se stesse facendo le fusa.

«Ma ora sei senza lavoro! E ottantacinque milioni di sterline non *spariscono* così...»

«Cazzo.» Heathcliff tornò trasportando una pila di libri di Dan Brown. «Ti distrai un secondo e te li infilano nella buca delle lettere. Vado a portare sopra questa dannata cosa. La gente è mostruosa.»

«Sono d'accordo,» intervenni. «Chiunque legga Dan Brown

è un mostro. E non sono nemmeno abbastanza bravi da riusare quello che leggono.»

«Potremmo bruciarli nel caminetto per riscaldarci,» suggerì Morrie, strofinandosi le spalle.

«E tostarci i marshmallow!» aggiunsi.

Morrie si rivolse a Heathcliff. «Mina è perfetta. *Dobbiamo tenerla.*»

«Cra!» confermò il corvo.

«Miao,» commentò Grimalkin.

Presi in mano uno dei libri. «Ehi, a pensarci bene, potrei prendere alcuni di questi? Credo che potrei trovare il modo per riusarli. Mia madre parla sempre di *diversificare le fonti di reddito.*»

«Noi vendiamo libri,» ringhiò Heathcliff. «Ma non questi qui.»

«Potreste, quando avrò finito. Fidati di me. Hai una cassa che non serve?»

Heathcliff me ne passò una e io cercai nella pila dei libri in condizioni decenti. Morrie si buttò sulla sedia di Heathcliff, con gli occhi di smeraldo che danzavano mentre mi guardava lavorare. «Allora, com'è andato il tuo primo giorno, bellezza? Non risparmiarci i dettagli più succosi.»

«Non vuoi parlare del tuo lavoro...»

«Io sono tranquillo e beato. Ho un po' di soldi da parte. Parlami del lavoro con il Vecchio Bisbetico.»

«È stato divertente,» dissi, e lo pensavo davvero. Heathcliff e Morrie erano entrambi profondamente strani, ma nonostante la visita di Ashley, mi avevano completamente distratta da ciò che era successo. Non guastava il fatto che fossero un bello spettacolo, e che ogni volta che Heathcliff ringhiava qualcosa con quella voce roca immaginavo che pronunciasse il mio nome mentre me lo spingeva dentro...

Ehi! Affondai il viso arrossato ne *Il Codice Da Vinci.*

Inoltre, ero circondata da libri. Il loro odore confortante mi riportava alla mia infanzia, quando erano l'unica via di fuga da quella merda che era la mia vita. Era giusto che, dopo tutto quello che era successo a New York, fossi tornata alla Libreria Nevermore per fuggire ancora una volta. I libri erano davvero la mia salvezza.

E potrò leggerli ancora per poco.

Il pensiero mi colpì in pieno, cogliendomi di sorpresa. L'oculista mi aveva detto che i cambiamenti sarebbero stati lenti all'inizio: la mia visione periferica si sarebbe ridotta fino a farmi vedere il mondo attraverso un tunnel sempre più stretto. Poi avrei iniziato a vedere colori e luci confusi. Poi, in un momento imprecisato nel futuro, sarei diventata completamente cieca.

Cieca.

Niente più colori. Niente più sfogliare le pagine dei miei libri preferiti. Niente più moda, arte o divertimento. Solo buio. Solo il nulla.

«Ehi, Terra chiama Mina.» Morrie mi schioccò le dita davanti alla faccia. «Dove eri finita? Ti si è riempita la faccia di chiazze.»

«Sto bene. Sono solo un po' terrorizzata da quella cosa arcaica.» Cercando di cambiare argomento, lanciai un'occhiata computer obsoleto di Heathcliff, l'unica cosa che si frapponeva tra me e il corpo caldo e allampanato di Morrie. «Almeno ce l'avete un sito web?»

«Non abbiamo bisogno di un sito web,» gridò Heathcliff dai recessi della libreria.

Morrie si sporse dalla parte opposta della scrivania, con il volto illuminato da un ghigno malvagio. Venni colpita dal suo profumo: fresco e pungente, pompelmo e vaniglia, con una punta di qualcosa di molto, molto più cupo. «Sono anni che cerco di convincerlo a farne uno.»

«Siamo nel ventunesimo secolo, diamine. Ogni attività commerciale legittima ha bisogno di un sito web. Come fa la gente a trovare questo posto?»

«Io non voglio che ci trovino,» urlò Heathcliff.

Morrie mi rivolse un sorriso che mi mandò in fiamme le mutandine. «Ho un'idea,» sussurrò. «Vieni da me domani sera. Creeremo un sito web. Lui non avrà nessuna voce in capitolo.»

«Perché non ci lavoriamo durante il giorno? Vivete insieme, e poi non è che tu devi andare a lavorare.»

«Non posso. Sto andando a Londra per un appuntamento già preso con la mia banca.»

«Vai in banca di persona? E poi chiami "dinosauro" Heathcliff?»

Morrie sbatté le palpebre. «È una banca molto specializzata. Che ne dici? Io torno verso le sette, quindi potresti passare alle otto? Mi assicurerò che ti lasci la porta aperta.»

«Vuoi dire che potrei andare di sopra?»

«No,» urlò Heathcliff dal fondo.

«Sì,» replicò Morrie con un sorriso.

«Cra!» concordò il corvo.

Mi avvicinai e strinsi la mano a Morrie. «È un appuntamento.»

7

Mia madre arrivò a casa dal suo seminario sulle vendite dell'apparecchio vibrante proprio mentre stavo mettendo in tavola due ciotole di curry avanzato. «Ho avuto un'idea geniale per le mie offerte di piastre e relativi allenamenti, Mina. Dovresti andare al supermercato e procurarmi degli asciugamani e delle bottiglie d'acqua a buon mercato. Staccherò le etichette e ci metterò sopra i miei adesivi.» Tirò fuori un rotolo di adesivi coloratissimi con l'immagine sfocata del suo volto sorridente e la scritta: "Trovate la stradda per la vostra vita nuova con Brenda Wilde".»

Rabbrividii per come aveva scritto *"strada"*. «Wow, mamma, sono... forti!»

Lei mi sorrise. «Non sono splendidi? Stasera ho imparato che il branding è fondamentale per il successo di un'impresa. Il mio mentore ha una macchina che li stampa in un batter d'occhio. E mi sono costati solo duecento sterline...»

«Duecento? Avrei potuto trovarti qualcosa di meglio su Internet per una decina di euro. Mamma, quanto stai spendendo per questo nuovo business? Hai abbastanza per

pagare l'affitto, vero? Perché Heathcliff non mi paga molto e io...»

«Rilassati, tesoro. Rientrerò di tutto entro domenica, più un ROI del duecento per cento. Che significa ritorno sull'investimento. Vedi quanto sto imparando?» Fece una pausa. «In realtà, è meglio che diciamo mercoledì. Ma sicuramente non più tardi. Ci andresti, al supermercato?»

«Mamma, ho lavorato tutto il giorno. Non ho voglia di tornare in centro. E guarda, ho preparato la cena. Inoltre, avevo un progetto che volevo iniziare stasera. Non puoi andarci tu?»

Lei mise il broncio. «Ma tesoro, oggi sono stata così impegnata con il seminario che non ho avuto modo di fare gli esercizi vibranti. Non posso vendere queste macchine se non le uso. L'autenticità è importante per i consumatori e...»

«Bene.» Terminai l'ultimo boccone di curry e presi il cappotto. L'ultima cosa che volevo fare era uscire di nuovo, soprattutto con Ashley in giro. Ma mi ricordai che non avevo la colla per bricolage che mi serviva per il lavoro che volevo fare e inoltre sapevo che mia madre non si sarebbe rassegnata finché non avessi fatto quello che mi aveva chiesto. «Le chiavi della macchina?»

Mia madre scosse la testa. «Fa di nuovo quel fumo nero. Credo sia l'alternatore.»

Fantastico. «Non sai nemmeno cos'è un alternatore. Mamma, non puoi prendere una macchina nuova, invece di spendere tutto per questa tua nuova attività? Così potresti trovarti un lavoro d'ufficio e andarci in auto, oppure...»

«Non ho nessuna intenzione di farlo: mi basterà vendere cinquanta di queste macchine e assumere dieci venditori. E poi potrò comprare un'auto nuova di zecca. Ricordati il cellulare e lo spray al peperoncino.»

Dovrei portarla al negozio. Scommetto che Heathcliff potrebbe insegnarle qualcosa sui rischi di un'attività di vendita al dettaglio.

Indossai il cappotto, aprii l'ombrello per difendermi dalla pioggerellina invernale e uscii al chiaro di luna.

All'angolo della nostra strada c'era un parco giochi dove gli adolescenti delle case popolari si ritrovavano di notte, a bere birra fatta in casa e a fumare qualsiasi droga su cui fossero riusciti a mettere le mani. Passai davanti al parchetto corricchiando, con la testa alta, ma loro erano troppo impegnati a ridere di un compagno che penzolava a testa in giù dalla palestrina per notarmi. A volte i miracoli accadevano.

Un'auto mi sfrecciò accanto, con il conducente che urlava qualcosa dal finestrino. La sua voce roca e le parole oscene mi procurarono un brivido di paura lungo la schiena. Mentre attraversavo la strada, dalle finestre della casa di fronte uscirono voci arrabbiate e suoni di vetri infranti. *Un'altra notte tipica del quartiere.*

Quattro anni a New York e quel posto mi terrorizzava ancora. Non c'era da stupirsi che mia madre le avesse provate tutte per andarsene da lì. Io credevo di essere riuscita a fuggire da Argleton, invece ero ancora lì, proprio nel posto dove ero nata.

Man mano che mi avvicinavo al centro, le case diventavano più ordinate, i giardini risplendevano di fioriture invernali e gli gnomi facevano capolino dai muri di pietra. Quella sera in chiesa c'era un'esibizione del coro, quindi il supermercato era pieno di gente. Gli abitanti del posto prendevano molto sul serio la faccenda del coro (anche se sospettavo che alcuni dei clienti fossero lì per fare scorta di borracce e snack per sopportare la serata). Il supermercato era in un vecchio edificio Tudor sulla strada principale che circondava il parchetto. Era stato trasformato in un negozio che vendeva un po' di tutto. C'era roba che spaziava dai generi alimentari ai souvenir, dagli articoli di base per la casa a forniture per le fattorie. Mi nascosi dietro un espositore di cioccolatini e controllai i corridoi per vedere se c'era Ashley. *No, non c'è.* Mi buttai nella mischia e mi feci strada nel reparto casalinghi. Trovai un paio di tubetti di colla e alcune forbici da bricolage, cartoncini colorati e nastri per il mio lavoro. Poi presi una pila di asciugamani. Quando mi avvicinai per controllare il cartellino del prezzo, mi trovai a sbattere la faccia contro un paio di occhiali.

Ma che cazzo?

Seguii il braccio che reggeva gli occhiali fino a una gentile signora anziana con un'enorme borsa a fiori. Mi stava offrendo i suoi occhiali.

«Questi ti aiuteranno, cara,» disse. «Io li uso per fare i cruciverba.»

Mi sentii arrossire. *Che diavolo le è saltato in mente?* Prima di tutto, in borsa avevo un paio di occhiali per quando dovevo vedere da vicino (che non indossavo mai perché facevano schifo), e comunque, i suoi occhiali da cruciverba non potevano avere la gradazione che serviva a me. E poi, ero *così* patetica? Era quella la mia vita ora, sconosciuti che cercavano di darmi i loro occhiali viola tartarugati?

«Non ne ho bisogno,» riuscii a dire. «Ci vedo benissimo. È solo che pensavo che le etichette dei prezzi fossero da grattare e annusare.» Mi raddrizzai e mi allontanai, tirandomi dietro una pila di asciugamani.

Questa è la mia vita adesso. Ovunque vada, le persone mi compatiranno.

Le mie braccia non smettevano di tremare. Girai l'angolo e feci cadere altri asciugamani. Non avevo intenzione di fermarmi a raccoglierli. *Presi il resto della roba per mia madre e me ne andai.* Le sgargianti confezioni sugli scaffali si confondevano in un carnevale di luci e colori, prendendosi gioco di me con parole che non riuscivo a leggere.

Sto bene. Era solo una vecchia pazza che cercava di essere gentile. Posso farcela.

Nel corridoio successivo trovai le forniture per la cucina. Erano rimaste solo sette bottiglie di plastica. Una dopo l'altra le misi in equilibrio precario sopra la pila di asciugamani, formando una specie di totem dedicato alla stupidità di mia madre. Feci il primo passo barcollante verso la cassa, quando il mio sguardo si posò su un espositore di preservativi.

Una scarica di calore mi colpì in mezzo alle gambe mentre una serie di visioni distorte mi attraversarono la mente. Le lunghe dita di Morrie che mi si posavano sulla pelle con un tocco leggero come una piuma e il suo sorriso malvagio che mi suggeriva tutto ciò che sarebbe potuto seguire. Le mie mani che si impigliavano nei riccioli di Heathcliff mentre le sue labbra arroganti si aprivano su un mio capezzolo. I due che mi bloccavano a una libreria, lottando con i miei vestiti, labbra e mani ovunque, contemporaneamente.

Ehi, e questo dove arriva? L'arrapamento e le visioni deviate sono strani sintomi della mia malattia agli occhi?

Perché nel modo più assoluto non volevo da Morrie e Heathcliff quello che avevo appena visto.

Affatto.

Arretrai, tenendo fermo il carico che avevo in mano, prima di far cadere dell'altro. Ma poi allungai di nuovo la mano, sfiorando l'angolo della scatola. *Non sarebbe stato male tenerne un po' in borsa, per ogni evenienza. Con Heathcliff o Morrie non succederà mai niente, ma non si sa mai chi potrei incontrare.*

«Mina, sei tu?»

Sobbalzai, facendo franare una valanga di scatole di preservativi per tutto il corridoio. Mi ritrovai il cuore in gola quando riconobbi la figura che si era chinata a raccoglierli.

«Darren, ciao.» Mi costrinsi a sorridere a Darren Barnes, che al liceo era in classe con me. *Accidenti, quante persone del mio passato incontrerò oggi?* Raddrizzai le spalle e cercai di sembrare del tutto normale, come se non stessi pensando a comprare preservativi o a nascondere il grande segreto che mi divorava dentro. «Non sapevo che fossi tornato in città.»

«Oh, non me ne sono mai andato.» Darren si alzò con le braccia piene di scatole e le impilò di nuovo sullo scaffale, allineando i bordi in perfette linee parallele. La sua camicia sintetica di scarsa qualità e i suoi pantaloni neri avevano il logo del negozio.

Lavora qui.

Beh, che triste.

Ai tempi della scuola, Darren era circa due gradini più in basso di me e Ashley nella scala sociale, il che significava che era praticamente nel dimenticatoio. Era uno di quei nerd super seri che non avevano idea di come qualsiasi cosa gli uscisse dalla bocca lo rendesse un bersaglio per i bulli. Seguiva me e Ash come un cucciolo smarrito perché aveva un'enorme cotta per lei. A volte lei gli dava corda perché lui le faceva i compiti e le aggiustava il portatile.

«È fantastico!» Mi costrinsi a fare un sorriso più largo, anche se le braccia cominciavano a farmi male. Salvai una bottiglia d'acqua prima che mi cadesse a terra. «Nel resto del mondo non c'è niente da vedere comunque. Io ci sono stata, in giro: ci sono solo ingorghi, caffè strambi e tigri dai denti a sciabola.»

«In realtà, non sto andando male. Sono in lizza per il posto di supervisore,» disse Darren, sfilando una penna da dietro l'orecchio e picchiettandosela sulle le dita. «Ho anche un appartamento tutto mio, proprio sopra il macellaio.»

«Ah, sì?» *Che schifo.* «Magari ci si vede in giro. Io lavoro alla Libreria Nevermore.» Darren fece una smorfia. *Beh? Tu lavori in un supermercato. Non puoi fare quella faccia.* «È bello, in realtà.»

«Quel posto è un po' inquietante, non trovi? È sempre stato malandato, ma da quando è stato rilevato da quel gitano, non ci entra quasi nessuno. Mia madre pensa che ci sia un problema di roditori. I topi portano malattie, lo sapevi? Causano la peste nera. Mia madre dice che di recente c'è stata un'epidemia di peste nera, da qualche parte in Africa. Non sarebbe terribile se arrivasse anche qui ad Argleton?»

«Ehm, sì, lo sarebbe.» *Quindi Darren è ancora strano come un tempo.* «Ma non credo che ci siano roditori nella libreria. Però ci sono un gatto e un corvo. E sai che non dovresti usare la parola gitano: potrebbe sembrare un'offesa...»

«Ma è la realtà. Mia madre mi ha detto che non ha nemmeno una famiglia.» Darren emise una specie di risatina acuta. «Ed è un tale bastardo brontolone. Qualche mese fa ho seguito un corso sul servizio clienti, all'interno del mio percorso professionale, e abbiamo imparato l'importanza di mettere i clienti a proprio agio e di accoglierli. Per quanto mi riguarda, ho dovuto imparare a non stare loro troppo addosso e a non guardarli negli occhi a lungo. Ora sono davvero più bravo e i clienti lo apprezzano. A quel gitano farebbe bene un corso del genere. Glielo farai fare? Per esempio, mi hanno insegnato che ora dovrei offrirmi di aiutarti a scegliere i profilattici che ti servono. Ci sono questi, al gusto di ciliegia, che sono molto popolari...»

La donna che aveva cercato di darmi i suoi occhiali ci scrutò da dietro il banco della lattuga, con un solco di disapprovazione sulla fronte. *Pavimento, ingoiami subito.*

«Non ti preoccupare.» Avevo le guance che bruciavano. «In fondo non mi servono.»

«Allora ti assisterò con la tua enorme pila di asciugamani.»

«Non c'è problema. Non ho bisogno di...» Ma Darren mi aveva già preso gli asciugamani e si stava dirigendo verso la cassa. Mi fece cenno di saltare la fila. Io scrollai una spalla dolorante e lo seguii, con le bottiglie d'acqua sotto il braccio. Darren si acciglò nel contare gli asciugamani. «Questi sono per... un progetto artistico. Non sto cercando di mummificare nessuno.»

«Ne sono certo.» Il volto di Darren si rasserenò mentre lui batteva il mio scontrino. «Ehi, vedi ancora Ashley?»

Non voglio parlare di Ashley, cazzo. «Non proprio. Potresti fare in fretta, per favore? Sono un po' di corsa e devo tornare da mia madre...»

«Dopo la fine della scuola è sparita, per andare in qualche luogo eccitante. L'ultima cosa che ho sentito è che era a New York a lavorare per un famoso stilista.» Darren mi fece un ampio sorriso. «La seguo su Instagram. È ancora molto elegante e ha un gusto impeccabile. Non mi stupirei se diventasse la prossima stella della moda. E conosce tutte le ultime novità. Grazie a uno dei suoi recenti post, ho iniziato a bere birra artigianale.»

Bleah. Questo tizio è ancora fastidioso. Aspetta un attimo...

Mi venne in mente un pensiero malvagio. Non avrebbe di certo compensato il male che mi aveva fatto Ashley, ma una piccola vendetta avrebbe potuto farmi sentire meglio. «Scommetto che vorresti poterla rivedere, vero?»

«Oh, sì! Ho così tante cose da raccontarle sulla birra artigianale e voglio chiederle tutto su New York e su quali stilisti pensa che dovrei seguire. Ho messo da parte dei soldi per poter comprare un po' di Verona Westward. È la preferita di Ashley, vero?»

«Oh, sì, Verona Westward è un genio della moda.» Sorrisi, ridendo dentro di me per il suo tentativo di dire Vivienne Westwood. «È il tuo giorno fortunato, Darren. Ashley è qui in visita, *in questo momento.*»

«Davvero?» La voce di Darren si sollevò di un'ottava. Il viso serio si illuminò come quello di un cucciolo di cane.

«Sì. L'ho vista proprio oggi. Probabilmente sta dai suoi. Scommetto che le farebbe piacere rivederti.»

Beccati questo, puttana rubalavoro e spargisegreti.

«Grazie, grazie, Mina! Ci vado alla fine del turno,» disse Darren, mentre con una mano si passava la penna tra i capelli e con l'altra gettava i miei asciugamani in una borsa. «Dovrei portarle dei fiori. Sai che tipo di fiori le piacciono? Ne abbiamo alcuni in offerta per tre sterline. Ah, e qual è la sua birra artigianale preferita? Se hai un minuto, ti mostro la nostra selezione...»

«Ne sarei onorata.» Gli feci un sorriso a trentadue denti. Ashley non aveva idea di cosa l'aspettasse.

8

Il giorno successivo non ci furono grosse novità al lavoro. Due ragazzi si fermarono per un'ora a leggere libri di Bukowski, prima di tirare fuori i loro e-reader e scaricare i file per finirli a casa. Uno ebbe persino il coraggio di chiedere a Heathcliff la password del suo wifi.

«La parola d'ordine è "andatevene-via-cazzoni",» gli disse Heathcliff, con gli occhi neri che gli brillavano di cattiveria. I ragazzi fuggirono, borbottando sottovoce di un servizio indecente e di zingari ingrati.

«Cazzoni con la C maiuscola!» urlai loro dietro, guadagnandomi una risatina di apprezzamento da parte di Heathcliff.

Io feci la mia prima vendita: un libro sulla Great Western Railway a un gentile signore anziano con un cardigan color salmone. Intanto il corvo aveva cagato su un altro tizio che citava Poe. Avrei potuto giurare che quell'uccello l'avesse fatto apposta.

Feci non meno di tre pensieri sconci su Heathcliff e Morrie che mi fecero arrossire e battere forte il cuore. Chiaramente, avevo bisogno di scopare, o mi sarei cacciata in qualche guaio.

Soprattutto, trascorsi l'intera giornata senza pensare ai miei occhi. Mentre io e Heathcliff ci scambiavamo frecciatine e Morrie mi mandava sms provocanti dal treno in direzione di Londra, non potevo preoccuparmi del futuro o lamentarmi della spada di Damocle che mi pendeva sulla testa. Fu meraviglioso. Arrivarono le quattro e non volevo andarmene. Ma io e Morrie avevamo programmato di lavorare al sito web in serata e avevo promesso a mia madre che prima sarei passata a casa per cena. Malvolentieri, lasciai la libreria promettendo a Heathcliff che sarei tornata verso le otto. Il grugnito di ringraziamento da dietro la scrivania mi scaldò il cuore in un modo che non mi aspettavo.

Dopo una cena a base di fagioli in scatola su pane tostato, mia madre si recò in centro per vendere le sue macchine vibranti e le sue bottiglie d'acqua "brandizzate" a ignari pensionati. Era troppo eccitata per la sua prima dimostrazione per accorgersi che mi ero cambiata tre volte. Alla fine scelsi un abito in jersey di Marcus Ribald con degli intarsi di pizzo nero sui fianchi, dei leggings neri e i miei anfibi rossi. Mia madre aveva convinto uno dei drogati dall'altra parte della strada a dare un'occhiata alla sua macchina, che era tornata a funzionare, così mentre andava alla casa di riposo mi accompagnò alla libreria. La pasticceria stava chiudendo e io mi infilai dentro per prendere dei dolcetti dalla proprietaria Greta per una sola sterlina, gli ultimi soldi che mi erano rimasti in tasca. Con la pioggerellina gelida che mi bagnava il viso, mi strinsi nella giacca di pelle e salii i gradini con le farfalle nello stomaco.

Perché sono nervosa? Non è che sia un appuntamento. Sto per creare un sito web con il mio capo e il suo strano coinquilino. In pratica, si tratta di straordinari non pagati.

Anche se la Libreria Nevermore era sempre stata un po' gotica, di notte, sotto la pioggia, aveva un certo che davvero inquietante. Le due punte degli abbaini perforavano le nuvole scure, mentre la luna proiettava un bagliore freddo sui vetri. I rami nudi graffiavano i mattoni come artigli, la pioggia si riversava dai beccucci di rame e si raccoglieva tra i ciottoli. Il senzatetto del giorno prima era rannicchiato sotto la grondaia, con una mano infilata nel petto del cappotto. Si teneva l'altra sulla bocca, annusando qualcosa che sembrava catarro vecchio di un decennio.

Dalla strada non si vedevano luci accese ai piani superiori, ma anche solo per scorgere i gradini della porta d'ingresso dovevo strizzare gli occhi. *Okay, ora sto pensando ai miei occhi.* C'erano un sacco di cose in cui potevo inciampare lungo il tragitto per il piano superiore. Per fortuna non avevo deciso per l'alto outfit, che prevedeva i tacchi.

Non c'era nient'altro da fare che andare avanti, lentamente e con costanza. *Chiamatemi pure la tartaruga più agguerrita del mondo.* Mi aggrappai alla balaustra in ferro battuto e mi feci strada a tentoni con i piedi per salire i gradini. Cercai la maniglia, aspettandomi che la porta fosse chiusa a chiave. Invece si aprì e io entrai nell'atrio, sbattendo gli stivali bagnati sullo zerbino e lisciandomi i capelli.

Naturalmente nessuno dei due aveva pensato di lasciare una luce accesa al piano di sotto. Mi fermai per strizzare l'acqua dalla sciarpa e dal cappello, nell'attesa che gli occhi si adattassero alla penombra, ma non lo fecero. Mi incamminai lungo il corridoio d'ingresso, buttando giù dei libri dagli scaffali, e salii la prima rampa di scale.

Al primo piano, un pallido raggio di luna proveniente dalla finestra di fronte agli scaffali di Sociologia mi indicò una strada da seguire. Riuscii a trovare la stretta rampa di scale che portava all'appartamento del piano superiore senza inciampare in qualche castoro imbalsamato. La scala era transennata da una corda di velluto sbiadita e da un cartello che avevo già visto e sul quale sapevo essere scritto: "A vostro rischio e pericolo" nella ordinata calligrafia in corsivo di Heathcliff. Scostai la corda, passai la scatola dei dolci all'altra mano e appoggiai le dita al muro mentre mi immergevo nell'oscurità e mi facevo strada al piano superiore.

Ecco come sarà la mia vita tra poco: un mondo immerso nelle tenebre.

Cacciai via quel pensiero. Non ero pronta a piangermi addosso, non quella sera. Volevo tenere nascosta la verità ai ragazzi ancora per un po'. Volevo che Morrie continuasse a mostrarmi quel suo sorriso diabolico e a flirtare via messaggio, e volevo che Heathcliff grugnisse alle mie battute e mi costringesse a scrivere sotto dettatura lettere aggressive al Negozio-Che-Non-Si-Deve-Nominare. Volevo che la... *cosa... che* c'era tra noi e che mi faceva battere il cuore e bagnare le mutandine rimanesse così meravigliosa ancora per un po', prima che iniziassero a trattarmi come un'invalida degna solo di pietà.

I miei piedi arrivarono su un piccolo pianerottolo. Allungai la mano, tastando le pareti fino a quando trovai una maniglia. Qualcosa scricchiolò sulle scale dietro di me. Mi voltai di scatto, ma nella penombra non riuscii a vedere nulla. Il respiro mi si bloccò in gola.

Non è niente. È un vecchio edificio. Scricchiola. Mi sto spaventando solo perché è così buio...

Un altro scricchiolio e un rumore di qualcosa che si muoveva.

Mi bloccai, fissando il nulla della tromba delle scale come se potesse magicamente rivelarmi una presenza. Il cuore mi martellava contro il petto.

«Chi è?» chiesi ansimando.

Nessuno rispose.

Ecco, vedi? Non c'è motivo di avere paura.

Ovvio che un motivo di avere paura c'è. Mi trovo in un corridoio buio nel mezzo di una libreria inquietante, con una porta chiusa a chiave davanti a me e un buco nero alle spalle. È l'inizio del gioco Cluedo, poco prima che il buon dottor Black venga brutalmente assassinato.

Il mio respiro uscì in rantoli affannosi mentre ero in attesa di altri rumori. Non ce ne furono. *È solo la casa.*

Feci alcuni respiri profondi, cercando di calmarmi. Quando bussai alla porta, i colpi mi fecero volare in faccia una nuvola di polvere.

«È aperto,» urlò Morrie dall'interno.

Tossendo per la polvere, spinsi la porta ed entrai. Dietro di me ci fu un altro suono, come lo scricchiolio di una porta che si apriva da qualche altra parte, ma ero troppo distratta dalla stanza davanti a me per pensarci.

Non era l'appartamento che avevo immaginato quando Morrie e Heathcliff avevano detto di vivere insieme sopra la libreria. Nella mia testa, vivevano nella tipica topaia da scapoli in cui tutti i ragazzi che conoscevo avevano abitato: uno stendino di panni umidi in soggiorno, i bordi dei vestiti macchiati di muffa. Una cucina così radioattiva da far scattare un contatore Geiger, con toast attaccati al soffitto come in una mostra d'arte moderna. Una distilleria di whisky nella vasca da bagno. Poster di donne in topless affissi su ogni parete, con cazzi disegnati accanto alle bocche imbronciate. Muffe trasformatesi in creature senzienti che impartivano istruzioni da dietro lo specchio del bagno...

Anche se li conoscevo da soli due giorni, avrei dovuto immaginare che quei ragazzi erano diversi. Ma *quello*...

Entrai in un salotto piccolo ma piacevolmente arredato. Un fuoco a gas nel focolare illuminava l'appartamento con un caldo bagliore e riuscivo a distinguere i bordi di un'accozzaglia di mobili distili diversi. C'erano libri disseminati su ogni superficie, cioè quelle che non erano ricoperte da bottiglie vuote e strani cimeli. Sollevai lo sguardo al soffitto, ma non c'era nessun toast che minacciasse di crollarmi addosso. Non c'erano poster né volgari cazzi alle pareti, a meno che non si tenesse conto del grande dipinto in stile rinascimentale sopra il camino, con divinità eroicamente nude che inseguivano una ninfa. Vivaci opere d'arte in cornici intagliate adornavano ogni superficie disponibile. Stampe, immagino, perché alcune sembravano di Picasso o Monet.

Tra le cornici dorate e impolverate faceva capolino la carta da parati con arabeschi rossi e oro. Mi avvicinai al calore del fuoco e osservai la mensola, carica di strane statue, scatole di marmo e pacchetti di sigarette vuoti. Notai un poster dei Clash sopra la libreria e un giradischi su uno scaffale accanto al caminetto. Due tavolini sgangherati vacillavano non sotto il peso di lattine di birra, ma di tazze da tè e piattini di porcellana. Invece del solito odore che associavo ai ragazzi (sudore, piatti non lavati e calzini da staccare dalle pareti) l'aria profumava di vecchi libri e cuoio screpolato, di tè alla lavanda e incenso.

Sopra il giradischi, il corvo dondolava pigramente da un trespolo fatto su misura. Quando mi vide, aprì le ali e si allontanò in picchiata verso il corridoio.

«Dove stai andando?» lo richiamai. «Prometto che non citerò nulla di Poe.»

La testa di Morrie fece capolino da una piccola nicchia in fondo alla sala, il suo corpo alto illuminato dallo schermo di un computer. «Heathcliff, inutile idiota, c'è Mina!» lo informò a voce alta. Poi mi fece uno dei suoi sorrisi malvagi. «Benvenuta nelle nostre umili stanze.»

«Questo posto è davvero bello,» commentai, avvicinandomi alla sedia di pelle vuota di fronte al caminetto. «Mi immagino a leggere qui, con Grimalkin accoccolata in grembo...»

Esageratamente furtivo, Heathcliff uscì dall'ombra e prese

posto nella sedia davanti a me. «Questa è mia. Nessuno si siede qui.»

«Oh, salve anche a te.» Grimalkin saltò sullo schienale della sedia e si mise a giocare con i miei capelli. Le diedi qualche colpetto sulla testa pelosa. Cercai di dare qualche colpetto anche sulla la testa di Heathcliff, ma lui si sottrasse e affondò ancora di più sulla sedia. Io misi un vistoso broncio. «Almeno Grimalkin è felice di vedermi.»

«Perché non hai cercato di appropriarti delle sue cose,» rispose Heathcliff.

«Suvvia, è questo il modo di trattare una persona che ha portato il dessert?» Sollevai il coperchio della scatola che avevo tra le mani per rivelare una pila di dolcetti al caramello mou.

«Ma io sono stato la gentilezza in persona.» Morrie uscì dalla nicchia e prese una tortina dalla scatola. Spalancai la bocca. Doveva essere appena uscito dalla doccia, perché aveva i capelli appiccicati al viso e gocce che gli scendevano dalla mascella perfetta. Nella penombra avevo anche trascurato di notare che non indossava la camicia.

Mi si seccarono le fauci. Per Astarte, James Moriarty era *scolpito*. I pettorali tonici e la tartaruga invitavano lo sguardo a scendere, scendere, giù fino a dove una scia di peli scuri e le estremità di una V da Adone lasciavano che la mia immaginazione accarezzasse ciò che aveva sotto la cintura. Sul bicipite, un tatuaggio di una nave da guerra napoleonica recitava "i giochi sono aperti". Sul petto era inciso "Ti confesso che desidero il tuo cranio" in un'elegante scrittura gotica, e da uno dei suoi gloriosi pettorali pendeva una ragnatela, con il ragno che gli arrivava agli addominali.

«Tutto bene, bellezza?» Morrie prese una seconda tortina. «Hai la bocca aperta come se fossi a caccia di mosche.»

La chiusi di scatto. «Le mosche... cioè, io sto *bene*. Hai

intenzione di vestirti? Stasera fuori fa freddo. Non vorrei che ti beccassi un accidente.»

«Non sopporti la mia vista, eh?» Si infilò una camicia rossa e vi abbottonò sopra un gilet nero e oro, arrotolandosi le maniche. *Non mi stancherò mai di pensare che questo uomo ne sa, di abbigliamento.*

«Sono solo responsabile. Ho anche portato delle bacche per il corvo. Sono un po' schiacciate, ma...» Mi mancarono le parole quando notai un terzo paio di occhi che mi osservavano dal corridoio. «Chi... chi altro c'è?»

Una figura uscì dall'ombra. Quando fu sotto la luce del lampadario, misi a fuoco un altro ragazzo, dai lineamenti così sorprendenti da togliermi il fiato. Mentre Heathcliff aveva dei lineamenti marcati, e Morrie un fascino elegante, la pelle di quel ragazzo irradiava una pallida luminescenza che sembrava non essere di questo mondo. Un paio di labbra sensuali e imbronciate si rivolgevano verso di me, e lunghe dita si allungarono a scostarsi dal viso una ciocca di capelli neri lunghi fino alla vita, scoprendo uno zigomo molto pronunciato. Occhi di un castano intenso, venati da anelli di fuoco come una foresta norvegese che bruciava nel Ragnarok, mi fissavano come un cacciatore fissa la sua preda.

«Chi... chi sei?» riuscii a dire con fatica.

«Il coinquilino,» sussurrò lui, le parole pesanti come una maledizione. «Porto le bacche all'uccello.»

Al suono della sua voce sussultai. Quel tono gutturale, quel timbro ricco, come cioccolato fuso su fragole mature. *Sembra proprio quella voce misteriosa che continuo a sentire in giro per il negozio!*

Allora perché non l'ho mai visto prima?

«Mi stavi spiando?» gli chiesi. La sua estrema, ultraterrena avvenenza non lo rendeva meno inquietante.

Gli occhi del coinquilino si spostarono, lanciando lingue di fuoco mentre l'inferno prendeva il posto della foresta. Socchiuse le palpebre con lunghe ciglia simili a piume, mi strappò di mano le bacche, girò sui tacchi e tornò in corridoio. I suoi capelli fluenti assorbivano e riflettevano la luce allo stesso tempo, come il piumaggio di un passero, e illuminavano gli scaffali di fuggevoli sfumature di colore: indaco, lavanda, rame, oro brunito.

Mi sfregai l'angolo di un occhio, desiderando come una pazza che i miei occhi inaffidabili riuscissero a penetrare la penombra del corridoio, perché avrei scommesso che la vista del suo culo fosse dannatamente *spettacolare*.

«Quello è Quoth,» disse Morrie. «È un tipo un po' solitario. Non lo vedrai molto spesso.»

«Probabilmente è meglio così. Ma sul serio, si chiama Quoth?»

Morrie annuì.

«Il suo vero nome? Non il nickname di World of Warcraft? Non il nome della sua band post-punk preferita? I suoi genitori lo hanno davvero chiamato *Quoth*?»

«Così c'è scritto sul suo abbonamento alla palestra,» grugnì Heathcliff dalla sedia.

«Okay, questo appartamento è troppo bizzarro per essere reale. Siete sicuri di vivere qui solo in tre? Non è che tra poco incontrerò Shakespeare e Beda il Venerabile? Perché non sono sicura che il mio cervello in questo momento riuscirebbe a gestire i "vossia" e i "lorsignori".»

«Siamo solo noi tre, allegri scapoloni,» canticchiò Morrie prendendosi un'altra tortina.

«Quattro, se si conta il corvo,» aggiunsi, sorpresa che avesse dimenticato l'uccello.

«Giusto, sì. Naturalmente. Quattro.»

«Non avevate del lavoro da fare?» Heathcliff prese il libro

dal bracciolo della sedia. «Ho la sensazione che sia stato tramato un complotto per rendere la mia vita infelice.»

«Tu sei già infelice. Spero che un sito web ti renda *così tanto* infelice da restituirti alla gioia,» dissi, riuscendo ad arruffargli un po' i capelli prima che mi mandasse via con un gesto della mano.

«Io spero che vada a farsi un'allegra corsetta.» Morrie mi fece cenno di accomodarmi. «Sarebbe il massimo. Prego, il mio rifugio è da questa parte.»

In quella piccola nicchia appena fuori dal soggiorno, che probabilmente un tempo era servita da nursery quando la casa era un'unica dimora vittoriana, Morrie si sedette accanto a un'elegante scrivania nera. A differenza di tutto il resto della Nevermore, quella scrivania era un'opera d'arte moderna: una distesa lucida di acciaio e vetro, che conteneva tre schermi disposti a semicerchio intorno a una sedia con lo schienale alto, e sotto di essa l'unità centrale di un computer e una tastiera meccanica.

«Quindi sei un gamer.» Sgranai gli occhi, riconoscendo alcuni dei gadget dall'appartamento di un fidanzato gamer che avevo avuto a New York. A giudicare dalla configurazione di Morrie, ci aveva speso sopra parecchio.

«Per così dire.» Morrie tirò fuori la sedia e mi fece cenno di sedermi. Lo feci, meravigliandomi di come la sedia si adattasse al mio corpo. Mi passò per la mente una breve fantasia di me a cavalcioni su Morrie che se ne stava su quella sedia e mi sorrideva, e mi ci divertii per un po' mentre lui si chinava a regolare la tastiera. Il suo braccio sfiorò il mio e mi pentii di non aver comprato quella scatola di preservativi.

È tutto il giorno che flirta con te, mi rimproverò la voce di Ashley nella mia testa. Lei sapeva sempre tutto quando si trattava di ragazzi. *Ti ha invitato a casa sua a tarda notte. Continua a mostrarti quel sorriso. Buttati, tesoro!*

Non finché ci sono Heathcliff e Quoth. Queste pareti devono essere sottili come carta e non insonorizzate. L'idea di lavorare con Heathcliff dopo che avesse sentito me e Morrie scopare mi fece passare ogni voglia. *Non ho bisogno di altre complicazioni nella mia vita in questo momento. Dobbiamo solo costruire un sito web, tutto qui.*

Guardai i diversi schermi, evitando deliberatamente di guardare Morrie con occhi da pervertita. Dei dati scorrevano su uno schermo troppo veloci perché i miei occhi potessero seguirli. «Che cos'è questa roba? Pensavo che non lavorassi più.»

«No. Ora sono un libero professionista. Ti ho detto che me la sarei cavata.»

«Che cosa fai, esattamente?»

«Come amano dire i miei contemporanei, sono dotato di una fenomenale abilità matematica.» La mano di Morrie mi sfiorò la spalla mentre mi sistemavo sulla sedia, provocandomi un brivido in tutto il corpo che non veniva di sicuro da uno spiffero d'aria. «Questo significa che faccio tutto ciò che mi interessa. Qualche anno fa ho pubblicato un libro sugli asteroidi. Il mio ultimo lavoro era nella finanza. Oggi, sul treno, ho imparato a codificare un sito web. Vuoi vedere cosa mi è venuto in mente?»

«Vuoi dire se voglio vedere il sito web che hai creato dopo averlo imparato a fare in treno? Sì, ti prego. Una risata mi farebbe bene.» Mi immaginai un terribile pasticcio con del testo lampeggiante e una sovrabbondanza di punti esclamativi.

Moriarty si chinò in avanti per digitare sulla tastiera, il suo corpo che incombeva sul mio. Percepii la tensione dei suoi muscoli mentre muoveva il mouse. *È eccitato quanto me?* «Ho già acquistato un dominio e impostato questo sito elementare. Il negozio online è un plugin per il nostro catalogo sul Negozio-Che-Non-Si-Deve-Nominare. Sono anche riuscito a trovare un'immagine di Heathcliff con un aspetto piuttosto normale. Tutto ciò che serve è qualche testo e qualche fotografia, e forse una mailing list.»

«Nessuna mailing list,» ci informò Heathcliff dalla sua postazione davanti al fuoco.

«Tu torna al tuo libro,» ribattei.

«È difficile concentrarsi con voi due che cercate di rovinare i miei affari.»

Morrie mi mostrò come navigare tra i diversi elementi. «Se posizioni il cursore in questa casella, puoi aggiungere del testo per la homepage. C'è la pagina *Chi siamo* e la pagina *Trovaci*, con una mappa interattiva di Argleton.»

Fissai la casella vuota sullo schermo, le dita bloccate sui tasti. «Cosa devo digitare?»

«Solo informazioni sul negozio. Stai cercando di farlo sembrare attraente in modo che la gente venga a trovarci e che Heathcliff la smetta di essere così tirchio con l'acqua calda.» Morrie si scostò un ricciolo bagnato dalla fronte. Io deglutii. *Giusto, scrivere qualcosa mentre Morrie guarda. A-ha. Facile.*

Cliccai su un tasto. Libreria. Libri. Lettura. Fuga. Cosa potevo dire della Libreria Nevermore che trasmettesse il modo in cui io percepivo quel posto?

Un'idea mi arrivò dal nulla e mi picchiò sulla spalla. Scrissi: «Libreria Nevermore: storie di cui non sapevi di aver bisogno.»

«Ce l'hai fatta, bellezza.» La voce sexy di Morrie mi accarezzò l'orecchio. «Continua.»

Le mie dita volavano sulla tastiera mentre richiamavo i miei ricordi di quando fuggivo alla Nevermore dopo la scuola e del conforto che trovavo tra le pagine di questo luogo. Evocai un labirinto di scaffali in cui si poteva annidare qualsiasi cosa, e scrissi persino dell'incontro con il "corvo amichevole della libreria".

«Questo è un po' esagerato,» dissi, indicando la parte del corvo. «Ma è così insolito che penso che dobbiamo citarlo.»

«Cra,» concordò il corvo, che era entrato in volo e si era appollaiato sul retro del monitor.

«Sì, sì.» Digitai con furia. «Sto aggiungendo un passaggio sul non citare Poe.»

«È geniale.» Morrie si chinò su di me per guardare meglio lo schermo. Le mie dita si muovevano rapide sui tasti. Avevo dimenticato che era lì. «Hai un talento naturale.»

«Un talento naturale per non citare Poe?»

«No, sei una scrittrice nata. Io posso risolvere un'equazione di Navier-Stokes in pochi secondi, ma avrei fissato quello schermo per ore e non sarei mai arrivato a qualcosa di così eloquente come quello che tu hai scritto in dieci minuti. Con le tue parole potresti vendere sabbia nel deserto.»

«Per favore, non parlarmi di vendere sabbia.» Uno dei primi progetti di mia madre era stato uno scrub curativo a base di "autentica" sabbia di Damasco che aveva raccolto dalla spiaggia di Blackpool. Sospettavo che stesse ancora pagando la multa dell'Agenzia per l'Ambiente.

Digitai alcune informazioni sulle altre pagine e finii con la pagina *Chi siamo*. Avevo in mente di raccontare ai nostri potenziali clienti un po' del burbero proprietario, poi mi resi conto di non sapere nulla di Heathcliff. Il suo accento era settentrionale e non poteva essere cresciuto a Argleton, perché avrebbe frequentato la mia scuola e mi sarei ricordata di lui. Tutti continuavano a chiamarlo gitano, e la pelle scura e il naso prominente suggerivano di sicuro origini orientali. Da dove veniva? Aveva frequentato l'università? Come mai una persona così giovane e portata per il duro lavoro aveva deciso di gestire una vecchia libreria ammuffita?

«Heathcliff, puoi venire qui?» urlai.

«Sono occupato.»

«Ci vorrà solo un minuto.»

Il corvo svolazzò in soggiorno. Mi sporsi dall'angolo della nicchia in tempo per vederlo beccare Heathcliff sul braccio.

«Cra!»

«*Va bene!*» Heathcliff si sporse in avanti per guardare verso di me. «*Che c'è?*»

«Mi servono solo alcune informazioni biografiche, per il sito web.»

«Non voglio che la gente sappia nulla di me.»

«Non stiamo parlando dei tuoi segreti più profondi e oscuri, solo delle cose basilari. Dove sei nato, perché sei entrato nel commercio dei libri...»

«Mi occupo di libri perché pensavo che non sarebbe stato pieno di persone fastidiose che disturbano la mia quiete con domande continue. Mi sbagliavo.» Heathcliff colpì il corvo. Quello gracchiò in segno di sfida e volò su un posatoio sopra la porta del corridoio.

«Per favore?»

Heathcliff sospirò, come se gli avessi chiesto di arruolarsi nell'esercito. «E va bene.» Sollevò leggermente il sedere dalla sedia, si rovistò nelle tasche e recuperò un portafoglio di pelle sbiadita giù di moda. Me lo lanciò. «È tutto lì dentro. Qualsiasi altro dettaglio ti serva, inventatelo.»

Fissai il portafoglio. Il profumo di sigaretta e spezie di Heathcliff fuoriusciva dalle cuciture e mi assaliva i sensi. Lo aprii e sbirciai all'interno, tirando fuori biglietti e ritagli di carta infilati in ogni tasca, tutti contenenti i dati di Heathcliff in caratteri minuscoli. Le lacrime mi pungevano gli angoli degli occhi. Anche con la luce dello schermo del computer, non sarei mai riuscita a leggere nulla.

Perché non può dirmelo e basta? Perché deve costringermi a...

«Stai aspettando un invito scritto?»

«Non si tratta di questo,» dissi in fretta, lanciandogli di nuovo il portafoglio. «È che non posso usarlo.»

«Perché no?»

«Perché... ehm...» Mi scervellai per trovare una scusa a cui avrebbero creduto.

«Perché non riesce a leggerli,» disse una voce gutturale dall'ingresso. «Sta diventando cieca.»

9

«**N**on è... non è vero!» Mi voltai di scatto. Lì, appostato nell'ombra, c'era il coinquilino Quoth, con le braccia conserte sul davanti della camicia rosso sangue e gli occhi feroci che mi osservavano come un avvoltoio.

Come può saperlo?

La vergogna che mi aveva fatto tornare dalla mia amata New York, che mi aveva fatto perdere sia il lavoro dei miei sogni che la mia migliore amica, e che mi aveva fatto precipitare in una spirale di disgusto per me stessa, mi derideva dalle sue labbra. Avrei voluto che il legno sotto i miei piedi sparisse per farmi cadere negli scaffali sottostanti. *Seppelliscimi sotto i libri. O meglio ancora, seppellisci Quoth. Come fa a saperlo, e perché cazzo doveva dire qualcosa?*

«È vero, bellezza?» chiese Morrie, con una voce più dolce di quella che immaginavo possibile.

No, non farlo. Non compatirmi. Non riesco a sopportare la pietà.

«Come... come facevi a saperlo?» Sussurrai, con il petto che mi si stringeva. Quello era il *mio* segreto. Quoth non aveva il diritto di spifferarlo a tutto l'appartamento, soprattutto non a Heathcliff, che probabilmente si stava preparando a licenziarmi.

«Osservo le persone.» Quoth si infilò una ciocca di morbidi capelli dietro l'orecchio.

«Non è una risposta.»

«L'ho notato oggi mentre sistemavi gli scaffali. Tieni i libri vicino al viso per leggere i titoli e giri la testa con un'angolazione strana, come se ti mancasse la visione periferica.»

«Quindi mi stavi osservando. È inquietante, soprattutto perché non ti sei preoccupato di farti vedere.» Con quel corpo e quegli occhi così penetranti, mi sarei ricordata di lui. Era poco ma sicuro.

Quoth scrollò le spalle. «Sono sempre qui. Mi mimetizzo sullo sfondo.»

«Tu non...»

«Puoi ucciderlo più tardi. Il Cielo sa che se lo facessi risolveresti metà dei miei problemi.» Heathcliff mi squadrò. «Comunque, dice la verità?»

«Sì, va bene, è vero.» Alzai le mani. «Sto diventando cieca, okay?»

Sto diventando cieca. Quelle parole che dal momento della diagnosi avevo avuto il terrore di pronunciare ad alta voce risuonarono nella stanza silenziosa. Parole che avevo detto solo a un'altra persona (senza contare mia madre) e che lei aveva usato per rovinarmi la vita. Parole che significavano che stavo perdendo tutto ciò che amavo: colori, arte, parole. Tutto quanto.

Heathcliff scattò in piedi. Accarezzò la poltrona accanto al fuoco. «Siediti, raccontaci tutto.»

Morrie sembrò sbigottito. «Le permetti di prendere la tua poltrona? Vivo qui da tre anni e mai una volta mi ci hai fatto sedere...»

«Se continui a insistere, la butto dalla finestra e ti chiudo l'acqua calda,» ringhiò Heathcliff. Morrie sospinse verso la poltrona il mio corpo rigido.

Mi fissavo i piedi e tremavo tutta. *Lo sanno lo sanno lo sanno...*

«Porca miseria, Quoth, l'hai turbata,» disse Morrie dando un pugno sul braccio al suo coinquilino. «Non puoi sparare cazzate in questo modo.»

Quoth si appoggiò allo stipite della porta. «Non sapevo che fosse un segreto,» disse.

«Sì, beh.» *Non sapevo che un terzo coinquilino che avrebbe potuto partecipare a una gara di sosia di Brandon Lee mi guardasse di nascosto mentre mettevo in ordine i libri, ma tant'è.*

Un braccio mi afferrò per la vita. La testa di Morrie spuntò sotto la mia, le sue labbra pericolosamente vicine. «Quoth non voleva dire nulla. Non è bravo a leggere i segnali sociali. Se ti fa sentire meglio, posso architettare un elaborato piano di vendetta. Sono molto bravo a vendicarmi. Si potrebbe usare del filo da pianoforte.»

Quoth trasalì.

«Posso pensarci?» Sprofondai nella poltrona. Il calore del fuoco mi avvolse il corpo, attenuando il bruciore di quella scoperta. Allungai le dita intorno ai braccioli imbottiti, respirando il profumo che si sprigionava dal cuoio. Il profumo unico di Heathcliff: un aroma speziato con sfumature di torba e muschio fresco della brughiera. Heathcliff appoggiò il gomito alla mensola del caminetto e frugò nel pacchetto di sigarette. Ne accostò una alle labbra e l'accese.

Morrie si rannicchiò sulla sedia da gaming e spingendosi sulle rotelline attraversò la stanza. Quoth non si avvicinò, ma sentivo ancora i suoi strani occhi che non mi mollavano.

«Sembra che tu stia portando un bel fardello, bellezza,» rifletté Morrie, appoggiandosi il mento sulla mano. «Permettici di alleggerirti.»

Guardai prima l'uno poi l'altro, il petto stretto dal peso del mio segreto. Parlarne lo rendeva reale, e se era reale lo dovevo affrontare e io... non ero pronta. Eppure... facevo fatica a non parlarne. Quel segreto mi rodeva le viscere da troppo tempo.

Quei ragazzi non erano miei amici. Li conoscevo appena da due giorni. Uno di loro era il mio datore di lavoro. Se mi avessero presa per il culo, avrei sempre potuto tagliare la corda. Probabilmente alla fine avrei comunque dovuto lasciare Argleton: uno dei folli progetti di mia madre sarebbe inevitabilmente finito dalla parte sbagliata della legge, e se fossi rimasta ancora a lungo nella mia vecchia stanza in quel quartiere popolare sarei impazzita.

Avevo una via d'uscita, se ne avessi avuto bisogno. Potevo permettermi di fidarmi un po' di loro, no?

Il mio cuore soffriva all'idea di fidarmi di nuovo di qualcuno, ma ero stanca di portare quel segreto da sola.

Aprii la bocca, con l'intenzione di fornire loro una breve sintesi, in un paio di frasi. Invece, le parole sgorgarono come un fiume in piena. «Sono cresciuta qui ad Argleton, ma ho passato tutta la vita a voler scappare via. Non so spiegare perché, ma non sono mai piaciuta alla gente. I ragazzi a scuola mi bullizzavano perché eravamo poveri, perché mia madre era strana, perché mi piacevano la musica strana, i film strani, e disegnare o scrivere storie invece di giocare a calcio. E perché leggevo libri, tutti i libri, molto al di sopra della mia età. Appena finita la scuola, ho prenotato un biglietto aereo per andarmene da qui e sono tornata solo ora.»

«Perché sei tornata, bellezza?» Morrie mi si avvicinò e mi passò le dita sulle nocche, facendomi rizzare i peli sul dorso della mano.

«Shhh, lasciala parlare,» sbottò Heathcliff.

«Ho trascorso gli ultimi quattro anni a New York, ho preso un diploma in moda e poi ho lavorato in un fantastico stage con Marcus Ribald, uno dei miei stilisti preferiti. Ho avuto la possibilità di seguirlo per un anno, di lavorare alle collezioni, di gestire i servizi fotografici, in pratica di essere il suo factotum. È stato *fantastico*. E la cosa ancora più bella è che la mia migliore amica, Ashley, era una delle altre stagiste.»

«Ho capito!» gridò Morrie. «Ashley è la ragazza che è venuta qui ieri.»

«Come fai a sapere che ieri è entrata una ragazza?»

«Me l'ha detto Heathcliff. È un vero pettegolo, se lo si aiuta con un po' di whisky. Gli ho fatto *un sacco di* domande sul tuo primo giorno. Cosa hai fatto, quanto sei stata efficiente, se ti sei chinata con quella tua gonnellina così sexy...»

«Non essere disgustoso.» Heathcliff gli lanciò uno sguardo che avrebbe potuto polverizzare dei diamanti. Lui si strofinò il mento con una mano e conficcò gli occhi scuri nei miei. «Quella ragazza *era* Ashley.»

Non era una domanda, ma annuii lo stesso. «Sì. Ha detto che era venuta a trovare la sua famiglia per le vacanze. Anche Ashley è di Argleton. Siamo amiche dai tempi della scuola. Ashley è...» Cercai un modo per descriverla. «È sempre l'anima della festa. È ipercreativa. Corre a un milione di chilometri al minuto ed è piena di idee. Dice quello che pensa e se ne frega di quello che pensano gli altri. Quando esco con lei, mi sento invincibile. Ma è anche superficiale, egoista e spietata quando vuole qualcosa o qualcuno. Non vede come le sue decisioni si ripercuotano sugli altri. Pensavo di essere diversa da lei. Mi chiamava la sua migliore amica. Credevo che tenesse a me abbastanza da non distruggermi. Mi sbagliavo.

«Nel programma di tirocinio eravamo quattro stagisti e tutti eravamo in competizione per una assunzione a tempo pieno nello studio Ribald. Non per tirarmela, ma avevo praticamente il posto in tasca. Una delle ragazze si è fatta strada scopandosi l'intero team di styling, l'altra era una cleptomane. Ashley è competente, ma disorganizzata, e passava troppo tempo a fare l'influencer sui social per concentrarsi sul lavoro di Ribald. In più di un'occasione ho dovuto salvarle il culo prima che Marcus scoprisse gli errori che aveva fatto.»

«Sembra che tu abbia assunto la ragazza giusta per questo lavoro,» disse Morrie a Heathcliff. «Forse la nostra Mina può aiutarti a fare qualcosa per quel lurido aspetto da gitano.»

«Meglio un gitano lurido che un damerino dandy.»

«Mi hai appena dato del *dandy?*» Morrie soffocò una risatina. «Ma come sei aggiornato. Hai altri insulti shakespeariani? Dimmi che sono un bubbone, una piaga, un carbuncolo impresso nel tuo sangue corrotto...»

«Silenzio, *tutti e due,*» disse Quoth, con voce vellutata e cupa. «Lasciate parlare Mina.»

Feci un respiro tremante. «Qualche mese fa ho iniziato a notare che non riuscivo a vedere bene in condizioni di luce scarsa. Ero seduta in un bar con Ashley. Aveva convinto un paio di ragazzi a offrirci da bere e a un certo punto mi resi conto che non riuscivo a capire se erano gli stessi due con cui avevamo iniziato la serata. Non riuscivo a distinguere i loro volti. Pensai che forse avevo bevuto troppo, ma poi quella settimana caddi dalle scale del nostro appartamento. Mi graffiai tutto il braccio. Mi faceva un male cane.» Sollevai il braccio e arrotolai la manica per mostrare loro la cicatrice.

«C'erano anche altre cose. Ashley mi disse che continuavo a piegare la testa in modo strano. A quanto pare la inclinavo perché la mia visione periferica si stava restringendo a un ritmo allarmante. Un paio di settimane dopo sono andata a sbattere contro uno schedario e mi sono scheggiata un dente. Poi ho sbagliato a calcolare la posizione della scrivania e ho fatto cadere a terra il frullato di cacao spremuto a freddo. A New York è un cazzo di *sacrilegio,* come sputare sul Papa. È stato strano, ma pensavo solo di essere stressata dal lavoro.

«Eravamo in vista della Settimana della Moda di New York,

quindi la mole di lavoro era pazzesca. Marcus stava presentando la sua prima collezione sposa e tutto doveva essere *perfetto*. Lavoravo nel backstage dell'evento senza riuscire a vedere nulla. Avevo un sacco di cose da organizzare e di persone che facevano affidamento su me, e il successo dell'intera sfilata dipendeva dalla mia abilità a rendere perfetto ogni spunto, a risolvere qualsiasi disastro, a trovare qualunque accessorio mancante. Ashley mi chiamò e io inciampai mentre andavo verso di lei attraverso ombre e penombra, andando a sbattere contro una modella che indossava un copricapo alto due metri. Per fortuna, fu in grado di ritrovare l'equilibrio prima di cadere rovinando il vestito, ma io non riuscivo a smettere di tremare. Non avevo mai fatto una cosa così *stupida*. Era come se fossi stata drogata. Pensai che uno degli altri tirocinanti mi avesse corretto il drink. Ashley continuava a dirmi che era stato solo un incidente, invece... Non l'avevo vista. Nemmeno dopo esserle andata addosso: non la vedevo proprio. Eppure *avrei dovuto*.»

Mi vennero le lacrime agli occhi al ricordo. Lavorare alla Settimana Della Moda per Marcus Ribald avrebbe dovuto essere un sogno finalmente realizzato. Invece, mi sarebbe rimasto impresso per sempre nella memoria come il giorno in cui avevo capito che i miei occhi avevano qualcosa che non andava.

Grimalkin mi saltò in grembo e si acciambellò, con il corpo che vibrava in un intenso rantolo. Le accarezzai il pelo liscio: questo mi aiutò a calmare il respiro per poter continuare. Strizzai gli occhi nel tentativo di tenere a bada le lacrime. «Andai da un ottico che mi indirizzò da un oculista e, dopo altri esami e cose del genere, ebbi la diagnosi: *retinite pigmentosa.*»

«E cioè?»

«Una rottura delle cellule della retina,» intervenne Morrie. «Quando la retina degenera, si perdono la visione notturna e periferica.»

«Sei anche medico?» chiesi, sorpresa che sapesse così tanto.

«Mi diletto,» replicò semplicemente.

«Beh, hai ragione. È una condizione genetica, quindi, oltre al naso piccolo e ai capelli chiari, ho ereditato questi deliziosi geni dai miei genitori. Nessuno nella famiglia di mia madre ha questa malattia e lei non ha contatti con mio padre, quindi di quella parte della famiglia non sappiamo nulla. Lo specialista ha detto che la mia è una forma piuttosto rara di RP che può accelerare di punto in bianco. Non posso farci nulla e non c'è una cura. Dice che...» Presi fiato. «Che alla fine diventerò completamente cieca.»

La mia paura più grande era lì, in agguato. Invece di essere un'esperienza orribile, pronunciare quelle parole nell'oscurità fu stranamente liberatorio. Mi sentivo come se fossi fuori dal mio corpo, a guardare quella ragazza triste con il suo vestito di jersey e gli anfibi consumati che si sfogava davanti a quei ragazzi. La loro reazione non aveva nessuna importanza, perché lei aveva fatto la cosa più terribile. Aveva detto quelle parole. Le aveva rese reali.

«Merda,» sputò fuori Heathcliff, la parola densa di dolore nascosto. I miei occhi si spalancarono di scatto e una scossa mi attraversò il corpo mentre lui mi guardava, mi guardava *davvero*. Vide tutti gli indizi che stavano lì, nascosti alla luce del giorno, da quando mi aveva assunta, e tutto ciò che quella diagnosi significava per il mio futuro.

E ciò lo fece arrabbiare, non con me, ma *per* me. Gli fece ricordare un suo dolore passato che lo faceva sentire impotente e solo e, per la prima volta da quando ero entrata nella Libreria Nevermore, mi resi conto che io e Heathcliff avevamo un legame.

«È un vero peccato, bellezza,» commentò Morrie.

Quoth non disse nulla.

Inspirai a fondo, incoraggiata dalle loro reazioni e dai loro sguardi su di me. Fuori, la pioggia era aumentata, batteva contro le finestre e risuonava sul tetto, in sincrono con il battito del mio cuore. Ripresi. «La prima cosa che feci fu chiamare Ashley. Arrivò subito con una bottiglia di bourbon e la finimmo tutta quella sera. Ero completamente ubriaca e piansi molto. Tutto ciò che avevo sempre desiderato, da una vita, era fare la stilista, ma come potevo farlo se non potevo nemmeno vedere? Ashley mi convinse che non era tutto negativo. Magari sarebbero passati anche vent'anni o più prima che io fossi diventata completamente cieca. Magari non sarebbe mai successo. Pensava che avrei dovuto continuare a seguire la moda e mandare a fanculo chiunque avesse cercato di fermarmi. Non le avevo mai voluto così tanto bene come quella sera.

«La mattina dopo mi svegliai con un nuovo senso di determinazione. Ashley aveva ragione. Non avrei permesso a ciò che forse sarebbe successo un giorno di distruggere i miei sogni *di oggi*, e ciò iniziò immediatamente. Andai al lavoro con i postumi della sbornia, ma con una marcia in più, e lavorai fino a ben oltre il tramonto. Marcus si fermò alle nostre scrivanie per dirci che lo spettacolo era stato un successo e che il giorno dopo ci avrebbe dato le valutazioni per le nostre prestazioni, e ci avrebbe annunciato chi aveva ottenuto il posto fisso nel team. Quella sera io e Ashley uscimmo a bere qualcosa ed entrambe parlammo di come saremmo state felici per l'altra persona se fosse stata assunta, ma da come mi guardava capii che sapeva che il posto sarebbe stato mio. Quella sera offrii da bere io perché per me era una amica davvero speciale e io stavo per ottenere quel fantastico lavoro che lei desiderava tanto. Era il minimo che potessi fare.

«Il giorno dopo, al lavoro, aspettammo fuori dall'ufficio di Marcus. Ci chiamò uno per uno come se fosse stato il preside di una scuola e noi gli scolaretti discoli. La testa mi pulsava per l'alcol, ma ero troppo eccitata per preoccuparmene.

«Marcus mi chiamò e io mi sedetti sul bordo della reclinabile *La Corbusier*, pronta a lanciarmi nel discorso che mi ero preparata su quanto fossi onorata di lavorare con lui e su come lo avrei reso orgoglioso. Marcus sembrava addolorato. "Mi dispiace, Mina," mi disse, stringendosi le mani in grembo. "Hai lavorato davvero tanto quest'anno e hai un vero talento per il design. Penso che tu abbia un potenziale incredibile, ma ho deciso di dare il lavoro ad Ashley."

«Non potevo crederci. Quelle parole non avevano senso. Gli chiesi perché. "Il mondo della moda è superficiale e pretende solo la perfezione. È triste, ma la moda è così. Non posso avere nel mio staff qualcuno che sta diventando cieco. Sarebbe un ostacolo. E se cadessi dalla passerella mentre prepari una sfilata? E se tagliassi male un capo? Le mie sete sono fatte a mano da suore di clausura in Tibet. *Non hanno prezzo*."

«Gli spiegai che avevo già pensato a come gestire la cosa, e che non era difficile come si sarebbe potuto pensare...

«Ma lui scosse la testa. "Mi dispiace davvero. Non sei in grado di lavorare nella moda. Né qui né altrove. Non è possibile." Tornò al suo tavolo da disegno, indicandomi che la conversazione era terminata. Io rimasi immobile sulla sedia fino a quando finalmente riuscii a muovere i piedi. Non potevo... non potevo...»

«Questa è discriminazione,» disse Morrie. «Potresti portare quel bastardo in tribunale. Ti aiuterò io.»

«Non dovrebbe essere autorizzato a fare ciò,» aggiunse Quoth.

«Sventrerò quel bastardo,» ringhiò Heathcliff.

«O, ancora meglio, lo ricatteremo e gli faremo cambiare idea. Sono abile a scovare fastidiosi segreti del passato che la gente vuole tenere nascosti. Scommetto che questo tizio ha un'amante. Oppure, ehi, scommetto che Marcus Ribald non è nemmeno il suo vero nome.»

Mi infastidiva sentire quanto fossi toccata dalle loro reazioni. Volevo tenere le distanze da quei ragazzi, soprattutto a causa di tutti quei fremiti e quelle brame che mi si agitavano nel corpo... ma, per quanto lo negassi a me stessa, avevo già riposto troppe speranze nel fatto che diventassero miei amici. Feci un cenno con la mano. «Ovvio che non è il suo vero nome, e non ha importanza. Marcus ha ragione. Come posso lavorare nella moda se non vedo nemmeno i vestiti? Come posso organizzare sfilate se non riesco a vedere nella penombra? È stato stupido da parte mia prendere in considerazione anche solo l'idea di continuare. Ma avrei potuto nasconderlo ancora per un po'. Avrei potuto avere il miglior lavoro della mia vita, se Ashley non avesse detto a Marcus dei miei occhi.»

«È solo l'opinione di uno sciocco,» disse Morrie.

«Uno sciocco *morto*,» ringhiò Heathcliff.

«Scommetto che se mandassi il tuo curriculum a diversi stilisti, troveresti...»

«Ci ho provato. Ashley e Marcus l'hanno spifferato a tutta la comunità della moda. Lui mi ha detto chiaro e tondo che non mi avrebbe mai dato una referenza positiva. Il che è una mossa da stronzo, ma Ashley è stata ancora peggio. Ha finto di aver fatto tutto questo perché in apprensione. Ha detto che dopo l'incidente alla mostra si era preoccupata per me. Voleva solo che Marcus lo sapesse per potermi *aiutare*. Ma nei suoi occhi c'era un luccichio che avevo già visto troppe volte. Appena aveva saputo, aveva orchestrato tutto per escludermi dalla corsa. Il modo in cui mi guardava la sera prima non era invidia, era *pietà*.»

Sospirai, grattando Grimalkin sotto il mento. «Questa è la mia storia. Ora sapete perché odio Ashley e perché sono tornata ad Argleton. Ho passato gli ultimi quattro anni della mia vita a lavorare per una carriera che ora è fuori dalla mia portata. Volevo diventare una stilista da quando avevo undici anni.

Ora...» Scrollai di nuovo le spalle. «Senza i miei occhi non so chi sono. Non...»

Al piano di sotto si udì un forte schianto, seguito da un basso gemito e dal tonfo di una porta.

«Che cos'è?»

Grimalkin si alzò di scatto, con le orecchie tese.

«Scommetto che è l'amico senzatetto di Heathcliff, in cerca di un posto caldo dove dormire.» Morrie andò alla finestra e scostò le tende proprio mentre un fulmine squarciava il cielo. «Probabilmente ha visto entrare Mina e si è accorto che la porta era aperta.»

«Beh, se non avessi lasciato la porta d'ingresso aperta, non sarebbe potuto entrare.» Heathcliff sbottò.

«*Sei tu* che lo accogli qui,» insistette Morrie. «Se questo posto fosse mio, lo pagherei per lavorare qui, per guadagnarsi da vivere onestamente, *e* gli farei fare una doccia.»

«Sei tu che hai invitato ospiti dopo la chiusura. Non succede mai. Ora dovrai scendere e scacciarlo fuori.»

«Non ho intenzione di avvicinarmi a lui,» disse Morrie inorridito. «Non con il mio secondo gilet preferito. È il *tuo* amico puzzolente. Vai *tu*.»

Mi alzai in piedi. «Vado io, se la mia presenza qui è un problema...»

«Siediti,» disse Heathcliff, davanti al caminetto. Stupita, ricaddi sulla poltrona. «Morrie, porta del tè a Mina. Non vedi che è sconvolta? Quoth, occupati di qualsiasi cosa stia succedendo al piano di sotto. Se si tratta di Earl, può usare il divano nella sala di Storia Naturale se vuole stare qui, purché se ne vada prima dell'apertura. Se è qualcun altro, fallo andare via senza disturbarmi. Io non mi muovo: ho trovato il supporto perfetto per le mie braccia sul caminetto e non lo lascerò per niente al mondo.»

Con un cenno silenzioso, la bellezza dai capelli neri lasciò la sua posizione e scese le scale. Morrie entrò in cucina. Heathcliff mi fissò negli occhi.

«Tu non meriti questo posto,» mi sussurrò.

«Come scusa?»

«Quando tutto il resto rimane immobile, ma qualcosa o qualcuno che ami viene annientato, l'universo diventa un potente sconosciuto. Per tanto tempo ho pensato che un dolore del genere potesse rovinare l'anima, ma ora capisco che nessun tormento è eterno.»

La voce di Heathcliff era burbera come sempre, ma parlava come un poeta, offrendomi uno spiraglio della sua anima. Il mio petto si gonfiò al pensiero che un uomo del genere si fosse fidato tanto da mostrarmi un lato così intimo di lui. «Grazie,» sussurrai. «Io in questo momento non riesco a "vedere" la fine, per usare un gioco di parole. Per quanto felice mi possa sentire, mi trascino sempre dietro questo greve peso. Non so come liberarmene.»

«Tutti noi ci liberiamo dei nostri pesi sulla soglia di questo negozio. So che hai amato la Nevermore per quello che ha significato per te come ragazza, e vedo che ne sei già innamorata di nuovo.»

«Non pensavo che mi stessi ascoltando.»

«Io ascolto sempre, Mina,» borbottò Heathcliff. «Io sono...»

«Oh, merda!» urlò una voce dal piano di sotto. «Ragazzi, è meglio che veniate subito.»

«Che cosa ha fatto adesso quell'idiota?» Era da stabilire se Heathcliff intendesse il senzatetto o Quoth. Probabilmente entrambi. Heathcliff si diresse verso le scale proprio mentre Morrie usciva dalla cucina e mi tendeva una mano.

Desideravo ardentemente afferrarla, per sentire le nostre pelli sfrigolare insieme. Ma era pericoloso, davvero pericoloso, in quel momento in cui avevo già aperto il mio cuore a tutti loro. «Ce la faccio,» dissi, alzandomi. Alla scala, feci scivolare le mani lungo la parete e tastai i gradini con i piedi, dirigendomi verso il quadrato di luce in fondo.

La prima cosa che sentii fu il sussulto di Heathcliff, un suono così insolito per lui che mi si strinse lo stomaco dalla paura. Quando Morrie arrivò al pianerottolo, imprecò. Heathcliff si voltò e mi fece cenno di tornare su per le scale.

«Non è uno spettacolo per te,» ringhiò.

«Non essere così all'antica. Ho già visto ragazzi ubriachi svenuti a terra...» Sbirciai al di là della mole di Heathcliff e sentii lo stomaco sprofondarmi fino alle ginocchia.

A terra davanti allo scaffale di Sociologia c'era un grumo di vestiti. Una mano che stringeva una borsa Birkin insanguinata sporgeva con una strana angolazione. Due gambe pallide spuntavano dall'orlo di un vestito rosa coperto da disegni di revolver.

Non era un mucchio di vestiti. Era un corpo. Un corpo che indossava un abito molto familiare, di Marcus Ribald.

Ashley giaceva a faccia in giù sulla moquette marrone del negozio. Un coltello le spuntava dalla schiena e un rivolo di sangue le colava sul vestito rosa acceso e sulla moquette.

Qualcuno... qualcuno ha accoltellato Ashley.

IO

i sentii la bile in gola. «Ashley?»

È una specie di scherzo. Da un momento all'altro balzerà in piedi, si strapperà il coltello di scena dalla schiena e mi dirà che sono una stupida per esserci cascata. E poi ci abbracceremo e saremo di nuovo amiche.

Ashley non si mosse. Morrie la scavalcò, chinandosi per esaminare il coltello. Le premette due dita sul collo e scosse la testa.

Heathcliff mi prese tra le braccia, il profumo di fumo e torba mi invase le narici. «Se n'è andata,» sussurrò.

No, no, no, no.

Non può essere. Ashley non può essere morta.

«Chiamo i pezzi grossi.» Morrie tirò fuori il telefono dalla tasca.

«Io finisco il tè,» disse Quoth, tornando di sopra.

Heathcliff mi riportò sul pianerottolo, frapponendosi tra me e il corpo di Ashley. «L'ho vista proprio oggi,» sussurrai addosso alla sua giacca ispida. Il calore che irradiava dalle sue braccia mi attraversò il corpo, ma non riuscì a sciogliere il ghiaccio che mi trafiggeva il cuore. L'odore di cuoio vecchio e di inchiostro denso si sprigionava dai suoi vestiti, mescolandosi con il suo profumo speziato e torboso... un odore confortante di libri incorporati nella sua essenza.

Ashley è morta.

Non semplicemente morta. *Assassinata.* Quel coltello non era arrivato lì per caso. Mentre io ero di sopra a vuotare il sacco con Heathcliff, Morrie e Quoth, lei era qui sotto che veniva accoltellata.

Ma chi l'avrebbe voluta morta? E perché? Perché *qui*?

Morrie rimise il telefono in tasca. «La polizia sta arrivando. Non abbiamo molto tempo. Mina, dobbiamo...»

«*Lasciala stare,*» lo ammonì Heathcliff. «Troveremo una soluzione.»

«Mi dispiace, amico. Sarà decisamente meglio se facciamo in modo che Mina sia d'accordo.» Morrie si tirò l'orlo del gilet.

«D'accordo su cosa? La mia migliore amica è *morta.*» Sentivo il panico che mi si diffondeva nel petto.

«*Ex migliore* amica,» mi ricordò Morrie. «Mina, dobbiamo parlarti di una cosa, e non possiamo aspettare oltre. La polizia ti chiederà di quando il corpo è stato ritrovato. Non puoi dire che Quoth è sceso per primo.»

«Eh?» Le sue parole ci misero troppo tempo per penetrare la nebbia che avevo in testa. «Perché no?»

«Perché... perché Quoth non dovrebbe essere qui. La persona che scopre il cadavere viene sempre sospettata. Se la polizia scopre che è stato lui a trovare il corpo, indagherà a fondo sul suo passato e ciò lo riporterà a una situazione molto brutta.»

«Intendi dire il carcere. Quoth è un criminale?» *Scommetto che è uno stalker,* pensai, ma non lo dissi.

«No, non intendo la prigione,» disse Morrie. Mi si avvicinò e mi accarezzò i capelli. Con le enormi braccia di Heathcliff che mi stringevano e Morrie che mi sfiorava il viso, faticavo a rimanere concentrata e la mia mente si allontanava sempre più dalla realtà. «Quoth non ha mai preso nemmeno una multa per eccesso di velocità, né ha mai infranto una legge utile. La situazione è complicata e dopo lo shock che hai subito lui non vuole certo opprimerti con la sua storia. Ma se la polizia sapesse che è qui, sarebbe un male per lui e per tutti noi.»

«Vuoi che menta alla polizia per proteggere questo tizio?» Mi venne in mente un pensiero orribile. «Ma era al piano di sotto da solo, nello stesso momento in cui c'era Ashley. *Potrebbe* essere stato lui.»

«Non era solo e non è stato lui,» disse Morrie. «Lo so per certo.»

«Anch'io,» aggiunse Heathcliff.

«Come, come?»

«Bellezza, non abbiamo tempo per raccontarti tutta la storia. Ti prometto che qualsiasi cosa accada, metteremo a tua disposizione le nostre considerevoli risorse per proteggerti. E appena possibile ti diremo tutto. In questo momento, ciò di cui ho bisogno è che tu ti fidi di me. Puoi farlo?»

«Ashley è morta e tu mi stai chiedendo di *mentire* alla polizia. No, col cazzo che posso fidarmi di te!»

«Solo per proteggere un innocente che *non ha* assolutamente commesso questo crimine. Se sapranno che è stato il primo a vedere il cadavere, si concentreranno su di lui invece di dare la caccia al vero assassino.»

«Non posso credere che tu mi stia chiedendo di fare ciò.»

«Nemmeno io,» ringhiò Heathcliff. «Mina dovrebbe dire la verità. Troveremo un altro modo per aiutare Quoth. Come sempre.»

«Non sto obbligando Mina a farlo,» replicò Morrie. «È una sua decisione. Ma sarebbe infinitamente più facile se lasciasse Quoth fuori da questa storia. Se in un secondo momento si sentisse in colpa, potrebbe sempre andare alla polizia e cambiare la sua versione, dicendo che era sotto shock e aveva dimenticato alcuni dettagli.»

«Hai già previsto che io vi potrei tradire?» Non sapevo se essere colpita o offesa.

«Tutto quello che devi dire alla polizia è esattamente quello che hai visto: che abbiamo sentito tutti un rumore, che sei scesa dalle scale dopo di noi e che hai visto il corpo sul pavimento, morto. Tralascia solo la parte in cui Quoth è sceso per primo.»

«Dove sarà Quoth in tutta questa storia?»

«Da nessuna parte. *Tecnicamente* Quoth non vive qui. Quindi basta non nominarlo.»

«Ma è di sopra che prende il tè!»

Morrie scosse la testa. «No, non è là.»

Mi liberai dalla presa di Heathcliff e mi precipitai al piano di sopra. Inciampai sul secondo gradino e caddi in avanti, e per poco non mi scheggiai un altro dente sulla maniglia della porta. Mi ripresi e attraversai a fatica il soggiorno fino alla minuscola cucina sul retro dell'appartamento. A differenza del soggiorno, quella corrispondeva al tipico appartamento di uno scapolo: una quantità di piatti non lavati e contenitori da asporto vuoti, in vari stadi di decomposizione. Il vento agitava le tende della finestra aperta sul retro.

Sollevai il bollitore dal fornello. Freddo come il ghiaccio. Quoth non era da nessuna parte.

II

«Ora puoi rispondere a qualche domanda?» chiese la giovane sergente con occhi indagatori.

Mi sedetti sulla poltrona di Heathcliff nella sala principale della libreria. Una tazza di tè intonsa era sulla scrivania di fronte a me. La Libreria Nevermore era ora ufficialmente una scena del crimine. Gli agenti di polizia riempivano il minuscolo spazio, setacciando le scale, il corridoio e il giardino alla ricerca di indizi, mentre la Polizia Scientifica lavorava alacremente. Prima chiusero il corpo di Ashley in un sacco bianco e lo trasportarono via, dove portano i cadaveri, poi misero del nastro intorno agli scaffali di Sociologia, e poi spolverarono, tamponarono e prelevarono ogni minimo frammento di prova fisica. Heathcliff era alla mia sinistra, con una mano forte e calda appoggiata sulla mia spalla. La sua presenza era l'unica cosa che impediva alla bile di salirmi in gola.

«Sì, certo.» Mi legai i capelli indisciplinati in uno chignon, poi li lasciai cadere di nuovo. Chiusi le mani in grembo, poi le distesi. Mi tamponai gli occhi, ma erano asciutti. Non sapevo

101

cosa si dovesse fare quando la propria ex migliore amica veniva assassinata.

«Sei stata tu a trovare la vittima?»

«No. Cioè, non proprio.» Indicai la figura alta in piedi dall'altra parte della stanza che parlava con un altro agente di polizia. I suoi occhi incontrarono i miei, e sollevò le sopracciglia in segno di supplica. Avevo lo stomaco sottosopra. Chiusi gli occhi. *Non posso credere di stare facendo questa cosa.* «Ero dietro Morrie e Heathcliff. Abbiamo sentito un rumore, siamo corsi di sotto e l'abbiamo trovata stesa a terra, e il coltello...»

E Quoth. Quoth è arrivato per primo. Ha trovato il corpo ed è fuggito. Avevo le parole sulla punta della lingua, ma non riuscivo a farle uscire. Forse era la mano di Heathcliff sulla spalla, o il sorriso di Morrie, o l'ondata di stanchezza che mi aveva invaso. Le guance mi bruciavano. Da un momento all'altro la sergente Wilson avrebbe scoperto la mia menzogna e mi avrebbe sbattuta dentro...

Invece, mi accarezzò la mano. «Tranquilla, fai con calma. So che è stata una cosa orribile da vedere. So che conoscevi la vittima.»

«Sì, si chiama Ashley Greer. Sua madre vive in Donahue Road. Siamo amiche da quando avevamo quindici anni e abbiamo vissuto insieme a New York negli ultimi quattro anni.» Tirai un filo allentato della gonna. «In realtà, *eravamo* amiche. Di recente io e Ashley abbiamo litigato e non ci parlavamo da qualche settimana. Non sapevo che fosse tornata in città finché non si è presentata qui.»

La sergente Wilson prendeva appunti furiosamente. «Eravate amiche?»

«Già. A New York lavoravamo entrambe per lo stesso stilista. Ashley era diventata molto competitiva per un lavoro per il quale eravamo entrambe in lizza. Poi ha detto allo stilista qualcosa su di me, un segreto che le avevo rivelato in confidenza, così che lo stilista scegliesse lei al posto mio.»

«Che cosa gli ha detto sul tuo conto?»

Mi si chiuse la gola.

«Non è importante. Non è rilevante per l'indagine,» sbottò Heathcliff.

«Decido io cosa è rilevante.» Ma io scossi la testa e la sergente non insistette. Invece, tornò a sfogliare le sue pagine di appunti. «Hai visto Ashley qui questa sera?»

«No, prima, nel pomeriggio. Si è fermata per circa un'ora.» Girai la testa verso le scale e una fitta di nausea mi strinse lo stomaco. «È stata quasi tutto il tempo nella sezione di Sociologia. È anche tornata dopo essersi cambiata.»

«Perché si è cambiata?»

Le spiegai che il corvo del negozio le aveva lasciato un regalo sulla spalla. «Evidentemente cercava qualcosa di particolare, ma non ha mai chiesto aiuto. Abbiamo parlato solo per pochi istanti.»

La sergente Wilson aggiunse parecchie note al suo taccuino. «Parli come se avessi notato un comportamento strano.»

«Ashley non è un'appassionata di sociologia. Anzi, non le piacciono affatto i libri, né studiare. Questo è l'ultimo posto in cui mi sarei aspettata di vederla.»

«Pensi che sia venuta qui per parlare con te?»

Io alzai le spalle. «Non credo. È sembrata sorpresa di vedermi.»

«E in quali posti in giro ti saresti aspettata di vederla, se non in libreria?»

In una grotta buia, mentre si affilava gli artigli. «Non lo so. A casa con sua madre, al pub, oppure a Londra a fare shopping o a un concerto. Ad Ashley non è mai piaciuta molto Argleton. Non è il suo ambiente.»

«Quindi non hai idea di cosa l'abbia spinta a tornare alla libreria questa sera?»

Scossi la testa. «La libreria non era nemmeno aperta. La porta doveva essere chiusa a chiave. Era aperta solo perché Morrie l'aveva lasciata così, perché dovevo venire io. Stiamo costruendo il sito web del negozio.»

«Quindi non l'avevi invitata tu a tornare qui?»

Io scossi la testa: «No.»

«E non hai idea di cosa stesse facendo al piano di sotto dopo l'orario di chiusura?»

«L'ho già detto! Non c'erano nemmeno le luci accese. Qu... Morrie le ha accese quando è sceso dalle scale.»

«Ashley non ti stava cercando? Forse voleva discutere di ciò per cui stavate litigando.»

«Ne dubito. Ashley era convinta di non avere fatto nulla di male. Ero *io* quella esagerata. Perché mi chiede del mio litigio con Ashley? Non vi aiuterà a trovare il suo assassino.»

«Un'altra cosa.» La sergente Wilson sollevò una busta di plastica contenente un anello: un piccolo diamante su una sottile vera d'oro. «Questo anello è stato trovato nella tasca della vittima. Lo riconosce?»

Scossi la testa. «Ashley non si farebbe mai trovare morta con una cosa del genere. Non è nemmeno lontanamente nel suo stile.»

La sergente Wilson chiuse di scatto il taccuino e si alzò. «Grazie per la tua collaborazione, Mina. Per ora è tutto quello che ci serve. Tuttavia, potremmo chiederti di venire in centrale per un ulteriore interrogatorio, quindi non lasciare la contea, d'accordo?»

«Ehi, capo?» la chiamò uno degli agenti. «Ho trovato qualcosa.»

Con la mente in subbuglio, guardai la sergente che si allontanava. Un ulteriore interrogatorio? Non lasciare la contea?

Stanno sospettando di me?

L'agente in uniforme si accovacciò accanto alla poltrona a dondolo sotto la finestra. Teneva in mano un libro. Sulla sovraccoperta danzavano dei vivaci gatti illustrati. *Il libro del senzatetto.* «L'ho trovato infilato sotto quella poltrona,» disse. «C'è anche un po' di puzza, come di vomito di gatto.»

«È il libro che stava leggendo il senzatetto,» dissi. «Ma non dovrebbe essere sotto la poltrona. L'avevo riposto sullo scaffale.»

«Un senzatetto?» Wilson mi fissò socchiudendo gli occhi. «Non ne avevate parlato.»

«Si chiama Earl,» spiegò Heathcliff. «Barba lunga, cappotto logoro. Ogni tanto lo lascio entrare quando non c'è gente, e si siede a leggere.»

«Sarà Earl Larson?» chiese l'ufficiale. Heathcliff annuì. «Lo conosciamo. L'ho arrestato un paio di volte per vagabondaggio e disturbo al pub, ma è un tipo a posto. Per lo più innocuo.»

«È stato qui oggi,» chiarii. «È rimasto su quella poltrona a leggere per circa un'ora. Ma giuro di aver messo via quel libro.» Wilson fece un gesto all'agente, che prese una busta di carta per reperti dal pacchetto aperto sul tavolo e vi inserì il libro. Quella sera avevo imparato che le buste per i reperti dovevano essere sempre di carta, non di plastica trasparente come in TV.

«Se la porta era aperta, forse è tornato. Forse voleva ripararsi dal temporale.»

«È quello che abbiamo pensato quando abbiamo sentito il rumore. C'è stato un tonfo e il rumore della porta che sbatteva.»

Lei si rivolse a Heathcliff. «Ha detto che mancava del denaro dalla cassa?»

Guardai Heathcliff sorpresa. Lui annuì. «Sì, circa cento sterline.»

Wilson aggiunse la busta delle prove alla sua pila di documenti e prese nota sul taccuino. «Grazie per queste informazioni. Dovremo parlare con il signor Larson. Ci sono state altre attività insolite nel negozio negli ultimi giorni, Mina?»

«Lavoro qui solo da due giorni,» risposi.

«Ah, capisco.» Scarabocchiò qualcos'altro. Il nodo di panico nel mio petto si strinse. *Perché è così interessata a tutto ciò che dico?* «Signor Earnshaw, ha notato qualcosa di insolito nel negozio o nei dintorni di recente?»

«Niente di strano,» rispose Heathcliff. Wilson mi congedò per interrogare lui, e io andai vicino a Moriarty sul pianerottolo. Aveva finito di parlare con l'ispettore capo e stava osservando con un'espressione estasiata la squadra della Scientifica che esaminava le prove.

«Perché sembri così felice? Ashley è appena stata assassinata.»

«L'omicidio mi affascina.» Mi passò un braccio sulle spalle, tirandomi contro di sé. Mi abbandonai al calore del suo corpo e al profumo di pompelmo e vaniglia che emanava. «Ho letto tutti i libri della sezione Cronaca Nera. In un'altra vita forse sono stato un detective. È affascinante vedere una scena del crimine nella vita reale. Allora, come sta il sospettato numero uno?»

«Ti riferisci a me?»

«Certo che sì. Non l'hai capito, da tutte le domande che ti faceva la sergente Jenny Wilson?»

«Come faccio a essere il sospettato numero uno?»

«È elementare.» Morrie sorrise, segnando i punti sulle dita. «Hai avuto un litigio con la vittima. L'avevi vista prima, quindi sapevi che era in città. È stata uccisa sul tuo posto di lavoro, di notte, mentre tu eri al piano di sopra. Sei stata tra i primi a trovare il cadavere.»

Oh, cazzo. Se la mette così... «Ma sono sempre stata con voi. Siete il mio alibi.»

«Sì e no.»

«Come sarebbe a dire, *e no?*»

«Ho appena sentito la sergente Wilson fare domande a Heathcliff sulla sua vita privata. Se non conosce la sua fama di Bernard Black del villaggio, la scoprirà presto. Anche la mia reputazione mi precede. Potrebbe credere che ti vogliamo proteggere perché siamo scapoli solitari e tu sei la prima bella ragazza che tollera le nostre eccentricità. Sembra piuttosto sospetto che tu abbia ottenuto questo lavoro due giorni fa senza alcuna esperienza nel campo dei libri, e ora la tua vecchia amica viene trovata morta.»

«Ma sono sospettata solo perché sto mentendo per proteggere Quoth.» Mi sfilai da sotto il suo braccio. «È tutta colpa tua. Non avrei mai dovuto mentire.»

«Puoi andare a raccontare a Wilson di Quoth, se è davvero importante per te,» disse Morrie con un sorriso. «Naturalmente, se le dici che hai mentito su quel dettaglio, sembrerai ancora più colpevole.»

«Non posso credere che tu mi abbia fatto questo,» sibilai. «Ora potrei essere in guai seri perché ho mentito. Non mi avevi mai detto che mi sarei trasformata in un sospettato. Pensavo fossi mio amico.»

«Siamo tutto quello che vuoi tu, bellezza.» Morrie tese la mano. «Ti ho fatto una promessa. Te l'abbiamo fatta tutti: ti proteggeremo. Noi le nostre promesse le prendiamo sul serio. Scopriremo chi è stato e ti toglieremo dai guai.»

«E come pensate di farlo?» chiesi, portando le braccia al petto.

«Non so se l'hai notato, ma io sono molto sveglio. Quoth sa essere pieno di risorse. E Heathcliff è terribile, soprattutto quando una persona a cui tiene è in difficoltà.»

«A Heathcliff non importa nulla di me. Mi conosce appena da tre giorni e non sembro nemmeno piacergli così tanto.»

«Se lo dici tu.» Morrie fece un cenno a qualcuno. «Tra noi quattro, ci assicureremo che il vero assassino sia punito per quello che ha fatto. Ehi, c'è Jo.»

«Ciao, Morrie!» Una donna dall'altra parte del nastro della polizia si scostò dal viso una ciocca bionda e mi fece segno di allontanarmi. «Non avvicinarti così tanto al nastro. Non possiamo rischiare di contaminare la scena.»

«Giusto.» Mi appoggiai allo schienale. «Mi dispiace. Non volevo.»

«Mina sta mentendo,» disse Morrie.

«Cosa?» Il mio cuore si mise a martellare. «Non dire così. Non sto mentendo. Non ho mentito su nulla.»

Guardai Morrie, ma la sua espressione era del tutto innocente. «Mina non è affatto dispiaciuta. È una fanatica morbosa proprio come me e te. Vuole sapere tutto sul tuo lavoro qui dentro.»

Con mia grande sorpresa, la signora si mise a ridere. «Oh, Morrie, sei uno spasso.» Mi sorrise. «Non farci caso. È venuto a una conferenza che ho tenuto al Festival degli scrittori di Argleton di quest'anno sui veleni nei romanzi di Agatha Christie. C'era una sala piena di vecchietti e questo esemplare robusto, che mi fissava con quegli occhi gelidi blu e che prendeva un sacco di appunti. Da allora mi ha riempita di birra in cambio di storie cruente. Ma... ho avuto il piacere?»

«Mina Wilde, principale sospettata.» Le tesi la mano. All'inizio mi ero chiesta se Jo fosse la ragazza di Morrie. Di certo sarebbero stati una bella coppia, con la loro altezza imponente, gli zigomi pronunciati di lui, l'aspetto da modella di Los Angeles e gli occhi azzurri come il ghiaccio di lei. Ma il modo in cui la donna parlava di Morrie, come se fosse un fastidioso fratello più piccolo che in realtà adorava, mi faceva pensare che fossero solo amici. Questo non avrebbe dovuto fare nessuna differenza per me, invece la fece. Volevo che questa donna mi piacesse e volevo piacerle, non che mi condannasse per omicidio.

Jo sollevò una mano, dentro un guanto di silicone, in segno di saluto. «Jo Southcombe, medico legale. Mi occupo di cadaveri. Mi dispiace, vorrei stringerti la mano, ma non voglio contaminare le prove, e immagino che nemmeno tu lo voglia, signorina Sospettata Principale.»

«Neanche un po'. Allora quanto devo pagarti per piazzare delle prove che mi facciano sembrare innocente?»

Lei fece per dire qualcosa.

«*Scherzo*. Sto scherzando. Per favore, ignora quello che ho appena detto. Sono un po' spaventata.»

Jo si rivolse a Morrie. «Capisco perché ti piace.»

Gli piaccio? Jo parlava come se avessero già discusso di me. Ma io conoscevo Morrie solo da due giorni, e avevamo avuto solo un paio di conversazioni e avevamo flirtato un po' via sms. Tra il fatto che la sua azienda aveva perso tutti quei soldi e il viaggio a Londra dal suo banchiere, quando aveva trovato il tempo di parlare di me a Jo? E cosa intendeva con *piacergli?* Era un'amica, o... o...

«Hai trovato qualcosa di interessante?» chiese Morrie, evitando di commentare l'osservazione di Jo.

«Sempre, ma non posso dire nulla. Non finché anche tu sei sulla lista dei sospetti.» Jo prese una scatola piena di sacchetti per le prove. «Devo andare in laboratorio. Divertitevi, voi due. Non rovinate la mia scena del crimine. Mina, se non vai in prigione, spero ci si riveda in giro.»

«Domani la riempirò di alcol e mi racconterà tutto dell'autopsia,» mi sussurrò Morrie mentre guardavamo la coda di cavallo di Jo che, dondolando, spariva dalla porta. «Troveremo una soluzione, bellezza. Vedrai.»

Morrie mi strinse la mano. Cercai di concentrarmi su ciò che faceva la Scientifica. Era interessante vederli spolverare in giro, in cerca di impronte, e raccogliere fibre dal tappeto. Ma il mio cervello continuava a pensare che solo un'ora prima il corpo di Ashley giaceva in quello stesso punto, morto.

E ora ero la principale sospettata del suo *omicidio*.

12

Non avrei voluto fare altro che stare a letto tutta la mattina a strofinarmi gli occhi fino a non vedere più il corpo di Ashley con quel coltello che le spuntava dalla schiena. Ma ora ero un dipendente responsabile e volevo parlare con Heathcliff e Morrie senza la polizia intorno. Mi trascinai fuori dal letto, indossai un paio di pantaloni in tartan con i risvoltini e una camicia di seta rossa, buttai giù un frullato di cioccolato, mirtilli e barbabietola (sapeva di forfora mista a sporcizia) e attraversai il quartiere fino ad arrivare in centro.

Quando entrai nella panetteria per il caffè e i pasticcini del buongiorno, rimasi sorpresa nel vedere il locale vuoto. Greta, la giovane ragazza tedesca proprietaria della panetteria, era un genio della cucina e di solito c'era la fila fuori dalla porta perché chi andava al lavoro voleva comprare i pasticciotti imbottiti e i tortini di carne appena sfornati.

Dopo che ebbi girato l'angolo di Butcher Street, scoprii il perché. Una folla di persone si era radunata fuori dalla Libreria Nevermore, e stava scrutando le vetrine e rovistando tra le fioriere eccessivamente piene. Il passaparola aveva già operato la sua magia. Mentre mi facevo strada tra la folla, ero seguita da parole sussurrate.

«Quella è Mina. È lei che ha trovato il cadavere,» disse la signora Ellis sporgendosi dalla finestra per rivolgersi all'amica. «Ben fatto, dico io. È ora che ci sia un po' di movimento da queste parti.»

«Ho sentito che era amica della vittima, ma avevano litigato.» L'amica della signora Ellis rispose a mezza voce.

«Quindi è lei l'assassina, la piccola zoccola! Ho sempre saputo che aveva la stoffa. Non a caso il nome di sua madre è Wilde.»

«Ho sentito dire che vive in un quartiere popolare,» commentò un'altra signora anziana tirando su con il naso. «È la prova, no? Là allevano criminali.»

«Io ho sentito che è appena arrivata da New York, città con il maggior numero di accoltellamenti pro capite al mondo. Non è una coincidenza, sa?»

«Sapevo che quel gitano stava tramando qualcosa di brutto. E infatti eccolo qui, che assume criminali per il suo negozio. Cosa penserebbe il signor Simson? Non c'è da stupirsi che questa città sia andata in malora.»

Con le guance in fiamme, bussai alla porta. «Heathcliff, apri, o oggi verrà accoltellato qualcun altro.»

Frase piuttosto infelice, che però fece indietreggiare i pettegoli. Mentre aspettavo mi si accapponò la pelle per i loro sguardi accusatori. La porta si aprì di un centimetro e il volto furioso di Heathcliff apparve da sopra la catenella.

«Sarà meglio che sia il caffè più forte del mondo, cazzo,» borbottò, strofinandosi gli occhi. Un ricciolo di capelli scuri gli ricadeva sulla guancia, ed era così adorabile che le mie dita fremevano per la voglia di scostarglielo. Ma c'erano questioni più urgenti da affrontare.

«Buongiorno anche a te,» ringhiai come risposta. «Sbrigati

a togliere questa catena. Sono bloccata qui fuori in mezzo a tutti questi curiosi.»

Heathcliff tolse la sicura e spalancò la porta. Per poco non caddi dritta tra le braccia di Morrie. Dietro di me, la signora Ellis emise un grido di esultazione e si mise a raccontare ai suoi amici un aneddoto su quella volta che aveva fatto sesso dentro la libreria.

«Chiudi!» gli gridai, prima che mi si formasse in testa un'immagine che nemmeno la candeggina sarebbe riuscita a cancellare.

«Chiuso,» urlò Heathcliff, sbattendo la porta. Scese il silenzio, un silenzio dolce e incantevole. Raddrizzai i caffè e fissai gli occhi glaciali di Morrie. Sulle scale dietro di lui, Quoth si accovacciò nell'ombra, con gli occhi cerchiati di fiamme, come due puntini di fuoco nella penombra.

«Via di qui.» Morrie mi fece spostare mentre Heathcliff metteva davanti alla porta un pesante scaffale: una barriera che si sarebbe vista dagli inserti di vetro della porta.

«Questo dovrebbe tenerli a bada.» Heathcliff si spolverò le mani.

«Ragazzi, per quanto apprezzi la vostra dimostrazione di solidarietà, come farete ad aprire la libreria con uno scaffale gigante di mezzo?»

«Oggi non si apre,» brontolò Heathcliff.

«Certo che si apre. Non possiamo permettere che quello che è successo metta una macchia sul negozio. La gente spettegolerà a prescindere. Ci farebbe fare la figura dei colpevoli. Non voglio che questo posto risenta di quello che è successo. La Nevermore è speciale, e voi dovete solo preoccuparvi di fare entrare più persone possibile: se ne accorgeranno da sole.»

«Quelle persone vogliono solo guardare la scena di un

omicidio e vedere lo Squartatore di Argleton in azione,» commentò Morrie.

«Non chiamarmi mai più così. Lasciamo che guardino. Magari si fermano e comprano qualcosa. Credetemi, non è la prima volta che ho gente che parla male di me alle mie spalle. So gestire i pettegolezzi della gente. Inoltre, ho bisogno di qualcosa da fare, altrimenti me ne starò a casa a ossessionarmi e a fissare la pancia ballonzolante di mia madre.»

«Eh?» La bocca di Heathcliff si arricciò in una smorfia di disgusto.

«Non importa. È una lunga storia piena di immagini che ti si imprimono testa, un po' come le cose che dice la signora Ellis.»

«Ce la fai, bellezza?» Morrie mi prese la scatola con i caffè e i muffin e mi condusse nella sala principale. Mise una sedia di velluto davanti alla scrivania di Heathcliff e mi ci fece accomodare. Heathcliff e Quoth lo seguirono. «Non sembra che tu abbia dormito molto.»

«Grazie per il complimento,» risposi, stringendo con entrambe le mani la mia tazza di caffè caldo. «Sinceramente, sono piuttosto scossa. Ashley è stata la mia migliore amica per più di otto anni e ora è morta. Non so chi avrebbe potuto volerle così male, a parte me stessa.»

«Nemmeno noi. Ma lo scopriremo.» Morrie si sedette.

«Hai detto che mi avresti detto perché sai che non è stato Quoth,» dissi. «Vorrei saperlo adesso.»

«Quoth soffre di quella che noi medici chiamiamo 'sincope vasovagale'. Sviene alla vista del sangue,» chiarì Morrie. «Ecco perché non lo si vede quasi mai in negozio. C'è troppo rischio di tagliarsi con la carta.»

«Sii serio.»

«Lo sono. È una vera e propria malattia. Posso trovarti un dizionario medico, se vuoi cercarla.»

«Ti credo sulla parola. Ma se è così semplice, perché non ho potuto dirlo alla polizia?»

«Perché sono fuori dai radar,» rispose Quoth dalle scale, con una voce densa, che mi accarezzava le orecchie. «Mi sto nascondendo da persone che vogliono farmi del male. Se si indagasse sul mio passato, si scoprirebbe che non ho un certificato di nascita o altri documenti ufficiali, e sarei fregato.»

«Lo sapevo. Sapevo che Quoth non poteva essere il tuo vero nome.»

Quoth sorrise, ma non con gli occhi. Quel sorriso quasi mi spezzò: era come quello di qualcuno che aveva dimenticato cosa significasse essere sinceramente felice. «Grazie per quello che hai fatto. Morrie non avrebbe dovuto chiederti di mentire per me, ma forse mi hai salvato la vita.»

«Puoi ripagarmi non facendo l'assassino,» dissi. «E anche prendendo Morrie a calci in culo.»

«Con piacere,» replicò lui con un inchino.

«Non oserebbe mai, sapendo che lo stavo aiutando. Anche se la polizia sapesse di Quoth, starebbero comunque osservando te, Mina. E non perché sei sexy come il peccato,» disse Morrie indugiando sulle parole. Dalla sua sedia dietro la scrivania, Heathcliff emise un gemito.

«Ho capito. Sono sospettata perché io e Ashley abbiamo litigato e lei si è presentata sul mio posto di lavoro.» Mi passai le dita tra i capelli. «Ma *perché* è venuta qui?»

«È quello che dobbiamo scoprire se vogliamo risolvere questo omicidio. Ashley aveva dei nemici?»

«Me l'hanno chiesto anche i poliziotti. Non credo, tranne me.» Mi accasciai sulla sedia. «Voglio dire, era egoista e pensava solo a se stessa, quindi è probabile che abbia fatto arrabbiare qualche persona del settore, ma è comunque troppo piccola perché qualcuno si sia preoccupato di lei. Stava cercando di diventare un'influencer sui social media, quindi magari ha fatto incazzare qualche celebrità di Instagram e si scoprirà che tutto questo casino è dovuto a una faida su Internet.»

«Una celebrità di Insta-cosa?» Heathcliff batté la penna su un blocco pieno di appunti scarabocchiati.

«Una celebrità dei social, una *influencer*. È quando le aziende ti pagano per scattarti dei selfie con i loro prodotti e postarli su Internet. È come essere una puttana brandizzata, solo che ti pagano meno.»

Heathcliff lanciò un'occhiata a Morrie. «E tu sostieni che mi sto perdendo delle cose a non usare Internet.»

«Riconosco che Mina non aiuta a far passare il concetto.» Morrie digitava come un pazzo sul suo telefono. «Possiamo dare un'occhiata ai suoi account sui social media, per vedere se salta fuori qualcosa. E il senzatetto, Erin Comesichiama?»

«Earl Larson. È innocuo,» replicò Heathcliff.

«Beh, beh, se c'è in gioco la nostra Mina, chiunque può essere un sospettato.» Morrie aggiunse il suo nome sul blocco degli appunti. «Credo che sia la nostra pista migliore, soprattutto visto l'odore e il denaro rubato. Mina ha detto che quando è arrivata ieri sera, prima che il temporale si facesse davvero forte, si stava riparando sotto il cornicione del tetto. Ma nessuno di noi l'ha visto lì fuori dopo l'omicidio. Se ha spostato quel libro, significa che ieri sera è entrato qui. Potrebbe trattarsi di un omicidio opportunistico. Ora, per quanto riguarda il coltello... Jo ha inviato il suo rapporto questa mattina.»

«Queste informazioni non dovrebbero essere tenute riservate?»

«Certo che sì.» Morrie tirò fuori il telefono: «Ora, questo coltello è un po' insolito. Ha una forma strana, quasi una lama antica del Medio Oriente, e il manico ha degli intagli elaborati, però è moderno. Jo dice che non è in grado di identificarlo come una copia, ma lo porterà da un esperto di armi antiche.»

«Jo ha appena inviato informazioni su un'indagine di omicidio in corso a un amico della sospettata principale?» *Non posso crederci. Jo sembrava così dedita al suo lavoro.*

«No, no. Jo è troppo moralista per questo. Ho hackerato il suo telefono, *ovviamente*. Tu sai qualcosa di questo coltello?»

Sbirciai la foto, sorpresa di riconoscere la lama. «Sì. Due anni fa Marcus Ribald ha prodotto una collezione che aveva come tema l'Impero persiano. Ha fatto fare una serie di questi coltelli per metterli nelle borsette distribuite alla serata d'apertura.»

«Quindi questi coltelli li avrebbero solo le persone che hanno partecipato a quella sfilata?»

«Sì, come tutti quelli dell'ufficio, ma la metà di loro probabilmente è andata subito a casa a metterli su eBay.» Scrollai le spalle. «Il segreto poco conosciuto sulla gente del mondo della moda è che si indebitano fino al collo con la carta di credito per finanziare il loro guardaroba. Se gli altri non ti vedono indossare un capo, non ha nessun senso possederlo. Io e Ashley i nostri coltelli li abbiamo venduti la settimana successiva. Ci hanno fruttato tre mesi di affitto e di feste. Dubito che ora riusciresti a risalire a chi possiede quel coltello.»

«Comunque, è un altro collegamento con l'industria della moda, quindi è un inizio.» Morrie lo annotò. «Posso iniziare dal coltello e dalle vendite su eBay. Quoth, puoi andare alla stazione di polizia e vedere se riesci a scoprire qualcos'altro?»

«Certo.» Quoth si alzò e salì di corsa al piano superiore.

Morrie scrutò la folla sempre più grande attraverso le finestre oscurate. «Oggi venderai tantissimi libri. Forse questa settimana riusciremo a mangiare qualcosa di diverso da fagioli in scatola o cibi da asporto.»

«Oggi non vuole nemmeno aprire,» mi lamentai.

«Quelli non sono qui per comprare libri,» brontolò

Heathcliff, gettando il blocco in un cassetto e tirando fuori il suo libro mastro.

«Allora fai in modo che li comprino. Sposta i thriller e la cronaca nera sugli scaffali di sociologia e daglieli in pasto.» Morrie batté la mano sulla spalla di Heathcliff.

«È davvero geniale,» commentai. «Potrei iniziare...»

«I libri restano dove sono,» brontolò Heathcliff. «E se proprio sono costretto ad aprire, *tu* non sarai qui quando entreranno quelle donnacce. Vai di sopra e nasconditi. Quoth ti accenderà il fuoco e potrai leggere i libri e bere tutto il tè che vuoi fino all'orario di chiusura.»

«Cosa, stare nel tuo spazio privato, infettando con i miei germi di femmina tutta la tua preziosa roba?» Sorrisi e gli sculettai davanti. «Rovinerò l'impronta del tuo culo sulla sedia.»

«Non *osare* sederti su quella sedia,» sbottò Heathcliff. «Hai avuto un privilegio che non si può ripetere.»

«Sarebbe troppo strano stare seduti lassù con voi due qui sotto a lavorare. Non posso almeno avere qualcosa da fare?» Presi il libro mastro. «Ah ecco, lasciami sistemare i conti.»

«Giù le mani.» Heathcliff mi strappò via il libro mastro.

«Quoth ti terrà compagnia. Potrà andare alla stazione di polizia più tardi,» suggerì Morrie.

«Può fare la guardia alla mia sedia, ecco cosa può fare,» sbottò Heathcliff.

«Ecco, non me la state raccontando giusta.» Il giorno prima Quoth mi piaceva di più, ma era pur sempre uno svitato che mi osservava dalla penombra. Non ero sicura di voler passare la giornata a cercare di fare conversazione con lui mentre Heathcliff e Morrie si occupavano del caos al piano di sotto. D'altro canto, si dovrebbe sempre cogliere l'opportunità di essere pagati per leggere e bere tè.

Feci un sospiro. «Salirò, a patto che mi paghiate una volta e mezza.»

«Tu sì che sai come si fanno gli affari.»

«Grazie. Ho imparato da mia madre.» Presi una copia *di Cime tempestose* dallo scaffale, assicurandomi che Heathcliff vedesse il titolo quando gli passai davanti, e salii le scale verso il loro appartamento.

Mi ero detta che, arrivata al pianerottolo del primo piano, non avrei curiosato in giro. Ovviamente, lo feci. La sera prima, la Scientifica aveva arrotolato i tappeti e li aveva portati via. I riquadri scuri sulle assi del pavimento mostravano i segni di anni di usura. Nell'aria c'era ancora un leggero aroma di sostanze chimiche.

Ashley è morta.

I miei occhi si riempirono di lacrime che non volevo versare. Quello che Ashley mi aveva fatto aveva cambiato il modo in cui mi sentivo nei suoi confronti, ma ora che non c'era più riuscivo a ricordare solo le folli avventure che avevamo vissuto da ribelli adolescenti punk rock. Ripensai più e più volte alla nostra ultima conversazione. Forse *stava cercando di dirmi qualcosa?* L'avevo respinta. Forse la sera prima mi aveva vista entrare e mi aveva seguita per cercare di parlarmi di nuovo, e quel senzatetto era saltato fuori, aggredendola?

Probabilmente, in qualche modo assurdo, ero davvero io la responsabile della sua morte.

Fui presa dai ricordi: io e Ashley che ci agitavamo nel mosh pit di un club di Londra. Io e Ashley che ci presentavamo al ballo della scuola con abiti fatti di PVC, rete e spille da balia. Io e Ashley che festeggiavamo l'ammissione alla scuola di moda facendoci fare lo stesso tatuaggio con un teschio e una rosa sulla schiena.

Lacrime mi scesero sulle guance. Le asciugai, ma furono subito sostituite da altre. Mi lavarono via l'intorpidimento che mi era rimasto addosso dalla sera prima, trasformandolo in una sensazione di crudo dolore. Mi coprii gli occhi con le mani e piansi per Ashley, per l'amica che mi aveva tirato fuori dai momenti più bui della mia adolescenza e mi aveva insegnato a fregarmene di quello che pensavano gli altri.

Al piano di sotto le assi del pavimento scricchiolarono mentre Heathcliff e Morrie si muovevano. Al piano di sopra tutto taceva. Quoth non era sceso per andare alla stazione di polizia, anche se non so perché Morrie pensasse che gli avrebbero detto qualcosa, e nemmeno perché andasse proprio lui alla stazione di polizia, dato che stavamo cercando di proteggerlo.

Non ha alcun senso.

Chiaro che non aveva senso, perché non mi stavano dicendo tutta la verità. Non serviva l'intelletto superiore di Morrie per capirlo.

Devo parlare con Quoth.

Staccai lo sguardo dal riquadro spoglio di pavimento e mi precipitai su per le scale. La porta dell'appartamento era aperta, il soggiorno vuoto. Il computer di Morrie emetteva uno strano bip. Sullo schermo scorrevano numeri e stringhe di caratteri. Sbirciai in cucina e ritrassi rapidamente la testa. Sarebbe servito anche lì del nastro per la scena del crimine. «Quoth?» chiamai.

Nessuna risposta.

«Ho bisogno di parlarti. Non me la bevo questa storia della fobia del sangue.» Mi portai nel corridoio e strizzando gli occhi misi a fuoco le pareti ricoperte da pannelli scuri piene di opere d'arte e una scala di servizio che saliva verso la soffitta. Sbirciai nella prima stanza. Era incredibilmente ordinata: il letto ben fatto, con angoli che sembravano quelli di un letto da ospedale, un appendiabiti di metallo accanto alla finestra che conteneva una fila di abiti gessati, gilet damascati e camicie bianche inamidate. Sei paia di scarpe stringate lucide erano allineate sul bordo della scatola delle coperte, su cui erano appoggiati un giradischi e una consolle audio. Da un gancio accanto al letto pendevano delle cinture di pelle con decorazioni argentate.

Ne presi una, notando la decorazione che chiudeva un occhiello grande come un polso. «Argh!» Feci cadere l'oggetto e mi asciugai la mano sui jeans. *Non sono cinture...*

Non c'era bisogno di Sherlock Holmes per dedurre che quella era la stanza di Morrie e che ora sapevo molto più del necessario su quel ragazzo. Me ne andai indietreggiando, senza toccare nient'altro. La porta successiva era chiusa. La aprii quel tanto che bastava per vedere che si trattava di un bagno. Poi l'odore mi colpì e la chiusi di nuovo. Immaginai che il rigore di Morrie non si estendesse agli spazi comuni come il bagno e la cucina. Almeno sapevo che i miei ragazzi erano in qualche modo normali.

Perché li considero miei? Li conosco solo da tre giorni, e in uno di quei giorni mi hanno chiesto di mentire alla polizia, quindi potrebbero benissimo mentirmi anche ora. Non devo affezionarmi a loro solo perché sono sexy e sono stati gentili dopo aver sentito la mia storia. Ormai dovrei sapere cosa succede quando penso di potermi fidare di qualcuno.

«Quoth!» urlai, spingendo la porta successiva. Il contenuto di quella stanza consisteva in una montagna di vestiti, libri e recipienti da asporto stantii che potevano nascondere un letto, o dei mobili, o delle armi di distruzione di massa. Un aroma unico e inconfondibilmente "Heathcliff" mi colpì le narici: cuoio, torba e sigarette stantie mescolati a biancheria umida e cibo in decomposizione. Mi tappai il naso e feci marcia indietro. Se Quoth era sepolto sotto quel mucchio, era spacciato.

Per Iside, i maschi sono dei maiali.

Mi diressi verso l'ultima porta in fondo al corridoio. Bussai. «Quoth? So che sei lì dentro. Se ti stai masturbando, puoi solo farmi un grugnito?»

Niente.

«Perché Morrie vuole che tu vada alla stazione di polizia, se devi stare nascosto? Cos'è che non mi dici? Ieri sera mi hai ascoltato raccontare tutto. Esigo un trattamento paritario. Quoth?»

Ancora nessuna risposta.

«Quoth, sul serio, di' qualcosa o apro *subito* questa porta.»

I peli del collo mi si rizzarono. Il silenzio nell'appartamento divenne minaccioso. Era *troppo* silenzioso.

Ieri sera qualcuno è entrato nel negozio e ha ucciso Ashley. Abbiamo pensato che se la sia svignata dopo aver commesso il fatto, ma se fosse rimasto nascosto per tutto il tempo? Se fosse stato dietro il divano del piano di sotto o accovacciato nell'angolo della stanza dei libri per bambini, in attesa dell'occasione per uscire e farci fuori tutti?

O se Quoth fosse in piedi dietro di me con un machete e un luccichio malvagio in quegli strani occhi?

Una sensazione strisciante mi ghermì il collo. Mi voltai di scatto, ma nel corridoio non c'era nessuno. Mi bloccai, ascoltando con attenzione il rumore di un movimento, ma tutto ciò che riuscii a sentire fu il suono debole di gente che bussava alla porta d'ingresso e di Heathcliff che urlava.

No. Non merito di sentirmi così spaventata. Troverò delle risposte.

Mi voltai verso la porta. «Ecco. Sto entrando.»

Spinsi la spalla contro la porta e strattonai il pomello. La porta si aprì di scatto e io entrai incespicando, dopo essere inciampata sul tappeto.

«Cosa?»

Non era la stanza di un ragazzo, ma una vera e propria *suite*. Lo spazio era dominato da un enorme letto a baldacchino finemente elaborato, con spesse tende. Era sfatto, con il materasso ricoperto da uno strato di polvere. In una nicchia davanti alla finestra erano disposte sedie e tavolini e un armadietto dei liquori, tutti coperti da teli bianchi impolverati. Dall'altra parte del letto c'erano tre porte. Ne aprii una e vi trovai un enorme armadio: due banchi di ripiani e scaffalature ornate ai lati di uno specchio dorato lungo fino al pavimento. Nel vetro polveroso il mio riflesso appariva di un color seppia screziato come una vecchia fotografia, con i bordi sfumati, come la mia vista che si dissolveva.

Immagina, avere una stanza come questa. Fantasticai di rastrelliere piene di vestiti, scaffali pieni di anfibi dai colori vivaci e di abiti Vivienne Westwood. Se fossi diventata una famosa stilista, mi avrebbero fotografata all'interno di questo armadio per una doppia pagina di Vanity Fair...

Solo che tu non sarai mai una stilista.

Il pensiero mi colpì, facendomi tornare alla realtà. Il motivo originario per cui mi trovavo in quella stanza era che avevo dovuto rinunciare all'unica cosa che amavo. Odiavo Marcus Ribald per non avermi assunta quando me lo meritavo, odiavo il mondo del lavoro per non essere più aperto nei miei confronti e odiavo Ashley per aver rivelato il mio segreto, ma odiavo anche me stessa per averci rinunciato.

Ma quale altra opzione avevo?

Uscii dall'armadio e sbattei la porta, poi provai con la successiva. La seconda porta si aprì sul bagno più incredibile che avessi mai visto. Una stanza di forma esagonale nella torretta sud-occidentale ospitava un gabinetto e un lavandino di porcellana vecchio stile. La vetrata istoriata che copriva un'intera parete lasciava filtrare la luce sulla vasca di rame che occupava il posto d'onore al centro della stanza.

Aspetta un attimo... non è un esagono.

Quella che da Butcher Street sembrava una torretta esagonale in realtà erano tre lati di una stanza a cinque facce. Stando nel bagno, gli angoli erano del tutto evidenti. Sembrava quasi che fosse stata progettata come un'illusione dei tempi vittoriani, quando alla gente piaceva aggiungere scomparti segreti nelle librerie e cassetti nascosti nelle scrivanie.

Ma perché mascherare una stanza a cinque lati? E perché fare tanta fatica per crearla? Non ci voleva il mio occhio di designer per capire che non era equilibrata o esteticamente piacevole come un esagono. Inoltre, rendeva difficile inserire i mobili nello spazio.

Mi misi accanto alla finestra e guardai l'ammasso di curiosi radunato fuori dalla libreria. Invece di disperdersi, la folla era cresciuta ancora di più e vedevo un paio di persone con la divisa della televisione locale, con pesanti telecamere e microfoni. *Ottimo. Sono sicura che staranno ricevendo un resoconto assolutamente veritiero e imparziale da parte di quelle persone.*

Prima che qualcuno mi vedesse, mi allontanai dalla finestra e provai la terza porta. Si apriva su un piccolo salotto, con tanto di caminetto e scrivania di quercia lavorata. Probabilmente era qui che la padrona di casa scriveva le sue lettere.

Mi starnutii in una mano mentre la polvere turbinava nell'aria intorno a me. In quella stanza non dormiva nessuno, il che era assolutamente assurdo. Era di gran lunga la stanza migliore dell'edificio. Era anche l'unica altra stanza di quel piano. Allora, dove dormiva Quoth?

La soffitta.

Dopo aver controllato sotto il letto e dietro l'armadietto dei liquori in cerca di potenziali assassini, uscii nel corridoio, richiudendomi la porta alle spalle. Qualunque fosse il motivo per cui i ragazzi avevano evitato quella suite, avevo la sensazione che non volessero che io curiosassi. Inoltre, mi aveva fornito solo altre domande. E in quel momento a me servivano risposte.

Feci le scale due gradini alla volta, appoggiandomi al muro per reggermi. In cima c'era uno stretto corridoio che conduceva a due porte basse dove un tempo dormiva la servitù della casa. Potevo vedere i meccanismi di un campanello di chiamata ancora appesi al muro dietro di me.

«Quoth, sei lì dentro? Dai, non è divertente...»

Da dietro la porta di sinistra provenne il rumore di uno sfarfallio. Mi avvicinai e bussai.

«Non entrare,» gracchiò una voce. Io spinsi la pesante porta. *Troppo tardi, segaiolo. Hai avuto la tua occasione. Adesso entro e non mi importa se sei nudo con il cazzo in mano...*

La porta sbatté contro il muro, rivelando una scena che mi raggelò il sangue.

La minuscola stanza era piena di opere d'arte: tele impilate l'una sull'altra e attaccate di storto su tutte le pareti. Per lo più forme astratte, ma anche un po' di realismo: paesaggi visti dal cielo o attraverso i rami degli alberi. I colori vivaci mi aggredirono gli occhi, abituati alla penombra del negozio.

In mezzo a tutto quel colore acceso, Quoth era accovacciato sul bordo di uno stretto letto di ottone, completamente nudo. Accanto al letto, una pila di libri arrivava quasi al soffitto: tutte storie di cronaca nera, oppure volumi con titoli come *Cultura della morte in America* e *Rituale funerario egiziano*. Ma non era questo che mi lasciò senza fiato.

Dalla pelle di Quoth spuntavano delle piume nere con la punta che si assottigliava man mano che gli rientravano nel corpo. Intorno al collo aveva una specie di fronzolo sottile che sembrava una gorgiera del XVI secolo. Stringeva la struttura del letto con dita arricciate come artigli affilati che poi, davanti ai miei occhi, si raddrizzarono e tornarono a essere dita normali, lisce. Dai gomiti e dai polsi sporgevano degli aculei con delle piume nere, a formare enormi ali che andarono a sbattere contro le pareti prima di ritirarglisi nei gomiti.

Come è possibile?

Al posto della bocca e del naso, sporgeva dal viso un lungo

becco nero. Mentre lo guardavo a bocca aperta, questo scomparve appiattendosi e si trasformò nella pelle d'alabastro e gli zigomi pronunciati di Quoth. Gli occhi rotondi dell'uccello si chiudevano e si aprivano, delle palpebre si formavano e Quoth, il Quoth umano, mi fissava con orrore.

Mi bloccai, osservando quell'orribile trasformazione al contrario. In quel momento, ogni cosa andò al proprio posto. I segreti che custodivano, le bugie che mi avevano chiesto di raccontare. Capivo quello che stavo guardando, anche se non lo comprendevo.

Quoth *era* il corvo.

<h1 style="text-align:center">I3</h1>

Rimanemmo immobili entrambi, a fissarci reciprocamente. Una conversazione senza parole si svolse nell'aria tesa tra noi. Accusa, negazione, incredulità, indignazione, orrore, accettazione.

Quoth fu il primo a rompere la situazione di stallo.

«Posso spiegarti,» mi disse.

Io mi aggrappai allo stipite della porta, l'unica cosa che mi teneva in piedi. «Te ne sarei grata.»

«Posso mettermi i pantaloni prima?»

«Lo apprezzerei.»

Quoth saltò giù dal letto e attraversò la stanza fino a una piccola cassettiera decorata con scene naturali e voli di uccelli. Sapevo che avrei dovuto distogliere lo sguardo, ma avevo paura di quello che mi sarebbe potuto accadere se l'avessi fatto, così gli tenni gli occhi puntati addosso. Notai l'increspatura dei muscoli mentre cercavo sulla sua pelle nuda i segni delle piume, del becco e delle ossa di uccello che avevo visto solo pochi istanti prima. Quoth era più magro sia di Morrie che di Heathcliff, ma era comunque tonico e muscoloso. In mezzo alle gambe gli oscillava un cazzo che anche da flaccido era impressionante.

Si infilò un paio di boxer e jeans neri attillati, poi prese il telefono e toccò lo schermo.

«Cosa stai facendo?» chiesi.

«Mando un messaggio a Morrie. Gli altri devono sapere cosa sai.»

Non mi piaceva il tono minaccioso della sua voce. «Perché?»

«Abbiamo pensato che fosse solo una questione di tempo prima che tu lo capissi. Ne abbiamo discusso. Pensavamo di poterci fidare di te. Ma credevamo di avere più tempo. E nemmeno Morrie poteva prevedere che questo maledetto omicidio avrebbe incasinato tutto.»

Rumore di passi sulle scale. Subito dopo, la testa di Morrie spuntò dalla porta. «Ben fatto, bellezza. Hai fatto una deduzione corretta.»

«Non è stata una deduzione. Sono entrata e Quoth era tutto piume.»

Morrie mi tese una mano. La presi e lasciai che mi aiutasse a scendere le ripide scale. Quoth ci seguì a distanza, cosa che apprezzai, visto che non lo volevo vicino a me.

Heathcliff era accasciato sulla sedia accanto al fuoco, con una sigaretta tra i denti. Grimalkin era acciambellata sulle sue gambe e mi fissava con diffidenza. Qualcuno aveva messo un'altra sedia di fronte a Heathcliff. Era nello stesso stile della suite nella camera da letto misteriosa.

«Sei una vera seccatura, lo sai?» brontolò Heathcliff, spingendo la sedia verso di me con lo stivale. «Sei più ficcanaso dell'ultimo fidanzato di Morrie, e lui era una specie di detective.»

Morrie ha avuto un fidanzato. Provai un lampo di delusione, ma non di sorpresa. La mia memoria balzò alle cinghie di cuoio appese accanto al letto di Morrie. Misi da parte quella preziosa informazione per elaborarla bene in seguito. Adesso avevo bisogno di sapere delle piume. Sprofondai nella poltrona, afferrando i braccioli ricurvi.

«Quoth, vai a prendere il tè!» ordinò Heathcliff.

«Tre giorni,» mormorò Quoth dirigendosi verso la cucina. «Non sono riuscito a ottenere nemmeno tre giorni.»

«Non voglio tè,» dissi. «Voglio risposte. Dalla pelle di Quoth spuntavano delle piume. Aveva un *becco*. E poi sono state risucchiate all'interno del suo corpo.»

«Avrai anche trascorso quattro anni in America, ma sei inglese dentro. Tu *hai bisogno* di tè.» Morrie accostò la sedia del computer e ci si accomodò con la sua struttura flessuosa. Accostò tra di loro le punte delle dita come un supercriminale dei cartoni animati e mi guardò con quegli occhi di ghiaccio.

Aspettammo in silenzio mentre il bollitore si scaldava. Il mio stomaco si agitava per una confusione di sentimenti: paura, sospetto, indignazione, rabbia. Il fischio del bollitore mi rimbombò nel cranio. Pochi istanti dopo, Quoth apparve sulla porta, con un vassoio in equilibrio tra le mani. Morrie si avvicinò e prese la sua tazza. Quoth porse il vassoio a Heathcliff, che prese una tazza e se la portò alle labbra. Ne rimaneva una per me.

La presi e la tenni tra le mani, ma non credevo sarei riuscita a portarla alle labbra senza rovesciarla, così la appoggiai sul bracciolo della poltroncina. Comunque, Quoth ci aveva messo troppo latte.

«Ora ho il tè. Cominciate pure a parlare. Perché Quoth è un... *mutaforma*?» Era una parola da stupidi romanzi paranormali. Non una parola che dovevo pronunciare ad alta voce io, con i miei nuovi amici.

Morrie si chinò in avanti. «Sai che scherzavi sui nostri nomi, su quanto fosse ridicolo che lui fosse Heathcliff e io James

Moriarty, e so che pensavi anche che Quoth fosse un nome strano.»

«*Lo è.*»

«I nostri genitori non erano bizzarri bibliotecari che ci hanno dato il nome di personaggi della letteratura. Noi *siamo* quei personaggi.» Morrie si indicò il petto. «Io *sono* James Moriarty, matematico e maestro del crimine, nonché arcinemico di Sherlock Holmes. Lui *è* Heathcliff, orfano respinto e amato da Cathy di *Cime tempestose*. Lui è il corvo di Edgar Allan Poe, quello appollaiato sulla porta di una camera. Non sappiamo come siamo arrivati qui o perché, ma di sicuro non dovremmo esistere nel vostro mondo.»

14

Soffocai una risatina. «Giusto. Ma smettila. Hai detto che mi avresti detto la verità. Non voglio altre storie, soprattutto non una così stupida.»

«È proprio una storia, Mina,» disse Heathcliff. «*Noi* siamo le storie. Pensaci. Altrimenti perché Morrie sarebbe del tutto indifferente al fatto che il suo datore di lavoro perda milioni di sterline da un giorno all'altro?»

Quoth mi lanciò un'occhiata di scuse dall'ingresso. «Perché mi spunterebbero le piume dalla pelle? E hai mai visto me e il corvo insieme nella stessa stanza?»

«Altrimenti perché Heathcliff sarebbe così stronzo?» si intromise Morrie.

«Ma... ma è impossibile!» gridai.

«Sono d'accordo,» disse Morrie. «Da quando sono arrivato qui ho eseguito simulazioni al computer per cercare di trovare una risposta a quanto è successo. Le mie conclusioni sono tutte uguali: non dovremmo essere qui. Eppure, eccoci qui.»

«Ma... *come?*»

«Non lo sappiamo,» replicò Morrie alzando le spalle. «Ho dedicato una notevole quantità di energie per risolvere l'enigma, ma finora senza alcun risultato. Posso solo dirti che la responsabile più probabile è la Libreria Nevermore stessa.»

«Come può una *libreria* essere responsabile di questo?»

«Mi serve un drink come si deve,» dichiarò Heathcliff, sbattendo la tazza vuota sul vassoio.

Lasciando la mia domanda in sospeso, si tuffò in cucina e ne uscì con una bottiglia di vino impolverata. La stappò e riempì un bicchiere, che mi porse. Lui bevve un lungo e profondo sorso direttamente dalla bottiglia.

«Nessuno di noi ricorda come siamo arrivati qui,» disse tra un sorso e l'altro. «L'ultima cosa che ricordo, è che sono sceso da *Cime Tempestose* in uno stato di grande agitazione dopo aver sentito che Cathy progettava di sposare Linton. Avevo rubato una bottiglia del miglior whisky di Hindley e lo presi come medicina mentre correvo, perché mi ero perso nella futilità dell'amore. Attraversai la brughiera finché la bevanda non mi fece spurgare la rabbia dalle ossa e svenni in una pozzanghera. Mi risvegliai sul pavimento davanti alla sezione di letteratura classica. Il signor Simson mi raccolse e mi diede un elisir magico per farmi passare la sbornia...»

«Gatorade,» spiegò Morrie. «Ti ripeto che non è niente di magico. Lo puoi comprare al supermercato per due sterline.»

«Taci un momento.» Heathcliff tracannò un altro sorso di vino. «Il signor Simson mi spiegò che questo luogo era maledetto e che era da tempo che mi stava aspettando.»

«Lui... cosa?» Mi accasciai sulla sedia di Heathcliff, premendomi le dita sulle tempie.

«Mi disse anche che qualche anno dopo che aveva acquistato l'edificio dal precedente proprietario, la poetessa greca Saffo era apparsa qui, proprio come ero apparso io. Ne aveva avuti altri nel corso degli anni, sempre nella sezione Letteratura Classica. Riteneva suo dovere aiutarli a trovare la loro strada nel mondo, nel modo migliore possibile. A Saffo trovò un posto come meteorologa. Lady Macbeth gestisce un fish-and-chips a Glasgow. Pip di *Grandi Speranze* fa l'urbanista a Londra, se vuoi saperlo.»

Sbuffai.

«Il signor Simson ha detto che è per questo che ha tenuto la libreria per tutti questi anni. Aveva bisogno di aiutarli. Pensava che nessun altro l'avrebbe fatto. E voleva capire perché continuavamo ad apparire. Voleva spezzare la maledizione prima che il negozio riportasse in vita qualche malvagio davvero spietato.» Heathcliff lanciò un'occhiata a Morrie, che fece un sorriso angelico. «È per questo che ha avviato la sezione Occulto.»

«Ho visto quegli scaffali, dietro i libri sugli animali,» commentai. «Non è niente di che. Solo un mucchio di cospirazioni sulla Terra piatta e spazzatura new age.»

«Hai visto i libri di tarocchi da dieci centesimi che lasciamo sugli scaffali per la plebe,» disse Morrie. «Il signor Simson teneva tutti i *veri* libri occulti sotto chiave, sotto protezione. Credeva che in uno di quei libri avrebbe trovato il segreto della magia del negozio.»

«Aspetta un po'...» Fissai Heathcliff, iniziando a capire. «Se devo credere a questa storia, e non dico di crederci, sei uscito dalla tua storia mentre *lasciavi* Cime Tempestose? Non sei mai tornato indietro?»

Heathcliff non divenne mai la figura crudele e contorta che infestava Cime Tempestose. Non andò mai nel posto dove si recò in quei misteriosi tre anni che trasformarono il suo cuore in ghiaccio.

«E tu?» Girai su me stessa per guardare Morrie. James Moriarty, uno dei cattivi più iconici della letteratura vittoriana. «Non hai mai incontrato Sherlock Holmes alle cascate Reichenbach?»

Morrie scosse la testa. «A causa delle continue persecuzioni di Holmes, mi trovai in una posizione tale che rischiai di perdere la libertà. La situazione era diventata impossibile, così lasciai l'Inghilterra nel tentativo di rimanere un passo avanti al mio nemico. Mi addormentai sul treno per Ginevra e mi sono svegliato qui.»

«E tu?» chiesi a Quoth. Lui scosse la testa.

«Lui è diverso,» borbottò Heathcliff. «Il signor Simson non ha mai parlato di mutaforma.»

«Io ho una teoria secondo la quale potrebbe essere sia il corvo che il narratore anonimo della poesia,» spiegò Morrie. «In qualche modo, sono usciti dalla poesia come un'entità unica.»

«Ricordo poco della mia vita precedente.» Quoth fissò il soffitto mentre gli uscivano le parole, un vocalizzo ricco e vellutato che grondava tristezza. «È logico che sia così, visto che sono nato da una poesia e non da un libro. Ricordo solo una stanza piena di libri e la sensazione che il tempo passasse senza di me, mentre io rimanevo congelato in un ricordo che sbiadiva nel nulla, trascinandosi dietro nel vuoto un pezzo vitale di me. Ancora oggi quel ricordo mi perseguita, e la mia mente si aggrappa a quelle visioni che si affievoliscono sempre di più. Ecco perché passo la maggior parte del tempo nella mia forma di corvo.» Quoth si pizzicò la pelle della coscia. «Questa pelle umana mi sembra... imbarazzante. Inoltre, questi stupidi aggeggi sono un po' inutili.» Sbatté le braccia.

Mi ronzavano le orecchie. Era una storia così assurda che non poteva essere vera. Eppure... avevo visto le piume di Quoth che gli rientravano nella pelle, e avevo visto un becco al posto della bocca.

«Ma io ho sentito la voce di Quoth quando c'era il corvo,» dissi, la mia ultima debole protesta.

«Vero,» osservò Morrie corrucciato. «E questo è altamente irregolare. Nella sua forma di corvo, Quoth può comunicare telepaticamente, ma solo altri personaggi di fantasia potevano sentirlo. Fino a te. Ecco perché Heathcliff ti ha assunta.»

È così? Ricordavo la voce di Quoth dal mio primo incontro con Heathcliff, che diceva che ero bella, che ero "quella giusta". Voleva forse dire che ero perfetta per quel lavoro perché potevo sentirlo? Non lo sapeva ancora quando mi aveva parlato.

O c'è dell'altro?

«Allora perché posso...»

«Un'altra domanda a cui non siamo ancora in grado di rispondere, bellezza.» Morrie mi diede qualche colpetto sulla gamba. «Prima di tutto, cerchiamo di scagionarti da questo omicidio, e poi forse, tra noi quattro, riusciremo a scoprire i segreti della Libreria Nevermore.»

«E Grimalkin?» chiesi, debolmente.

«È solo un gatto,» rispose Heathcliff.

«Ne siamo quasi certi,» aggiunse Morrie.

«Miao,» replicò confermando Grimalkin, per poi allungarsi sulle ginocchia di Heathcliff.

Io rovesciai la testa all'indietro e bevvi il mio vino, poi porsi il bicchiere a Heathcliff. «Ne hai ancora?»

«Hai intenzione di bere finché non ti sembrerà plausibile?» chiese Heathcliff.

«Certo che sì.»

«Una donna che mi somiglia.» Tornò al frigorifero e tirò fuori un'altra bottiglia di vino da quattro soldi. Ne offrì un po' a Morrie, che scosse la testa e prese una fiaschetta d'oro da una cinghia che aveva intorno alla caviglia e ne bevve un lungo sorso. Anche Quoth rifiutò, ma non sembrava avere una scorta personale.

Accettai da Heathcliff un bel bicchiere pieno e ne bevvi un'altra sorsata. Il calore dell'alcol mi si diffuse nel petto, ma non servì a smorzare la tensione per ciò che avevo visto e sentito. «Come siete arrivati a vivere tutti insieme qui nella Libreria Nevermore?»

«Io sono arrivato per primo,» spiegò Heathcliff, stringendo le dita intorno al collo della bottiglia. «Il signor Simson aveva dei contatti a Londra che mi procurarono un certificato di nascita e un passaporto. Disse che mi aveva trovato il lavoro perfetto, uno che andava bene per le mie capacità uniche. Pensavo che mi avrebbe mandato al Nord a fare il pastore o a portare i turisti a fare escursioni nella brughiera, invece mi ha consegnato le chiavi del negozio.»

«Perché?»

Heathcliff alzò le spalle. «Non me l'ha mai detto e non l'ho più rivisto per chiederglielo. Aveva sgomberato il suo appartamento e aveva chiuso il conto all'ufficio postale di Argleton, lasciandomi un bel po' di casino contabile e tutto il lavoro da fare con i libri.»

«Io sono stato il primo a finire in braccio a Heathcliff,» spiegò Morrie sorridendo. «Adora la sensazione delle mie chiappe sode sul suo...»

Heathcliff ringhiò.

«*Vabbè*.» Morrie sorrise. «Abbiamo legato per il fatto che siamo entrambi esiliati dal mondo della finzione. Inoltre, io sono in grado di entrare nei registri del governo e di falsificare certificati di nascita e altri documenti utili, quindi se rimanevo nei paraggi, lui non doveva continuare ad andare a Londra. A Heathcliff questo piace. Significa che non deve lasciare il negozio. Inoltre, io so cucinare. Sono passati sei mesi prima che avessimo il nostro primo ospite letterario: Hester Primm. Abbiamo provato a vivere con lei per un po', ma portava sempre a casa degli estranei. Heathcliff le trovò un bel lavoro come addetta alla mescita in un pub sportivo a Londra. Poi fu la volta di Titania.»

«Nel senso della regina delle fate del *Sogno di una notte di mezza estate?*»

«Proprio lei. Ora gestisce un centro di riabilitazione per asini in Cornovaglia. E Quoth è stato l'ultimo. È arrivato sei mesi fa e da allora non abbiamo più avuto nessuno, il che è una benedizione, perché vivere con Quoth è come avere un bambino fastidioso.»

«Non è vero,» disse Quoth.

Morrie contava sulle lunghe dita mentre enunciava: «Rigurgita il cibo. Distrugge i mobili. Crea quadri incomprensibili che dovremmo attaccare al frigorifero e ammirare. Caga sui clienti.»

«Solo quando citano quella maledetta poesia,» grugnì Quoth, con gli occhi scuri rivolti verso Morrie. «Come ti sentiresti se ti ricordassero costantemente la fonte di tutto il tuo dolore?»

«Io non ho nessun dolore,» ribatté Morrie. «A differenza di altre persone, mi sono adattato alla nuova vita.»

Sebbene Morrie parlasse con la consueta disinvoltura, qualcosa nell'irrigidimento delle sue dita suggeriva che stesse cercando di convincere se stesso.

«Almeno tu hai un'intera casa con delle porte su cui appollaiarti.» Le parole pacate di Heathcliff grondavano di minaccia. «Io ho perso una parte di me stesso, come se avessi lasciato una costola nel bagno del pub...»

«Non dirmi quello che...» Quoth si interruppe quando le sue labbra assunsero un'espressione imbronciata. Gli occhi gli si spalancarono, le orbite si rovesciarono e arretrarono verso le orecchie, mentre il collo scattava in avanti e le braccia si piegavano all'indietro.

Urlai, indietreggiando sulla sedia alla vista delle piume nere che esplosero sulla pelle di Quoth, ognuna ricoperta da una pellicola nera che si dissolveva man mano che le piume si dispiegavano e si posavano l'una sull'altra. Quoth allargò le braccia e si mise a sbatterle, facendo volare carte e buttando a terra i vestiti. Il suo corpo si librò in aria per un momento, poi si rimpicciolì e si ripiegò su se stesso, torcendosi e contorcendosi fino a diventare un corvo. Girò per tre volte intorno alla stanza, gracchiando con indignazione, poi si posò sul trespolo sopra il caminetto e fissò Heathcliff.

«Ecco perché non si può dire di Quoth alla polizia,» disse Morrie. «Non riesce a controllare i suoi mutamenti, soprattutto se è nervoso, stressato o arrabbiato. Se lo portano alla centrale e si trasforma in un uccello, allora...»

«Ho capito,» dissi con un respiro affannoso, mettendomi una mano sul cuore e cercando di far tornare l'aria nei polmoni. Qualsiasi dubbio avessi avuto sul fatto che la loro ridicola storia fosse un'altra menzogna mi era stato tolto. «È anche per questo che non ha un certificato di nascita né un lavoro?»

«Abbiamo deciso che sarebbe stato più facile per Quoth nascondersi se non fosse mai esistito,» chiarì Morrie. Il corvo volò giù per appollaiarsi sulla sua spalla, annuendo tristemente con la testa.

«Quindi quello è il corvo di Poe... e tu sei veramente Heathcliff... e tu sei James Moriarty...» La saliva mi si seccò in gola. «Sei un genio del crimine.»

«Non sono mai stato sottoposto a un test,» disse Morrie, ma non riuscì a trattenere l'orgoglio dalla voce. «Ma sì, è probabile che sia un genio.»

«Hai hackerato il telefono di Jo, mi hai fatto mentire alla polizia e...» L'improvvisa illuminazione mi strinse il cuore con una morsa gelida. «Tutti quei soldi spariti dai conti della tua azienda... non è che tu sai dove si trovano?»

«Potrei averne un'idea,» disse Morrie bevendo un altro sorso dalla fiaschetta. «Ma ho perso il lavoro prima di poter fornire all'azienda le mie preziose intuizioni. Per fortuna, sono ben attrezzato per far fronte a tali difficoltà finanziarie. Ed è un bene, perché Heathcliff non guadagna abbastanza per coprire il mutuo, quindi devo provvedere io a ciò che manca. Tuttavia, mi rimane abbastanza per giocarci. Vuoi un pony? Ho sempre pensato che questo posto abbia bisogno di un pony.»

«Cristo santo.» Heathcliff scolò il resto della bottiglia di vino. «Questo posto è già un maledetto serraglio.»

Sospirai. «È tutto a posto. Va tutto dannatamente bene. Lavoro per il più grande antieroe della storia, frequento il Napoleone del crimine e un dannato uccello in rima. Eppure questa non è la cosa peggiore che mi sia capitata questa settimana. Sono appena stata davanti al *corpo* della mia migliore amica. È possibile che la morte di Ashley sia collegata a questa storia della libreria maledetta?»

Morrie e Heathcliff si scambiarono un'occhiata. «Ci abbiamo pensato, ma non riusciamo a capire come. La tua amica Ashley è una specie di stregone vendicativo deciso a strappare i personaggi fittizi dalle loro narrazioni *in medias res*?»

«Non che io sappia.» Mi sovvenne un pensiero orribile. «Non penserete che qualche personaggio malvagio sia apparso qui proprio mentre entrava lei, l'abbia accoltellata e sia scappato via, vero? Potrebbe essere stato Jack lo Squartatore o Hannibal Lecter o...»

Heathcliff scosse la testa. «No. Lo sapremmo.»

«Quando succede abbiamo una strana sensazione,» spiegò Morrie. «Una forza invisibile non esattamente simpatica ci infila una mano all'interno della cavità toracica e ci scuote tutti gli organi. Nessuno di noi ieri sera ha avuto questa sensazione...»

«Ehi, c'è qualcuno?»

Morrie si bloccò. Io avevo il cuore che sembrava impazzito. Al piano di sotto c'era qualcuno. «Ti avevo detto di lasciare quello scaffale al suo posto,» sibilò Heathcliff a Moriarty.

«Infatti, l'avevo lasciato dov'era. Devono averlo spostato, oppure essere entrati dal retro. In ogni caso, c'è qualcuno.»

Heathcliff balzò in piedi. Grimalkin soffiò dopo essere stata scaraventata con violenza a terra. «Vado a tirargli le orecchie!»

«No. Me ne occupo io.» Mi alzai in piedi. «Chiunque sia, è qui per vedere me. Tanto vale che dia spettacolo.»

Mi diressi verso le scale. Con l'umore che aveva Heathcliff, avrebbe staccato a morsi la testa del cliente. Mentre io... avevo bisogno di allontanarmi da quei tre.

«No, Mina, non...» Heathcliff tentò di dissuadermi, ma ero già a metà delle scale.

«Salve, mi chiamo Mina e sarei felice di aiutarla...» Mi fermai di botto quando, sbirciando nell'atrio sottostante dalla balaustra, vidi chi era il nostro cliente. Jo, il medico legale.

«Oh, salve,» mi salutò, sfoggiando un sorriso cordiale decisamente fuori luogo per un medico legale nei confronti di un sospettato di omicidio. Il mio cuore ebbe un sussulto. *Significava che avevano scagionato il mio nome?* «Fuori c'era una bella folla che cercava di aprire la porta, allora ho fatto il giro sul retro. Una delle finestre era allentata, così...» Mimò l'atto di spingere l'anta verso l'alto ed entrare.

«Heathcliff non apre oggi,» dichiarai con cautela, consapevole che dietro quel sorriso c'era la donna che aveva il potere di mandarmi in prigione a lungo. «Sto cercando di convincerlo che forse è meglio sfidare i curiosi, per evitare che salti fuori una rivolta.»

«Io dico di dare il via alla rivolta,» disse Jo. «L'ultima volta che è successo qualcosa di eccitante a Argleton è stato quando Danny Evans è andato con il camion addosso al muro del pub.»

Risi, ricordando bene l'incidente. Quella sera mia madre era stata al pub a bere e per raccontarmi la storia mi aveva raggiunta alla libreria dove ero a leggere, attraversando il prato con del vetro che le usciva dalla gamba. «Io avevo otto anni quando è successo. Quindi sei del posto? Sembri avere la mia età, ma io non mi ricordo di te a scuola.»

«Ho un paio di anni in più,» disse Jo. «Mia madre è morta quando avevo sei anni e per un po' mi sono spostata in vari posti con mio padre, sono andata all'università e poi mi sono ritrovata di nuovo qui. Immagino che sia difficile sfuggire al posto d'origine, eh?»

«Di sicuro. Mi dispiace per tua madre.»

«A me dispiace per il cadavere nel vostro negozio,» disse Jo. «Se può consolarti, ho finito il mio esame questa mattina e non credo che sia tu l'assassina.»

«No?»

«No. Il fendente è stato tirato con una forza considerevole, il che di solito esclude un aggressore donna. Ma non è me che devi convincere, e l'ispettore capo Hayes ti tiene sicuramente gli occhi addosso.»

«Evviva. Cosa ti porta qui?»

«Oh, giusto. Sì, è vero. Probabilmente penserete che sia totalmente folle che io sia appena rientrata in una scena del crimine, ma la verità è che ieri sera ho lasciato qui il mio maglione e speravo di poterlo recuperare. È il mio preferito. Inoltre... sto andando a Londra per un corso sul vitreo e l'enucleazione e mi serve qualcosa da leggere sul treno.» Jo girò su se stessa e fece un gesto verso gli scaffali pieni. «Fino a ieri sera non sapevo nemmeno dell'esistenza di questo posto e ora non so da dove cominciare.»

«Un corso di *cosa*?»

«Vitreo ed enucleazione. Il vitreo è un liquido chiaro che si trova tra il cristallino e la retina dell'occhio. Sto insegnando ai tecnici di patologia come estrarlo con una siringa per gli esami tossicologici. L'enucleazione consiste nella rimozione dell'intero bulbo oculare...»

«Va bene così. Non voglio sapere altro. Sembra divertente.»

Mi si rivoltava lo stomaco all'idea. Mi ricordai della pila di libri accanto al letto di Quoth. *Scommetto che lui e Jo hanno gusti simili.* «Ho visto qualcosa che potrebbe piacerti, ma devo chiedere dove trovarlo. Cerca pure il maglione mentre io corro a parlare con Heathcliff.»

Mi precipitai di nuovo al piano di sopra, dove Heathcliff aveva già ficcato il naso in un libro e Morrie stava cercando di convincere un Quoth umano a provare un gilet su misura. «È Jo. È entrata da una finestra. Sta andando a un convegno sugli occhi e vuole comprare un libro. Mi chiedevo se uno di quei libri che sta leggendo Quoth fosse in vendita.»

Quoth si infilò il secondo calzino e raddrizzò la schiena. «Te li prendo io. Li ho letti tutti.»

«Grazie...»

Ma era già scomparso.

«Jo ha detto qualcosa sull'indagine?» chiese Morrie.

«Solo che la forza dell'accoltellamento fa pensare a un aggressore maschio, ma l'ispettore capo mi considera comunque una sospettata.»

Quoth tornò e mi porse una selezione di libri. «Questi erano i miei preferiti.»

Scesi le scale proprio mentre Jo estraeva una felpa nera con cappuccio da dietro una libreria. Le porsi i libri. «Sono tutte storie di crimini veri e cose macabre che ti piaceranno. Questo è sulla storia del veleno e questo è sugli omicidi di H. H. Holmes a Chicago...»

«Ehi, grazie.» Jo studiò la copertina del libro sui veleni. «Sembra perfetto. Lo prendo.»

«Fantastico. Ti faccio lo scontrino.» La condussi al banco e digitai il prezzo nel vecchio registratore di cassa. «Fammi solo il favore di parlarmene quando torni. Del libro, non del corso. Non voglio sentir parlare di bulbi oculari e siringhe, ma vorrei leggere questo.»

«Lo farò. Magari potremmo prendere un caffè e io potrei raccontarti tutti i casi di avvelenamento a cui ho lavorato negli anni. Sapevi che l'avvelenamento da stricnina viene spesso scambiato per tetano finché l'esame tossicologico post mortem non dimostra il contrario?» Jo si mise una mano sulla bocca. «Oh, mi dispiace. È strano? È assolutamente strano, vero? Non volevo parlarti di bulbi oculari e veleni.»

«Abbastanza strano per me.» Le sorrisi, notando il logo dei Misfits sul davanti della sua felpa mentre scrivevo la ricevuta. Heathcliff teneva ancora dei registri scritti a mano perché era un pazzo che sembrava deciso a rimanere bloccato nel periodo immaginario da cui proveniva. «Ti piace il punk?»

«Certo che sì. Soprattutto ciò che ha a che fare con horror, sangue e budella.» Jo mi dettò il suo numero e io le inviai un messaggio con una faccina sorridente. Lei alzò il telefono con il mio numero. «Ora ti ho in memoria. Potremo parlare ancora di veleno e punk quando prendiamo il caffè. E adesso sono certa che non puoi aver scritto tu quel messaggio...»

«Quale messaggio?»

«Oh.» Jo si tappò la bocca con le mani. «Non dovrei dire nulla. La polizia te lo dirà presto. Ma non preoccupartene, vedranno che non corrisponde al tuo solito modo di scrivere e volgeranno lo sguardo altrove.»

Non sembra promettere niente di buono.

Accompagnai Jo alla finestra. Lei si arrampicò e scappò via dietro l'angolo, con il suo libro sui veleni infilato sotto il braccio. Jo mi piaceva già. Chiunque entrasse in un posto da una finestra perché aveva disperato bisogno di un libro da leggere, per me andava bene. Il pensiero di uscire insieme per un caffè mi faceva ballare lo stomaco dall'eccitazione. Volevo che diventasse mia amica, ma era difficile iniziare un'amicizia con la persona che avrebbe potuto condannarti per omicidio.

Non appena Jo fu fuori dalla vista, tornai di corsa al piano di sopra. Morrie era già al computer, mentre Quoth e Heathcliff erano uno di fronte all'altro davanti al caminetto, con una scacchiera tra loro. Quoth era tornato alla sua forma di uccello e trotterellava sulla scacchiera per muovere i pezzi con il becco.

«La polizia ha trovato un messaggio sul telefono di Ashley,» esclamai. «Mi è sembrato che Jo volesse dire che ero coinvolta.»

Lo sguardo di Heathcliff avrebbe potuto ghiacciare un vulcano.

Morrie tirò fuori il telefono e toccò lo schermo. «Esatto. Hanno trovato un messaggio da un telefono usa e getta, inviato trentatré minuti prima del ritrovamento del corpo. Diceva: <Possiamo incontrarci di xsona? È sicuro. Ness1 sta controllando il negozio>»

Sbirciai da sopra la sua spalla. «Chiunque mi conosca sa che non manderei mai un messaggio con errori di ortografia o con dei numeri al posto delle parole. Ma come hai trovato quel messaggio? L'hanno dato ai giornali? Cosa dicono di me? Almeno hanno messo una mia foto carina?»

«Non sei ancora sui giornali, bellezza.»

«Allora dove hai trovato quel messaggio?»

«Il fascicolo della polizia.»

«Ma... i fascicoli della polizia non sono pubblici.»

«No.» Morrie aprì un'applicazione sul telefono, fermando il dito su un grande pulsante rosso. «Vuoi che corrompa il file, che cancelli tutte le loro informazioni?»

Dato che ora sapevo chi era veramente Morrie, non avrei dovuto sorprendermi. «No. Voglio che prendano l'assassino di Ashley, e poi sarebbe una cosa ancora più sospetta. Dobbiamo aspettare e sperare che non mandino tutto all'aria. Ma quel messaggio significa che Ashley non mi ha seguito qui. Qualcuno *voleva* che venisse. Ma perché? Chi avrebbe dovuto incontrarla?»

15

opo un paio d'ore, quando si resero conto che non avremmo aperto per permettere loro di curiosare allegramente, i curiosi si dispersero e la signora Ellis tornò al suo appartamento. Heathcliff, Quoth e io ci bevemmo tutto il tè disponibile e organizzammo un torneo di scacchi. Heathcliff si rifiutò di far giocare Morrie («Imbroglia.» «Non è vero. Mi limito a prevedere l'esito della partita sulla base di informazioni e probabilità note.» «È lo stesso, diamine.»), così lui si sedette con il telefono in mano, a hackerare altri file della polizia. Facemmo ipotesi varie sull'omicidio di Ashley e su ciò in cui poteva essere stata coinvolta, ma nessuna di esse sembrava verosimile.

Il fatto era che non sapevo cosa stesse succedendo nella vita di Ashley. Non proprio. Anche se vivevamo insieme a New York, ci eravamo allontanate fin dall'inizio del nostro stage. Aveva fatto amicizia con un gruppo di influencer di moda di famiglie benestanti. Dopo il lavoro lei usciva a bere e io restavo in studio a rifinire i dettagli per il servizio fotografico del giorno dopo. Quando Ashley non era a fare feste sugli yacht dei suoi amici, armeggiava con il suo account Instagram, scattava foto, rispondeva ai commenti e faceva del non meglio specificato "networking". Le aziende avevano persino iniziato a inviarle trucchi e abiti gratis. L'Instagram di Ashley sembrava un fumetto della vita da sogno che avevo sempre immaginato quando ero a Argleton: foto di noi due che sorridiamo davanti all'ufficio, sul red carpet o in prima fila alla Settimana della Moda. Ma dietro quei sorrisi c'era una tensione che ci allontanava. Non conoscevo più Ashley.

Ma sapevo chi poteva conoscerla.

Uscii dalla Nevermore dalla porta sul retro e mi infilai nello stretto vicolo dietro l'edificio, in Donahue Road, in fondo alla quale si trovava un piccolo villino ricoperto di glicini. Mi appoggiai al cancello bianco e respirai profondamente, lasciandomi investire dal profumo del glicine e delle rose, con i ricordi che mi tornavano come foglie portate dalla brezza. Io e Ashley sedute sul dondolo del portico, a fumare e bere rum e coca e a parlare dei ragazzi che ci piacevano. Io in piedi accanto al cancello ogni mattina prima della scuola, aspettando che Ashley uscisse con lo zaino che dondolava, sempre lamentandosi di sua madre. Io e Ashley che aiutavamo le sue sorelle più piccole a creare un giardino fatato accanto al gradino d'ingresso, scolpendo con la creta piccole porte e funghi velenosi da nascondere tra i fiori e infilando delle lucine intorno alla balaustra. Mi si strinse la gola quando notai le luci che ancora pendevano dalla ringhiera di ferro.

Spinsi il cancello. Il giardino mi avvolse mentre percorrevo i ciottoli consunti che avevo calpestato tante volte in precedenza. Evitai di guardare il giardino fatato, sapendo che mi avrebbe scatenato le lacrime. Salii sul portico e bussai alla porta.

In casa non si muoveva nulla. Aspettai, con il cuore in gola. *Forse non è in casa. Forse...*

La porta si aprì di scatto. La madre di Ashley era lì. I capelli sale e pepe, di solito tutti ordinati, le spuntavano da tutte le parti, i vestiti normalmente immacolati erano sgualciti, e le si leggeva chiaro in volto la distruzione che aveva nel cuore.

«Oh, Mina!» Mi abbracciò, avvolgendomi nel suo calore. Io sprofondai in lei, in quella donna che mi dava da mangiare dopo la merenda e mi sistemava i capelli per il ballo scolastico e che mai mi aveva obbligato a bere un frullato di tè verde, asparagi e pepe di cayenna. Avrei voluto poterle dare ciò di cui aveva bisogno. Ma non potevo restituirle Ashley.

«Ciao zia Helen,» borbottai nella sua camicia. «Mi dispiace tanto per Ashley.»

«Povera cara, lo so,» rispose lei sottovoce. «La polizia ha detto che hai trovato tu il corpo. Non sapevo nemmeno che fossi tornata in città. Ashley è sempre stata così grata che tu sia andata con lei a New York. Eravate così buone amiche.»

Non sono andata a New York con Ashley, è lei che andata a New York con me! Ovviamente ha cercato di vivere il mio sogno come fosse stato il suo, e di far sì che tutto girasse intorno a lei...

Accantonai quel brutto pensiero e mi concentrai su ciò che le parole di Helen mi avevano rivelato. *Quindi Ashley non le ha detto del nostro litigio. Bene, questo rende tutto più facile.*

«Sono passata per vedere se potevo fare qualcosa, se potevo aiutarvi. È solo che...» Scossi la testa. «Non so cosa fare.»

«Nemmeno io, tesoro.» Helen si tirò indietro e mi tenne aperta la porta. «Vieni, entra.»

Entrai nel cottage. Odori familiari e confortanti mi avvolsero. Da adolescente avevo passato così tanto tempo in quella casa, a mangiare l'arrosto della domenica, a truccarmi e ballare in salotto al ritmo dei Rancid. Ashley aveva due sorelle più piccole e la sua casa era l'esatto opposto della mia: calda e accogliente, piena di giocattoli e di merendine di marca, di opere d'arte alle pareti e di mobili che non venivano dal ciglio di una strada, e di soldi a disposizione per cose divertenti. Non riuscivo più a vedere negli angoli, ma sapevo che erano pieni di giocattoli, giochi da tavolo e scatole varie.

«Vuoi un po' di torta?» Helen fece un cenno verso il bancone della cucina, che sprofondava sotto il peso di teglie in pirex e casseruole. «I vicini continuano a portare cibo, come se non potessi cucinare da sola.»

«Ehm... certo.» Io non avevo portato niente, ma sapevo, dalle mie preoccupazioni per la mia vista, che fare *qualcosa* aiutava a superare la giornata. Helen amava fare la padrona di casa e il suo corpo ricordava i movimenti anche se il suo cuore era intorpidito. Si diede da fare in cucina, pulì un piatto e sollevò dei coperchi.

«È passata la polizia?» chiesi, chinandomi per setacciare le borse appese agli attaccapanni in corridoio. *C'è qualcosa di Ashley qui?*

«Oh, sì. Mi hanno fatto un sacco di domande. Perché Ashley è tornata da New York? Con chi si vedeva? Qualcuno ce l'aveva con lei, o aveva detto di avere paura di qualcuno? Come se la mia Ashley avesse dei nemici.» Helen trattenne un singhiozzo. «Era così felice a New York e aveva appena ottenuto quel lavoro meraviglioso.»

«Sì, è stata molto fortunata,» dissi, lottando per contenere il veleno nella mia voce.

«Non riesco proprio a capire.» Helen sbatté la porta del frigorifero con così tanta forza da far tintinnare i ripiani. «Ashley dovrebbe essere a New York adesso, a vivere i suoi sogni, non giacere all'obitorio, *assassinata*. Tu sai perché è tornata a casa? Mi ha detto che lo stilista era andato in una specie di ritiro, ma sembrava... un po' distratta. Non gliel'ho chiesto. Avrei dovuto chiederglielo.»

«Shhh.» Lasciai la borsa nella quale stavo rovistando e mi precipitai in cucina ad abbracciarla. «Non è colpa tua. Non sappiamo cosa sia successo.»

Mi guardò attraverso le dita bagnate di lacrime. «Mi dispiace tanto coinvolgerti in questo modo. È solo che... cosa ci faceva in quella lurida libreria? Nessuno in città si fida del gitano proprietario. Una creatura sboccata e ubriacona. Scommetto che...»

«Il signor Earnshaw sarà anche un po' rozzo,» dissi, stringendola un po' più forte di quanto volessi. «Ma non è responsabile di questo. Ha un alibi. Ti garantisco che farò tutto il possibile per scoprire chi è stato. A proposito, mi chiedevo anche se Ashley avesse dei bagagli con sé. Stavamo lavorando a un progetto insieme e volevo finirlo prima del funerale, per onorare la sua memoria.»

«Certo. Credo che ad Ashley piacerebbe molto. Il suo zaino è in fondo al divano.» Helen si voltò di nuovo verso la panchina, asciugandosi gli occhi con la manica. «Ti porto anche un po' di uova con del pane.»

«È fantastico, grazie.» Mi spostai all'estremità del divano e tirai fuori la bellissima valigetta da viaggio di Ashley, firmata Hermes. La aprii e rovistai tra le pile di vestiti e trucchi, alla ricerca di qualcosa che potesse darmi un indizio sul vero motivo per cui fosse tornata a casa. La polizia aveva la sua Birkin, ma stranamente non c'era il portafoglio. Lo trovai nella tasca nascosta all'interno della valigia. Lo aprii, ma non c'era nulla di interessante: solo una mazzetta di dollari sgualciti, i suoi biglietti da visita – "Ashley Greer - fashion influencer" – e un biglietto di Marcus Ribald scritto su un post-it con il bordo nero. "Sei la mia stella, Ashley! Sei l'unica di cui mi fido".»

Mi divampò un fuoco nelle vene. *Avrebbe dovuto fidarsi di me.*

«Hai notato che Ashley portava un anello di diamanti?» chiesi a Helen mentre frugavo nella tasca.

«La polizia mi ha chiesto di un anello,» ribatté Helen, sbatacchiando i piatti. «Non l'avevo visto prima e non era esattamente nel suo stile.»

«Sì. Probabilmente è un omaggio da un evento di moda. Ci regalano sempre cose varie.»

Dietro il portafoglio c'erano una busta e una pila di fogli di carta spessa, di quelle che usavamo in ufficio per i disegni di moda. Sollevai i fogli, ma la luce del soggiorno di Emma era troppo fioca per poter distinguere i disegni. Mi infilai in tasca i fogli e la busta proprio mentre Helen usciva dalla cucina, con due piatti colmi di cibo.

Fissai il piatto con orrore. Aveva mescolato ogni tipo di cibo possibile: uova con il pane, un'enorme mattonella di lasagne, due fette di pizza, una specie di taco che sapeva di pesce. A lato c'era una fetta di torta ai mirtilli, su cui colava del sugo.

«È... un banchetto, zia Helen.»

«Oh,» Helen fissò il piatto come se lo vedesse per la prima volta. «Mi dispiace, credo di essermi lasciata trasportare. Per favore, mangia solo quello che ti senti e lascia il resto. Ah, e tieni: qualcuno mi ha dato questo sacchetto di caramelle gommose ma non voglio che le ragazze le mangino tutte, proprio ora che ho appena finito di pagare gli apparecchi. Prendile tu, per favore. Dividile con tua mamma.»

Infilai le caramelle nella tasca posteriore, insieme ai fogli. Helen prese una timida forchettata dal bordo delle lasagne. «Non posso credere che qualcuno abbia fatto questo alla mia Ashley. Lei non ha mai fatto del male a nessuno.»

Non è del tutto vero. Pensai alla faccia compiaciuta di Ashley quando l'avevo incrociata nel corridoio fuori dall'ufficio di Marcus, ai commenti sprezzanti che faceva sui vestiti delle altre ragazze ogni volta che incontrava qualcuno più potente di lei, e persino al modo in cui torturava il povero Darren ai tempi della scuola media. «La polizia ti ha detto qualcosa?» chiesi. «Hanno qualche pista?»

«Hanno detto che stanno restringendo la rosa dei sospettati, ma non mi hanno voluto dire altro.» Helen fissò il suo piatto, spostando qua e là le verdure con la forchetta, ma senza portarla alle labbra. «Hanno fatto molte domande sul periodo che Ashley ha trascorso a New York, sui suoi amici, persino su di te, te lo immagini? Mia figlia giace su una lastra di metallo e loro perdono tempo a indagare sulla sua migliore amica.»

«Giusto, sì, beh, stanno solo facendo il loro lavoro.» Mi agitai sulla sedia, mentre i documenti di Ashley mi bruciavano in tasca. «E l'ho trovata io, quindi devono tenere me nel mirino. Sono sicura che è solo routine.»

Solo routine. Per quanto cercassi di ripetermelo e di dirmi che Jo aveva ragione e che il messaggio che avevano trovato poteva scagionarmi, avevo un brivido lungo la schiena che mi diceva che l'incubo era solo all'inizio.

Rimasi con Helen per un altro paio d'ore, finché le bambine non tornarono da casa della nonna. Non appena la casa fu di nuovo un groviglio di urla e disordine, me ne andai. Helen aveva bisogno di stare con la sua famiglia.

Passai davanti alla libreria. Era ormai passata l'ora di chiusura e la porta d'ingresso rimaneva chiusa. Notai le luci accese alle finestre del piano superiore. Qualcosa mi si rivoltò nello stomaco. Non volevo tornare a casa da mia madre e dalla sua pancia ballonzolante. Non quella sera, non ancora. Volevo mostrare ai ragazzi ciò che avevo trovato.

Battei sulla porta con un pugno, poi mi resi conto che non avrebbero potuto sentirmi dal piano di sopra, soprattutto se Morrie aveva le cuffie da gioco e Heathcliff era deciso a ignorare il mondo esterno. Tirai fuori dalla tasca una delle caramelle di Helen e la lanciai alla finestra del piano di sopra.

Dopo che una seconda caramella ebbe colpito il vetro, la finestra si aprì e un'ombra apparve al davanzale. «Chi è?» chiese una voce. *Quoth.* «Chi sta bussando alla porta della nostra camera?»

«Sono Mina. Puoi farmi entrare?»

«Certo, però tu smettila di sprecare ottime caramelle.»

Quoth mi fece entrare dalla porta sul retro. Una volta al piano di sopra, trovai i ragazzi esattamente dove me li aspettavo: Heathcliff accanto al fuoco con Grimalkin acciambellata in grembo e con un libro appoggiato sul bracciolo della sedia. Morrie al computer. Quoth si era ritirato nell'ombra.

«Ho appena fatto visita alla mamma di Ashley.» Mi buttai sulla poltrona di fronte a Heathcliff e gettai le caramelle sul tavolo accanto a lui. «Ho trovato qualcosa nascosto nella sua valigia. Vuoi vedere?»

Questo provocò una reazione. Morrie attraversò la stanza come se gli avessi offerto un massaggio ai piedi. Heathcliff si piegò in avanti sulla sedia, facendo cadere Grimalkin a terra, da dove guardò indignata il padrone prima di contorcersi per leccarsi il buco del culo. Quoth sgusciò dall'ombra e si appoggiò allo schienale della poltrona di Heathcliff, con i capelli neri che gli ricadevano sul viso in una cascata luminosa.

Accanto alla sedia dov'ero seduta io c'era una lampada con un lungo braccio, che prima non c'era. La tirai verso di me, in modo che mi illuminasse le ginocchia, e aprii i fogli sotto la luce. Erano schizzi di abiti: donne con gambe lunghissime e vita stretta, adornate da gonne frou-frou a strati con dettagli in pelle, giacche di pelle con colletti alti e inserti di pizzo, camicette a collo alto con polsini in PVC: un mix geniale di lutto vittoriano e rock'n'roll chic.

Sono i disegni di Ashley? Non me li ha mai mostrati prima. Uno per uno, mi portai i fogli davanti al viso e ne ispezionai le linee. *No, non sono di Ashley.* Per prima cosa, erano *incredibili.* La struttura dei capi, il livello dei dettagli... sembravano più disegni di una stilista professionista che quelli di una stagista al primo anno. Ma qualcosa di loro mi sembrava familiare...

«Sono solo disegni di vestiti molto brutti.» Morrie sollevò la giacca di pizzo e pelle e la mise accanto al viso di Quoth. «Ehi amico, questo sembra il tuo stile.»

«Questi sono disegni di Marcus Ribald, ne sono certa. Ma non ho mai visto questi pezzi prima d'ora.» Guardai il piccolo scarabocchio nell'angolo: sì, era la firma di Marcus. Accanto c'era una scritta, troppo piccola perché potessi decifrarla. Passai il disegno a Heathcliff. «Riesci a leggerlo?»

Quoth lo strappò dalle mani di Heathcliff. «C'è scritto Couture, SMP.»

Feci un respiro. «Questa è la prossima collezione di Marcus per la Settimana della Moda di Parigi. Lui non avrebbe mai perso di vista quei disegni, tanto meno li avrebbe fatti uscire dallo studio. Tutti dobbiamo firmare un patto di riservatezza quando iniziamo a lavorare per lui, per tenere segreti i disegni ai suoi concorrenti. Marcus non avrebbe mai permesso a uno di noi di portarli in giro in questo modo. Era troppo preoccupato per...» Mi tappai la bocca con una mano.

«Cosa c'è, bellezza?» Morrie si sporse in avanti, con un ghigno maligno agli angoli della bocca. «Hai appena scoperto che la tua amica stava per venderli al miglior offerente?»

Non è possibile. Ashley non avrebbe mai venduto i modelli di Marcus. Adorava Marcus proprio quanto me, e se l'avessero scoperta, la sua carriera nella moda sarebbe finita. Non avrebbe buttato al vento le sue possibilità...

Oh, Santa Iside.

L'anno precedente, la stilista rivale Holly Santiago aveva fatto sfilare in anteprima un cappotto cremisi con dei ricami persiani solo poche settimane prima che Marcus presentasse la sua collezione Impero. I critici trascinarono Marcus sui tabloid evidenziando le somiglianze, accusandolo di plagio e scarsa originalità per la sua interpretazione del cappotto. Marcus era arrabbiato, convinto che qualcuno in ufficio gli avesse rubato il disegno e lo avesse venduto a Holly. Ma io lo avevo rassicurato che si trattava solo di una coincidenza. Dopo tutto, non poteva essere l'unico a pensare di combinare l'antica cultura persiana con l'alta moda.

Quella stessa settimana, Ashley aveva sfoggiato una borsa Louis Vuitton nuova di zecca... diceva che l'azienda gliel'aveva regalata per il suo seguito su Instagram, ma era una borsa costosa da regalare a qualcuno che non era praticamente nessuno... e ora Ashley era stata uccisa con un coltello proveniente proprio da quella sfilata e nella sua borsa c'erano i disegni di una collezione inedita di Marcus Ribald...

In fondo alla pila c'era una busta bianca. Sul davanti c'era il nome di Ashley in una scrittura che non riconoscevo. Agli angoli della busta c'era del nastro adesivo e un po' di carta si staccò quando togliemmo il nastro. Sembrava la pagina di un libro, ma era difficile esserne certi.

Passai il dito sotto il nastro che la teneva chiusa e tirai fuori una pila di banconote da cento sterline.

16

Fissai tutti quei soldi che avevo in mano.

È vero.

Ashley stava effettivamente vendendo i nuovi modelli di Marcus Ribald a un'altra stilista, probabilmente Holly Santiago. Oppure Marcus Ribald le aveva dato un *bel* bonus.

Ciò avrebbe potuto spiegare perché Ashley era tornata in Gran Bretagna, ma non spiegava come fosse finita morta nel negozio.

«L'SMS,» sussurrai. «Forse Ashley doveva incontrare qualcuno per passargli i disegni. Ma perché avrebbe dovuto incontrarsi qui...»

«Quando è venuta durante la giornata, hai detto che si comportava in modo strano?» chiese Morrie.

«Beh, che Ashley sia in una libreria è effettivamente strano. Le uniche volte che veniva qui era quando usciva con me. Diceva che era così deprimente e solitario.»

«Forse è questo che le ha fatto pensare che fosse un buon posto per lo scambio. Ma perché sarebbe venuta qui prima e...»

Morrie schioccò le dita. «L'ho risolto. Sono un genio. Seguitemi.»

«Devo alzarmi dalla sedia?» grugnì Heathcliff.

«Sì. Vieni!»

Seguii Morrie giù per le scale, curiosa di sapere cosa avesse scoperto. Si fermò davanti allo scaffale di Sociologia, proprio dove giorno prima si trovava Ashley. Scrutò i dorsi. Potevo praticamente vedergli gli ingranaggi girare nel cervello.

«Dovrebbe essere facile. C'è uno strato di polvere sugli scaffali perché Heathcliff è un umano disgustoso che non pulisce mai. Poiché la gente non fa acquisti in questa sezione, il segno della polvere è intatto. A meno che qualcuno non abbia tirato fuori un libro di recente e abbia lasciato una traccia... Ah!» Morrie indicò una traccia sulla polvere ed estrasse un libro. «Ecco il nostro colpevole.»

Morrie mi porse il volume. *Alta moda e cultura dell'eccesso*, recitava il titolo. Un po' banale, ma era Ashley. Quando aprii il libro, dalla copertina uscì una busta marrone. Passai il libro a Morrie e mi chinai per raccogliere la busta.

«Guarda un po',» Morrie sollevò il frontespizio, passando il dito su due strappi agli angoli. «Ci scommetto il codice segreto della mia cassetta di sicurezza che questi corrispondono alla carta che abbiamo rinvenuto sotto il nastro adesivo dell'altra busta.»

«Scommetto che hai ragione. Allora, cos'è questa?» La busta era marrone, diversa da quella con i soldi dentro il bagaglio di Ashley. Non si vedeva nessuna scritta. Infilai il dito sotto il nastro che la teneva chiusa e tirai fuori un altro dei disegni di Marcus. Si trattava di un abito da ballo: pannelli di pelle e pizzo fissati a una struttura metallica. Sapevo che era destinato a diventare il pezzo forte della sua mostra.

Quando mi resi conto che avevo in mano la prova che ci

serviva, sentii le mani tremare. Ashley Greer era stata uccisa per motivi legati al mondo della moda.

17

Mi interrogai sul significato della scoperta. I soldi nel portafoglio, insieme alla raccolta di disegni. L'SMS sull'incontro al negozio. Il disegno di Holly Santiago, decisamente troppo simile, e la nuova borsa di Ashley.

Ashley aveva già venduto alcuni disegni di Marcus e stava cercando di vendere questo pezzo quando l'acquirente l'ha uccisa.

«Questo spiega tutto,» sussurrai. «Dobbiamo dirlo alla polizia.»

«Al contrario, questo non fa che sollevare altre domande.» Morrie mi prese l'immagine e la sollevò alla luce. «Tu stai pensando che l'acquirente abbia ucciso Ashley, vero? Forse per poter mettere le mani su questo senza dover sganciare altri soldi? Ma allora perché non ha preso questo disegno?»

Non aveva tutti i torti. «Forse aveva intenzione di farlo, ma Quoth l'ha interrotto prima che riuscisse a prenderlo.»

«Sì, potrebbe essere così.» Morrie passò un dito lungo il dorso del libro. «Ma se aveva così tanta fretta, perché fermarsi a rapinare la cassa al piano di sotto? A meno che non abbia preso prima i soldi nella cassa... Oppure è successo il contrario. Forse era Ashley a pagare i disegni. Forse questo tuo Marcus Ribald non sa disegnare per niente, quindi assume altre persone che creino i capi per lui, e ovviamente se li devono scambiare in segreto per evitare che nel settore si scopra la verità.»

«È ridicolo. Ho lavorato con Marcus per un anno. L'ho *visto* disegnare. È un genio. Questi li ha sicuramente disegnati lui.» Sollevai la busta. «Dovremmo portarla alla polizia. Aiuterebbe a scagionarmi.»

«Mossa sbagliata, bellezza,» Morrie mi strappò la busta dalle mani e se la infilò nella tasca dei jeans. «Tutto quello che hai è qualche disegno e una mazzetta di contanti, entrambi presi dalla valigia della vittima e dalla scena del crimine, ed entrambi ora sono coperti dalle tue impronte digitali. Se mai, questo ti farà sembrare *ancora più* colpevole, perché sapevi esattamente dove cercare questi oggetti.»

«Ma se non faccio qualcosa per iniziare a cercare l'acquirente di Ashley, arresteranno me.»

«Ah, ma dimentichi una cosa: hai dalla tua parte il Napoleone del crimine.» Poi Morrie fece un cenno con la mano verso Heathcliff e Quoth. «Inoltre, questi due ragazzi potrebbero tornare utili.»

«Perdonatemi se non ho molta fiducia.»

«Sarebbe utile se potessimo identificare l'acquirente finale,» rifletté Quoth.

Moriarty girò la busta, studiandola da ogni angolazione. «Sono d'accordo. Scommetterei la mia vasta e considerevole fortuna che chi ha commesso questo atto scellerato era un agente che lavorava per qualcuno che voleva tenersi le mani pulite.»

«È già successo una volta.» Spiegai loro della giacca di pelliccia e di Holly Santiago. «Quando ha presentato il primo modello, era a New York per preparare la Settimana della Moda.

Ashley avrebbe potuto facilmente incontrare lei o un agente a uno degli eventi.»

«Dov'è ora la signora Santiago?»

«Ha una casa di moda a Londra.»

«Perfetto.» Morrie digitò il nome sul telefono. «Abbiamo il nostro primo sospetto. Cercherò tra le sue finanze, per vedere se riesco a trovare qualcosa che la colleghi ad Ashley. Heathcliff, domani sei da solo. Contatta questo Marcus Ribald e scopri se si trova davvero a Martha's Vineyard. Io e Mina andremo a fare visita a questa fashionista. Sempre che,» Morrie si rivolse a me, «a Mina non dispiaccia disobbedire a una richiesta diretta della polizia di rimanere in zona.»

E perdere l'occasione di ripulire il mio nome e passare la giornata a Londra con Morrie? «Come dice il titolo del mio album preferito dei Pennywise, *'Fuck Authority'*. Non mi dispiace affatto. Facciamolo.»

18

Nella strada da casa mia al negozio per incontrare Morrie mi beccai tutta la pioggerellina che scendeva. Girando l'angolo di Butcher Street controllai l'orologio: 6.55. *Bene, cinque minuti in anticipo.* Morrie sembrava tipo da apprezzare la puntualità, e inoltre dovevamo prendere un treno (e poi un altro, e poi un altro ancora).

Mi lisciai i capelli mentre bussavo alla porta d'ingresso. Dopo essermi alzata alle cinque per scegliere l'abbigliamento perfetto, mi sentivo soddisfatta della mia decisione di indossare una giacca nera in stile militare con mostrine di velluto, leggings neri con intarsi di pizzo ai lati e i miei anfibi di vernice rossa. La pioggia che mi aveva bagnato la giacca non mi aveva certo smorzato lo spirito. Il cuore mi batteva forte al pensiero del lungo viaggio in treno con Morrie, le nostre gambe che si toccavano sui sedili, la sua mano che sfiorava per sbaglio la mia...

Dov'è? Bussai di nuovo. «Morrie?»

«Shhh! Mina Wilde, stai svegliando di nuovo il quartiere!» mi disse la signora Ellis dalla finestra. «Ma guardati, in giro a quest'ora vestita così! Chi stai corteggiando, quello alto o quello scontroso?»

Diventai paonazza. «Mi dispiace, signora Ellis. È che non ho ancora la chiave.»

«Fai in modo di procurartela. La gente di qui ci tiene al proprio sonno. Non voglio altri omicidi in questo quartiere, capito?» Mi fece una strizzatina d'occhio, il che fece assomigliare quel viso rotondo a una prugna secca. «Se fossi in te, li prenderei entrambi. Ti immagini, che bel sottaceto in mezzo a quel panino di manzo? Perché, io...»

Morrie spalancò la porta e mi trascinò dentro. «Buongiorno, bellezza.» Mi baciò la fronte, provocandomi una scia di pelle d'oca.

«Te la sei presa comoda! La signora Ellis stava per farmi una lezioncina per la mia vita sessuale.»

Morrie mi diede uno spintone verso la porta. «Torna fuori. Voglio sentirla.»

Arrossii di nuovo. «Non c'è tempo. Dobbiamo prendere un treno. Mi serve la mia chiave.»

«Puoi dirlo a Heathcliff mentre finisco di prepararmi. Sempre che tu riesca a svegliarlo.»

Seguii Morrie su per le scale dell'appartamento. Heathcliff dormiva profondamente sulla sua poltrona, Grimalkin acciambellata nell'incavo del suo braccio, che ronfava così forte da sembrare una sega elettrica. Quoth si sistemò meglio sul suo trespolo.

Scossi la spalla di Heathcliff, ma lui non si mosse.

«Dammi la chiave,» gli ringhiai all'orecchio. Come risposta, lui fece uno sbuffo, ma non aprì gli occhi. Dal trespolo, Quoth emise un verso simile a quello di un corvo che ride.

Morrie uscì dalla sala portando con sé una grande gabbia nera per uccelli. «Quoth vuole venire con noi, quindi dovremo portare questa sul treno.»

«Stai scherzando, vero?» Morrie aprì la porta mentre Quoth saltava giù dal trespolo ed entrava. «Non ce la lasceranno portare sul treno.»

«Certo che lo faranno. Fanno salire i ciclisti, che sono molto più odiosi dei corvi.»

Dall'interno della gabbia, Quoth batté le ali ed emise un indignato "Cra!"

«Mi dispiace, amico.» Morrie chiuse la porta della gabbia. «Non possiamo rischiare che tu vada in giro per il treno, quindi questa è l'opzione più sicura. Ti ho messo dentro delle belle bacche.»

«Cra!»

Nella mia testa, Quoth si lasciò sfuggire una serie di imprecazioni.

«Che linguaggio scurrile, di fronte a una signora,» brontolò Morrie, prendendo la gabbia in una mano e una elegante borsa di pelle nell'altra. «Andiamo.»

Neanche Morrie possedeva un'auto, per questo andavamo in treno. Dovetti correre per stare al passo con le sue lunghe falcate mentre si faceva strada tra stradine e vicoli, fino alla stazione vicino al fiume. Arrivammo proprio mentre il treno si fermava e, come Morrie aveva previsto, nessuno batté ciglio nel vederlo caricare a bordo la gabbia di Quoth. Trovammo i nostri posti prenotati nella carrozza di prima classe e io mi sedetti vicino al finestrino. Morrie sistemò Quoth sul sedile di fronte al mio, avvolgendo la cintura di sicurezza intorno alla gabbia per evitare che cadesse, poi si sedette accanto a me.

Mi ero preparata una playlist di brani punk dai tempi della scuola e avevo messo in valigia due libri per le tre ore di viaggio. Ma Morrie aveva altri piani. Tirò fuori degli scacchi magnetici e sistemò i pezzi, girando la scacchiera in modo che io avessi il bianco. «Prima le signore.»

«Che magnanimo che sei. Non sarai più così gentile dopo che ti avrò distrutto.»

Nonostante la mia boria, avevo appena mosso il cavaliere quando Morrie mi diede scacco matto. E non era affatto uno che vinceva in modo cortese, come fu chiaro dai sorrisi e gli sproloqui quando vinse di nuovo in cinque mosse. Capii perché Heathcliff non voleva giocare con lui. Giocammo ancora qualche partita. Anche se dedicavo tutta la mia attenzione al gioco e cercavo di non farmi distrarre dagli avambracci tatuati di Morrie o dal modo in cui gli si contraeva l'angolo di un occhio quando aveva un piano, continuava a battermi.

«Sei brava,» disse mentre sistemava di nuovo la scacchiera.

«Non è vero. Mi hai appena dato scacco matto in nove mosse.»

«Sono tre mosse in più di quelle che la maggior parte della gente riesce a fare con me.» Il suo sorriso malvagio fece fare capriole al mio cuore.

Raccolsi una pedina che aveva resistito solo due mosse e la sventolai in faccia a Morrie. «Hai fatto venire a questa poveretta un disturbo da stress post-traumatico. La prossima volta scelgo io a cosa giocare, e sarà una cosa stupida basata esclusivamente sulla fortuna.»

«La fortuna non esiste. È tutto un equilibrio di probabilità...»

Gli diedi un pugno sul braccio. «Guastafeste.»

Ci lanciammo in una conversazione rilassata, flirtando un po'. Morrie mi chiese della mia vita a New York e della mia infanzia ad Argleton. Mi parlò dei suoi studi di matematica e della sua passione per gli asteroidi, di come un giorno avrebbe potuto tornare a studiare, a insegnare di nuovo oppure sarebbe potuto entrare nel programma spaziale.

Io gli chiesi perché non facesse ora quelle cose. Non era

legato alla libreria e alle risposte che ne potevano venire, come Heathcliff e Quoth.

«Come pensi che se la caverebbe Heathcliff senza di me, o senza il nostro qui presente amico piumato?» Morrie intrecciò le lunghe dita con le mie.

Mi dispiace. Io sono perfettamente in grado di catturare roditori e di raccogliermi le bacche da solo. La voce di Quoth mi risuonò nel cranio. Sobbalzai per l'intrusione. Ci sarebbe voluto un po' di tempo per abituarmi a quella storia del mutamento di forma.

Gli occhi gelidi di Morrie si accesero. «Anche uno come me assapora il desiderio profondamente umano di essere desiderato dai propri amici.»

Sospettavo che non fosse tutta la verità. Dietro la facciata della Libreria Nevermore, James Moriarty stava ricostituendo il suo impero criminale per il ventunesimo secolo. Da un lato, le sue abilità di hacker erano già tornate utili, ma dall'altro, faceva cose malvage e non se ne scusava. Rubava soldi alle persone e chissà che altro...

Se non fosse stato così sexy, se le sue dita tra le mie non mi avessero provocato impulsi elettrici in tutto il corpo, sarei riuscita a sopportare la sua presenza? Non ero sicura che la risposta mi piacesse.

Morrie mi passò un dito sulle nocche e tutti i miei principi morali mi sparirono dalla testa.

Cambiammo due volte treno, correndo sui binari con Quoth che protestava gracchiando. Prima che me ne accorgessi, stavano già annunciando la stazione di Paddington. Non avevo nemmeno aperto il libro. Morrie dovette lasciarmi la mano per prendere la scacchiera e la gabbia di Quoth. Le mie dita formicolavano per il ricordo del suo tocco.

Scendemmo e ci incamminammo. La testa di Quoth si muoveva in ogni direzione mentre osservava la folla di persone, i grattacieli, le auto che suonavano il clacson e gli autobus rossi che intasavano le strade, la varietà di lingue che usciva dalle bocche, dagli altoparlanti e dalle radio. Fui assalita dagli odori: sudore e gas di scarico, spazzatura traboccante, saponi di lusso di un negozio vicino e ogni sorta di cibo etnico, disgustoso e meraviglioso in egual misura.

«Ti sembra strano trovarti qui?» chiesi a Morrie non appena ci fermammo a un semaforo, mentre lui consultava la mappa sul telefono.

«Perché dovrebbe essere strano?»

«Quando hai conosciuto Londra, non c'erano nemmeno le automobili. Doveva essere una città molto diversa.»

«La Londra che conoscevo non è mai esistita. Era una finzione, l'interpretazione di un uomo di come voleva che fosse Londra, uno sfondo per la sua pantomima del bene contro il male. Arthur Conan Doyle però aveva ragione su una cosa. Londra è sempre stata e sempre sarà il grande luogo di incontro della cultura, nonché il nodo di tutti i crimini. Tutto ciò che di interessante accade in questo mondo si ricollega a Londra.»

Non potevo più girare intorno a quella questione. «Morrie, hai davvero fatto tutte quelle cose che Sherlock Holmes ha raccontato di te nei libri?»

Nessuna esitazione. Morrie sorrise. «Naturalmente.»

«Tu eri... tu *sei*... l'organizzatore di metà del male e di quasi tutto ciò che non viene scoperto in questa grande città?»

«È quello che c'è scritto sui miei biglietti da visita,» disse Morrie alzando il telefono per ruotare la mappa.

«Ti rendi conto che questo rende difficile che tu mi piaccia e che mi possa fidare di te? Perché devi essere un criminale anche ora? Hai la possibilità di una vita nuova, di essere migliore. Perché ricadere nello stesso schema?»

Morrie tirò fuori dalla mia borsa uno dei libri e me lo tenne davanti al viso. Era una raccolta di saggi femministi che avevo preso al negozio. «A causa di questo.»

«Sono confusa.»

«Ho trovato questo libro nella libreria, quando sono arrivato in questo mondo. Questo 'femminismo' non esisteva nemmeno come concetto quando ho costruito il mio impero, ma mi ha subito attratto. In questo autore sento uno spirito affine. Le strutture di potere di questo mondo sono pesantemente a favore di una manciata di persone, molte delle quali hanno ottenuto quel potere con mezzi nefasti, convincendosi di essere moralmente giuste. Io non ho pazienza per la morale, ma *amo il* caos. Il mondo che questo autore sostiene, questo mondo giusto ed equo, *è il caos*. Io sono qui per essere migliore, Mina. Invece di rafforzare le strutture di potere che ho contribuito a costruire, mi propongo di mettere i bastoni tra le ruote e di smuovere un po' le cose.»

«Ma tu sei bianco, privilegiato!»

«*Esattamente*,» confermò con un sorriso. Attraversammo la strada e Morrie mi guidò in un vicolo deserto. «Sto facendo crollare il sistema dall'interno.»

«Non sono sicura che tu abbia afferrato completamente il concetto di femminismo, ma ti darò dei punti per averci provato.»

«Mi danno dei punti per questo?» Morrie borbottò. Mi fece girare, mi spinse con la schiena contro il muro di pietra e sbatté le labbra sulle mie.

Fui percorsa da un'ondata di calore mentre la sua lingua si faceva strada tra i miei denti per intrecciarsi alla mia. Ogni parte di me si animò: calda, dolorante, vogliosa. Inarcai il corpo verso di lui, catturando ancora di più il suo calore.

Quoth starnazzò in segno di protesta e la gabbia sbatté sul selciato. Le mani di Morrie mi sfiorarono i fianchi, tirandomi l'orlo della giacca, lottando per accedere alla pelle nuda sottostante. Cedetti alla tentazione che mi si era annidata in fondo alla mente da quando ci eravamo incrociati per la prima volta e mi abbandonai completamente alle sue labbra esperte. La pietra ruvida mi stuzzicava le cosce e le mani di Morrie erano ovunque e *Oh, Iside, è così bello.*

Tutte le paure, le ferite e le tensioni degli ultimi due giorni si erano accumulate dentro di me, e bruciavano sotto il tocco di Morrie. La sua lingua mi stuzzicava qualcosa di più profondo, il buco nero del mio incerto futuro che minacciava di divorarmi. Il suo fuoco illuminò l'oscurità e io scorsi il vuoto, e in quel momento pensai che avrei potuto affrontare e sconfiggere qualsiasi cosa mi aspettasse.

Le mie mani si alzarono, muovendosi di propria iniziativa, attirate dal calore come una falena dalla fiamma. Presi i capelli di Morrie, scompigliandogli le ciocche perfettamente pettinate, tirandomelo ancora più vicino, alimentando il fuoco che infuriava tra noi.

Le pietre ruvide mi graffiavano la schiena, ma non mi importava. Il cuore mi batteva nelle orecchie quando Morrie mi infilò una mano sotto il cinturone dei leggings. Il suo dito accarezzò l'esterno delle mie mutandine, che erano già bagnate. Prese la stoffa e la scostò.

Non posso credere che stia accadendo.

«Ci vedono,» mugolai nel sentire il dito di Morrie scivolarmi dentro.

Oh, Ishtar, chi se ne frega.

«Lascia che vedano,» mi mormorò Morrie contro le labbra. «Lascia che vedano una donna padrona del proprio piacere.»

Le mie proteste si spensero quando Morrie mi spinse dentro un secondo dito e fece roteare il pollice sul clitoride. Si muoveva con un ritmo deciso, all'inizio lento, controllato. Mi contorcevo, il calore che aumentava.

Morrie non mi lasciò spazio, non allentò il suo ritmo incessante. Il suo pollice mi colpiva il clitoride mentre quelle dita si facevano strada dentro di me, sempre più veloci, finché non vidi le stelle.

«Mordimi, bellezza.» Morrie mi mise l'altra mano sulle labbra. Io gli mordicchiai la pelle sentendomi ribollire, ed esplosi in un orgasmo.

Altro che vedere le stelle. Il mondo divenne nero per un momento, per poi detonare in una miriade di luci, il mio corpo che sussultava contro i mattoni ruvidi. La mano di Morrie uscì dalle mutandine e mi afferrò il fianco, tenendomi stretta mentre riacquistavo l'uso delle gambe.

«Wow,» sussurrai.

«E non è tutto qui. Devi solo chiedere.» Morrie mi prese una mano e la baciò. Con un dito mi sfiorò la guancia e io sentii l'odore di me stessa su di lui, e il modo in cui non cercò di pulirsi la mano ma continuò a sorridermi con quel sorriso malvagio fu quasi sufficiente a farmi sciogliere di nuovo in una pozzanghera.

Mi lisciai la giacca e mi rimisi dritta in piedi. Non appena staccai la schiena dal muro, fui presa da un senso di colpa e di vergogna così forti che per poco non caddi a terra.

Ma cosa sto facendo? Non è da me farmi scopare con un dito contro un muro in pieno giorno, dove chiunque può vedere. Non posso permettere che accada di nuovo, non con lui. Questo è James Moriarty. Non un criminale qualsiasi: il criminale. Lo dovrei trovare riprovevole, non irresistibile.

Un'altra persona avrebbe potuto notare il mio brusco cambiamento d'umore e chiedermi se stavo bene, o almeno accennare a un cambiamento nel rapporto. Invece Morrie guardò l'orologio e si accigliò. «Faremo tardi se non ci sbrighiamo.»

E prima che potessi protestare, prese la gabbia di Quoth, mi afferrò il braccio e mi trascinò lungo il vicolo e poi nella piazza. Camminava a passo spedito, facendo oscillare la gabbia e fischiettando tra sé e sé, incrociando la gente per strada come se fossimo una coppia qualunque in giro per Londra, come se Morrie non stesse agitando qua e là due dita che sapevano di me.

Avevo bisogno di allontanarmi da lui, di elaborare quello che era appena successo, di capire come mi sarei comportata vedendolo tutti i giorni e di ragionare sul fatto che Quoth era stato costretto a guardarci.

Oh, Astarte, Quoth mi ha appena visto raggiungere un orgasmo e Heathcliff... e Heathcliff?

Il senso di colpa mi riempiva lo stomaco, come se avessi tradito Quoth e Heathcliff, il che era ridicolo perché non uscivo con nessuno dei due. Non c'era nemmeno un accenno di promessa nell'aria tra di noi, solo un'implacabile tensione sessuale che riempiva ogni angolo oscuro della Libreria Nevermore.

Cosa devo fare?

Non ebbi il tempo di continuare a pensarci, perché Morrie frenò e io mi schiantai contro di lui. Quoth gracchiò mentre Morrie lanciò la gabbia in aria per afferrarmi.

«Ti stai già buttando su di me, bellezza?» I suoi denti raschiarono il lobo del mio orecchio, mandandomi un brivido lungo la schiena e direttamente al clitoride. Questo scacciò il senso di colpa dalla mia mente. «Ahimè, purtroppo dobbiamo metterci al lavoro.»

Morrie indicò il negozio di fronte a noi: la boutique di Holly Santiago. Avevo chiamato il giorno prima, spiegando che ero dell'ufficio di Marcus Ribald e che volevamo parlare di una potenziale collaborazione. L'assistente di Holly si era fatta in quattro per offrirci quell'appuntamento. Notai subito gli abiti tempestati di strass e le tuniche iconiche nelle vetrine.

«La voglio.» Appoggiai il naso al vetro, sbavando per una maglietta a maniche lunghe decorata con simboli occulti.

«Concentriamoci, bellezza.» Morrie mi strinse un braccio. «Saresti una pessima truffatrice. Ti distrai troppo facilmente.»

«Bene. Non voglio essere una truffatrice.»

«Allora, una volta all'interno segui le mie indicazioni. Potrei dover inventare qualche bugia veloce.»

Scossi la testa. «Tu segui le *mie* indicazioni. Questo mondo lo conosco *io*. Ho un piano.»

«*Io ho* un piano,» ribatté Morrie.

«Il mio è migliore.» Tirai fuori dalla borsa un paio di occhiali da sole Gucci falsi e me li feci scivolare sul naso. Sapevo quali informazioni ci servivano: tutto quello che dovevo fare era impersonare Ashley e far finta che non me ne fregasse un cazzo.

Morrie mi aprì la porta. Una commessa alzò lo sguardo dal bancone e si diresse verso di me avvolta in una nuvola di profumo. «Ho un appuntamento con la signora Santiago,» le dissi, con il naso per aria. «Jane Eyre, per conto di Marcus Ribald.»

Speravo tanto che l'assistente non fosse una che leggeva.

Ero fortunata. L'assistente controllò un'agenda di appuntamenti sul tablet. «Da questa parte.» Ci accompagnò verso una scala a chiocciola sul retro della boutique. La sorpresi a studiare il mio viso, cercando di capire se ero una persona importante.

Al piano superiore, lo studio si estendeva su tutto il piano: un open space con scrivanie, un set fotografico, macchine da cucire, scatole di stoffe, passamanerie e attrezzi vari, e scaffali e scaffali di vestiti. Le mie dita desideravano spostare le grucce di legno e addentrarsi in quel tesoro, ma mi trattenni, facendo finta che non mi interessasse niente di ciò che vedevo.

«Ah, signora Eyre. È un vero piacere conoscerla.»

Holly Santiago apparve dal nulla, con ogni singolo capello della chioma nera perfettamente al suo posto, mentre mi veniva incontro e mi baciava le guance come fanno le persone della moda. Indossava una canottiera americana bianca su jeans neri stracciati e stivali con lacci che arrivavano alle cosce. Le unghie rosso sangue erano così affilate da sembrare degli artigli, e mi si conficcarono nella spalla quando lei si scostò da me. Avevo già incontrato Holly due volte in occasione di eventi della Settimana della Moda, ed entrambe le volte era stata una fredda stronza. Quel caldo benvenuto era strano ma non inaspettato: probabilmente non si ricordava di me. Non ero nessuno, ma oggi portavo con me il nome di Marcus Ribald.

«Holly, è un *piacere.*» Feci un gesto verso un divano in pelle e un pouf nell'angolo, sotto una finestra a tutta altezza che dava su Soho. «Ci accomodiamo?»

«Sì, certo. È un uccello interessante.» Holly puntò un dito verso la gabbia di Quoth. Lui gracchiò verso di lei in segno di saluto.

«Lo stiamo portando a passeggio per Londra.» Morrie posò la gabbia sul pavimento accanto a lui, sbloccando di nascosto il chiavistello, nel caso in cui Quoth avesse avuto bisogno di scappare per nascondersi da qualche parte e mutare. Holly aprì la bocca, pronta a dire qualcosa di più, ma io le lanciai il tipico sguardo di Ashley da "non sono fatti tuoi" e lei rimase in silenzio.

«Siamo soli?» le chiesi secca.

«Ho congedato la mia assistente e chiuso temporaneamente la boutique, come da lei indicato. Devo ammettere che sono incuriosita. Perché Marcus Ribald vuole parlare con me, e in modo così clandestino? Sono aperta a una collaborazione...»

«Oh, non sono qui per conto di Marcus.» Estrassi dalla borsa un'immagine e la posai sul tavolino.

Holly sussultò. Accanto a me, Morrie trasalì. Provai un brivido di soddisfazione per averlo fregato. *Non sei l'unico pieno di sorprese, James Moriarty.*

«Questo...» Holly fece una faccia sorpresa di fronte alla foto, mentre passava gli occhi sul bozzetto dell'abito da ballo di Marcus. «È della prossima collezione di Marcus. Non è ancora uscito.»

«Ma certo.» Feci la mia migliore imitazione del sorriso freddo di Ashley. «Non le servirebbe a molto se l'avesse già visto in anteprima. Il prezzo è lo stesso di prima, ma l'offerta è valida solo per oggi, a condizione che venga saldato il resto del debito. Quando lascerò questo edificio, il prezzo raddoppierà.»

«Di cosa sta parlando? Perché me lo fa vedere?» Gli artigli rossi di Holly afferrarono il tessuto del divano.

«Non devi fingere con me, Holly. So che hai avuto a che fare con un'altra ragazza durante la tua ultima transazione, e so che l'hai uccisa per sottrarti alla tua parte dell'accordo. È stato un errore. Ora sono io al comando. Anche se hai lasciato questo disegno in libreria, il tuo agente lo ha visto e probabilmente lo ha fotografato. Hai quello che volevi, ma io non sono ancora stata pagata. Io e il mio socio siamo venuti a riscuotere.»

«Ma è scandaloso!» urlò Holly, spingendo di nuovo il disegno sul tavolino e facendolo volare via dall'estremità del tavolo. «Non ho mai visto questo disegno in vita mia! Di quale ragazza stai parlando? Quale *affare?*»

«Cercherei di controllarmi se fossi in te, Holly,» disse Morrie, la cui voce assunse un tono cantilenante e profondamente minaccioso. «Non vorremmo che la situazione degenerasse.»

«Cra,» aggiunse Quoth dal suo trespolo.

«Vi ci potete anche sedere sopra, a questo disegno,» sibilò Holly, mostrandogli un dito medio perfettamente curato mentre faceva il girio del divano. «Non so cosa ci facciate voi due qui, ma vi denuncerò a Marcus e al Gruppo Fashion, di cui faccio parte. Naturalmente non voglio i suoi disegni. Non ho intenzione di rubare i suoi disegni. Ne ho tanti di miei.»

«So che non è vero,» sibilai. «L'hai già fatta franca una

volta, con tua collezione invernale. Il cappotto cremisi con i ricami persiani, o l'hai dimenticato?»

Holly si scostò i lucidi capelli neri dalle spalle. «Sì, lo ammetto. Avevo ideato la mia giacca ispirandomi a quel progetto, ma non sapevo fosse suo. Avevo partecipato a una cena di gala terribilmente noiosa per celebrare il cosiddetto genio di Marcus. Me ne ero andata prima del dessert perché non potevo più sopportare la puzza di una sala da ballo piena di lecchini. Mentre scendevo i gradini per raggiungere il taxi, un foglio di carta svolazzante mi sfiorò una caviglia. Lo raccolsi e c'era il disegno di un cappotto ricamato. Era piuttosto bello. Lo appallottolai e lo gettai fuori dal finestrino del taxi, ma l'idea mi rimase impressa e in seguito finì per far parte della mia collezione, ma non era assolutamente una copia esatta. Non l'ho rubato di proposito a Marcus. Non dovrebbe essere così maldestro da lasciare i suoi disegni svolazzare per la strada!»

Soffocai una risatina. «Trovo questa storia altamente improbabile. Credi davvero che reggerebbe in tribunale se la consegnassimo alla polizia? Una donna è stata *uccisa*, Holly. Ci rimetterai le penne per questo, se non mi dai ciò che voglio.»

«Cra!» aggiunse Quoth, più forte e più urgente.

«Vuoi che ti paghi per un disegno che non voglio e che ammetta di aver ucciso qualcuno che nemmeno conoscevo? Quando sarebbe avvenuto questo omicidio?»

«Due sere fa, verso le nove, in una libreria di Argleton,» disse Morrie.

Holly indietreggiò, con le guance arrossate. «Non ho ucciso nessuno in una libreria e posso provarlo.» Si fiondò su una scrivania e afferrò un telefono cellulare.

Fui presa dal panico. *Se prende quel telefono, chiamerà la polizia.*

Morrie si sollevò dalla sedia e si lanciò dall'altra parte della stanza. Ma non fu veloce come Quoth, che uscì dalla porta aperta della gabbia e piombò sulla scrivania. A metà strada, il suo corpo si piegò a mezz'aria, le ossa delle ali si allungarono, le gambe si contorsero in una nuova forma, gli artigli si unirono per diventare piedi. Piume nere si sparsero sul pavimento mentre le ossa di Quoth scrocchiavano e si piegavano e i suoi lineamenti assumevano una forma umana.

Merda, merda, merda.

«*Craaa,*» gorgheggiò Quoth, e il suono si trasformò in un grido umano nel momento in cui il suo corpo nudo attraversò la scrivania, facendo cadere a terra il telefono. Morrie si chinò e lo raccolse.

«Che diavolo sta succedendo?» gridò Holly, allontanandosi dalla scrivania e andando a sbattere contro uno scaffale di vestiti. Abiti e giacche volarono in tutte le direzioni. «Da dove viene quel tizio nudo?»

«Lui...» *Ricorda, oggi sei Ashley.* Il cuore mi martellava nel petto, ma raddrizzai la schiena e guardai Holly. «È con noi. Ti ha appena impedito di fare un errore molto stupido. Ora prenderemo questo telefono, solo per assicurarci che non chiami la polizia.»

«Non stavo chiamando nessuno. Ho delle foto su Instagram che provano la mia innocenza!» gridò Holly, lanciando una giacca a Quoth. Lui se la scrollò di dosso e andò invece a caccia di pantaloni nel mucchio. «È tutto lì. Dai un'occhiata. *Ti prego.*»

Morrie stava già sfogliando il telefono. «Guarda qui, bellezza.» Alzò lo schermo, scorrendo il feed Instagram di Holly. Certo, c'era Holly con altre cinque donne (compresa l'assistente del piano di sotto) che brindavano con i bicchieri di champagne sotto la Torre Eiffel.

«Anche se avessi *voluto* uccidere qualcuno, e *non è così*, non avrei potuto farlo perché nell'ultima settimana sono stata a Parigi: ho regalato un viaggio al mio staff per ringraziarlo del duro lavoro svolto quest'anno. Siamo tornati ieri e ho le ricevute dell'hotel e i biglietti aerei che lo confermano.»

«Avresti potuto assumere qualcuno per farlo,» risposi. «È un alibi comodo.»

«Tutte le persone di cui mi fiderei per farlo erano con me.» Il suo sguardo si accese. «Quindi puoi riprenderti le tue accuse, i tuoi disegni rubati e il tuo strano amico nudo e ficcarteli su per il culo. E ora, vattene!»

19

«Se non è stata Holly, chi potrebbe essere stato?» Mi accasciai sulla scrivania di Heathcliff, fissando il disegno di Marcus con la testa tra le mani. *Non ha senso. Se Ashley è stata uccisa per il disegno, perché l'assassino non l'ha portato con sé?*

Io, Morrie e Quoth siamo arrivati a casa un'ora fa, proprio mentre Heathcliff stava chiudendo bottega. Era di pessimo umore perché era stato pieno di curiosi per tutto il giorno, ma aveva anche venduto un numero record di libri, il che significava che aveva già preparato tre bottiglie di vino di medio prezzo per quando saremmo tornati. Ero troppo abbattuta per salire le scale dell'appartamento, così mi accasciai di fronte alla scrivania. Morrie se ne stava tranquillo sotto la finestra, con gli occhi fissi sullo schermo del telefono.

Heathcliff mi mise un bicchiere davanti e io accettai con gratitudine, lasciando che l'alcol freddo e fruttato assopisse tutte le stranezze della giornata. Chissà, forse il vino era proprio quello che mi serviva per capire cosa avrei fatto con Morrie, con i miei sentimenti contrastanti su tutti loro, con Ashley... con tutto.

«Potrebbe sempre essere stata Holly,» disse Morrie senza alzare lo sguardo dal telefono. «Probabilmente ha assunto qualcuno.»

«Non credo,» replicò Quoth appollaiato sul bordo del tavolo, che faceva oscillare le gambe mentre Grimalkin si aggirava intorno a lui. Indossava ancora i jeans e la camicia che aveva "preso in prestito" da Holly. Gli stavano terribilmente bene, fasciandogli i fianchi stretti e le spalle larghe, e il verde intenso della camicia gli illuminava i capelli con riflessi di brillante smeraldo. «Un sicario non avrebbe usato quel coltello, né avrebbe compiuto l'azione nel negozio con noi di sopra. E nemmeno si sarebbe lasciato dietro il disegno.»

Morrie alzò lo sguardo, gli occhi scintillanti. «Hai ragione. Il mio genio ti sta contagiando.»

«Sto leggendo un libro su assassini, in realtà. È affascinante. Sapevate che nell'antica India le donne chiamate *vishkanya* assumevano veleno un po' alla volta fino a diventarne immuni, per poi farsi invitare da un re rivale per cucinare e dargli da mangiare cibo avvelenato?»

«È affascinante,» osservò Heathcliff, in un tono che lasciava intendere che lo trovava tutt'altro che affascinante. «Ma non aiuta a risolvere il mistero che abbiamo davanti.»

«Voglio saperne di più su queste *vishkanya*,» dissi, sentendomi stranamente protettiva nei confronti di Quoth. Dopotutto, quel giorno era intervenuto per salvarci quando pensavamo che Holly stesse chiamando la polizia, rischiando di esporsi e di essere catturato, solo per impedirle di prendere il telefono. Per fortuna, Holly era troppo spaventata dall'intera situazione per rendersi conto della mutazione di Quoth.

«Quoth sa un sacco di cose inutili,» disse Morrie continuando a battere sullo schermo del telefono. «Cose inutili per un animale inutile.»

Il volto di Quoth si contorse per la rabbia, come se un

interruttore gli si fosse attivato nel cranio. Gli si leggeva il dolore negli occhi, quei grandi occhi castani che si accendevano di fuoco. Mi avvicinai per chiedergli cosa stesse succedendo. Ma non ci riuscii. Piume svolazzarono in tutte le direzioni, il suo corpo che scattava e si contorceva, e un attimo dopo il corvo prese le scale, seguito da un'eccitata Grimalkin.

«Perché hai detto così?» Strappai di mano il telefono a Morrie. «Hai ferito i suoi sentimenti.»

Heathcliff sbuffò, allungando la mano sulla scrivania per versarsi altro vino. «Le emozioni sono un difetto umano, e Quoth non è umano.»

«Rilassati, bellezza. Noi diciamo sempre cose del genere. Quoth sa che stiamo scherzando.» Morrie fece per riprendersi il telefono, ma io lo tenni dietro la schiena. Sopra le nostre teste, passi si muovevano sul pavimento mentre Grimalkin inseguiva Quoth tra gli scaffali.

«Sì? Beh, forse voi due non avete capito come quel commento lo abbia colpito, perché siete entrambi degli insensibili idioti, ma *io* l'ho capito.»

«L'ho detto solo perché è *vero*. Quoth non può arrabbiarsi per cose vere, sarebbe improponibile. Hai visto cosa ha fatto oggi: non riesce nemmeno a controllare le sue mutazioni. Non esce, non lavora e non aiuta Heathcliff. Non sa nemmeno *parlare* con un altro umano. Non fa altro che nascondersi in soffitta a disegnare e a leggere, oppure svolazza quaggiù facendo la cacca sui mobili.»

«Craaa!» urlò Quoth dal piano di sopra. Ci fu uno schianto e Grimalkin emise un miagolio acuto.

Mi alzai in piedi. «Vado a parlargli.»

«Non metterti in mezzo a quei due, o finirai all'ospedale,» mi avvertì Morrie. «Quoth si calmerà. Sono tutte cose che ha già sentito. Non puoi giudicarlo secondo i tuoi standard, Mina. Heathcliff ha detto la verità: Quoth *non* è umano.»

Fissai il soffitto, rabbrividendo quando ci fu un altro schianto, un urlo e il rumore di libri che si rovesciavano a terra.

Non preoccuparti per me, Mina. La voce di Quoth mi si presentò nella testa. *Ho quella gatta bastarda proprio qui, dove la voglio io.*

«Visto?» Morrie sorrise. «Sta bene. Non c'è nulla di cui preoccuparsi.»

Mi sfregai una tempia. Mi ci sarebbe voluto un po' per abituarmi a sentire i pensieri corvini di Quoth nella testa. Con riluttanza, tornai a sedermi: Morrie aveva ragione; gli artigli di Quoth erano affilati e Grimalkin era letale quando voleva. Era meglio aspettare che tornasse la pace.

«Sono riuscito a contattare l'ufficio di Ribald,» disse Heathcliff. «Non ha voluto rispondere al telefono, ma la sua assistente ha detto che aveva una serie di appuntamenti di fila e ha fatto una risatina quando le ho detto che magari era a Martha's Vineyard. Quindi sappiamo che il tuo amico ha mentito.»

«Non è mio amico,» lo corressi, agitando il bicchiere vuoto perché lo riempisse.

«Non ti sembra strano che il primo disegno non sia ancora apparso sui media?» Heathcliff riempì i bicchieri. «Se qualcuno paga per questi disegni, non dovrebbe volerli fare trapelare il prima possibile?»

«Non necessariamente. Dipende dall'uso che ne faranno. Chiunque abbia pagato Ashley così tanto non voleva solo diffondere i disegni alla stampa, ma anche aggiungere i capi alle proprie collezioni. Però la Settimana della Moda di Parigi è a gennaio, così dovranno correre per finire in tempo. Questa è *haute couture*. I capi sono realizzati con le migliori fibre naturali, tinti e cuciti a mano. Le perline sono attaccate una per una. Non sono cose che si possono replicare in un pomeriggio.»

«Forse l'idea non era quella di replicare i pezzi, ma di

ricattare questo Ribald?» suggerì Morrie. «È quello che farei io, se fossi in possesso di questi disegni. Scaverei nel marcio di questo tizio e lo costringerei a pagarmi in contanti *e a* disegnare la mia prossima collezione per farmi tacere. E chi potrebbe ricattarlo meglio della sua stagista, che conosce tutti i dettagli della sua vita privata?»

Quando pensavo che Moriarty fosse solo un eccentrico nerd del computer, un commento del genere mi avrebbe solo fatto ridere. Ma mi lasciai prendere dal pensiero che lui avesse effettivamente ricattato delle persone, che avesse davvero messo in piedi un piano così elaborato per rovinare la vita di qualcuno, e che non ci avesse pensato due volte a farlo, e quel suo sorriso perse un po' di lucentezza.

Non pensavi a questo, quando ti ha sbattuta contro quel muro. La voce di Quoth penetrò nei miei pensieri.

«Quale muro?» Heathcliff alzò lo sguardo su di me, gli occhi scuri che mi scavavano nell'anima. Merda. Non volevo che scoprisse di me e Morrie. Gli avrebbe creato imbarazzo nel negozio, soprattutto perché non sapevo cosa avrei fatto con Morrie, e io...

È davvero questo il motivo? chiese Quoth. *O è perché non sai scegliere tra loro?*

«Non è una scelta difficile,» disse Morrie senza alzare lo sguardo dal telefono. «Il cervello vince sempre sui muscoli.»

«Cosa devi scegliere?» brontolò Heathcliff. «Di cosa sta parlando quel maledetto uccello?»

«Stai lontano dalla mia testa!» urlai verso il piano di sopra, con le guance in fiamme.

«Cra!» disse in risposta.

«Quindi in questo ricatto potrebbe esserci qualcosa,» suggerii rapidamente, sperando di cambiare argomento. «Ma come possiamo scoprirlo? Non dovrò mica parlare con Marcus, vero?»

«Non con Internet dalla nostra parte.» Morrie toccò alcuni tasti del telefono. «Okay, ho consultato i dati finanziari di Marcus Ribald. Ha effettuato due grossi pagamenti nell'ultimo anno: uno pochi giorni prima della cena di gala e uno solo una settimana fa.»

«Potrebbero essere pagamenti che hanno a che fare con la Settimana della Moda.»

«Quindi lavora con molti stilisti che hanno conti anonimi alle Isole Cayman?»

«Mmm. Non hai tutti i torti.»

«Certo che no. Sono molto intelligente.» Morrie buttò giù il bicchiere in un sorso e riprese il telefono. «Dobbiamo solo scoprire a chi appartengono questi conti e abbiamo trovato il nostro assassino.»

«Come facciamo?»

«Quando sei brillante come me, non serve nemmeno rispondere, a una domanda del genere.» Morrie picchiettò sul telefono. «Dammi un minuto e avrò un nome.»

«Ma non capisco perché Ashley sia stata uccisa. Non è lei la ricattatrice. Non riesco a credere che abbia aperto un conto alle Cayman.»

«Deduco che sia successa una di queste tre cose. Uno: la tua cara amica è effettivamente stata coinvolta in qualche modo in questa operazione di ricatto, poi ha deciso che voleva uscire dal giro. Ha cercato di andarsene e il nostro ricattatore l'ha uccisa per proteggere la sua identità. Due: il tuo amato Marcus Ribald ha assunto qualcuno che fingesse di essere un acquirente e ha ucciso Ashley per chiudere il cerchio. Tre: Ashley ha sempre lavorato per Marcus ed è stata uccisa perché ha minacciato di denunciare il ricatto. Di solito queste cose finiscono così.» Morrie fece una pausa. «Non che io abbia esperienze personali dirette con i ricatti.»

«No, certo che no.» Sentivo un pizzicorino alla nuca, che mi ricordava quell'uomo fosse stato il più grande criminale del mondo, il ragno al centro di una vasta e nefasta ragnatela.

In un mondo immaginario. Ma conta?

«Mi ci vorrà un po' più di tempo per trovare,» mormorò Morrie, le dita che volavano sullo schermo del telefono. «Queste banche delle Cayman sono sempre molto rigide in fatto di sicurezza.»

Mi rivolsi a Heathcliff. «Si tratta di una situazione che prevede una pizza da asporto, o intende dire che lavorerà tutta la notte?»

«La mia con un'esplosione di proteine, grazie.» Morrie non alzò nemmeno lo sguardo dallo schermo, le sue dita sempre più veloci. «Scommetto che per l'arrivo della cena sarò già dentro.»

«Scommessa accettata,» dissi. «Chi perde compra la prossima bottiglia di vino.»

«Affare fatto. Spero che tu abbia risparmiato qualche soldino, bellezza, perché ho gusti costosi.»

Heathcliff prese il telefono sulla scrivania. «Quoth,» urlò. «Tu vuoi il solito?»

«Cra!»

Heathcliff ordinò tre pizze grandi, patatine fritte, bruschette e sostenne una conversazione di cinque minuti con la persona all'altro capo ripetendogli che sì, si chiamava davvero Heathcliff e che no, non era un giovane brufoloso che si stava facendo due risate.

«È strano pensare all'Heathcliff che conosco, quello di *Cime tempestose*, che mangia la pizza,» commentai dopo che ebbe riattaccato.

«Siamo tutti d'accordo che una cosa che è migliorata rispetto ai nostri mondi immaginari è la cucina,» disse Heathcliff burbero. «Nelly era una cuoca discreta, ma non può reggere il confronto con la pizzeria da Tony. Sarò felice di non vedere mai più un pasticcio di montone per il resto dei miei giorni.»

Mi morsi la lingua per non chiedergli delle capacità culinarie di Isabella Linton (la sorella di Edgar Linton, che Cathy aveva sposato per la sua ricchezza e il suo affetto) ricordando in tempo che Heathcliff era venuto in questo mondo prima di averla sposata per dispetto.

Heathcliff riprese il libro, mentre Morrie continuava con il telefono. Al piano di sopra, tutto era silenzioso. Decisi di fare visita a Quoth.

«Chiamatemi quando arriva la pizza,» dissi, per poi andarmene.

Grimalkin mi venne a battere sulle caviglie mentre salivo la seconda rampa di scale. Quoth non era né in salotto né in cucina. Mi arrampicai sulla stretta scala di servizio e feci capolino nella sua camera da letto.

All'inizio pensai che non ci fosse. La stanza era buia e nessuno aveva toccato il letto ben fatto. Quando i miei occhi si adattarono alla penombra, notai una figura alla finestra: un petto nudo illuminato da un pallido raggio di luna.

Quoth era seduto su un esile sgabello di legno, con le ginocchia che gli spuntavano dai jeans strappati ad arte di Holly Santiago. Teneva un pennello tra i denti e un altro in mano. Entrambi i pennelli gocciolavano sulla superficie di una tela. Era leggermente girato rispetto a me, quindi non riuscivo a vedere il dipinto, ma lo sguardo fisso di Quoth era molto interessante.

Mi spostai dall'altra parte della stanza, cercando di capire cosa stesse disegnando con tanta concentrazione. Non sembrava nemmeno essersi accorto della mia presenza. Mentre fissavo il quadrato di tela, il mio piede sfiorò un cavalletto, facendo franare a terra una montagna di quadri.

«Aahhh!» Quoth balzò dalla sedia. Piume gli esplosero sulle guance e gli ricoprirono le braccia.

«Mi dispiace, mi dispiace. Sono io.» Mi affannai a raccogliere i quadri che avevo messo male. «Non volevo spaventarti.»

«È...» Quoth si aggrappò al davanzale della finestra, trattenendo il respiro. I muscoli della schiena erano tesi. Lentamente, le piume si ritrassero nella pelle. Le spalle si rilassarono.

«Non ti sei trasformato?»

«A volte riesco a controllarlo.» Raccolse i pennelli. «Volevi qualcosa?»

«Morrie sta cercando di hackerare un conto bancario alle isole Cayman prima che arrivi la pizza. Ho pensato di vedere se stavi bene.»

Quoth accese la lampada sul comodino, posizionando la luce verso il letto. Passò le mani sulle coperte. «Siediti.»

Obbedii, grata per la luce che gli illuminava i lineamenti in modo così netto. I capelli gli ricadevano sulle spalle e sul petto nudo in ricche onde, mentre la luce rivelava sfumature color canna di fucile, arancio tramonto e blu fiordaliso. Mi persi nella profondità dei suoi occhi scuri, alla ricerca della tempesta che vi si era scatenata prima, ma non riuscii a trovarne traccia.

«Non mi interessa cosa ha detto Morrie,» mi tranquillizzò Quoth. Nessuna titubanza nello sguardo: non stava mentendo.

Doveva importargliene. Non mi piaceva che non gli importasse.

«Non è quello che ho visto. Mi sei sembrato sconvolto quando ti ha dato dell'inutile, cosa a cui, tra l'altro, io non credo neanche per un secondo.»

«Perché? È vero.» Quoth si chinò in avanti, e la luce gli danzò sui capelli, questa volta sparando riflessi azzurro pallido. Mi misi a sedere sulle mani, sperando che ciò attenuasse l'impulso di passargli le dita tra quelle ciocche luminose. «Non ho nulla da offrire al mondo in cui mi sono trovato, e ricordo così poco del mondo che ho lasciato che, anche se in qualche modo dovessi tornare, sarei un estraneo.»

Sbuffai. «Stai facendo del sarcasmo, vero?»

«Affatto.»

«Amico, ti rendi conto che sei un artista straordinario, vero?» Indicai un quadro appeso sopra il letto, raffigurante due teschi appoggiati in un campo di rose rosso sangue. «Questo è *incredibile*. Potrebbe essere la copertina di un album.»

«Grazie.»

«Ho un tatuaggio più o meno simile.» Mi girai e sollevai il bordo della camicia per mostrargli il tatuaggio sulla parte bassa della schiena. «Io e Ashley ce lo siamo fatto uguale. Lo adoro, ma l'artista non è niente in confronto a te.»

«Non sono niente in confronto agli artisti appesi alle pareti del piano di sotto.» Quoth fissò il pavimento, rifiutandosi di guardare il mio tatuaggio. Mi sedetti di nuovo.

«Intendi tutte quelle stampe di Picasso e Rembrandt? Se ti confronti con i più grandi artisti della storia dell'umanità, sì, probabilmente sei un po' carente. Ma questo non significa che tu non abbia talento. Hai scelto tu le stampe al piano di sotto?» Gli studiai la giuntura del lobo dell'orecchio, meravigliandomi della sua squisita bellezza. Perché tutto in lui era così perfetto, ma così... *fragile?* Nonostante i suoi muscoli sinuosi, Quoth si muoveva come se fosse fatto di vetro.

Credo che mi sentirei anch'io così, se da un momento all'altro il mio corpo potesse andare a pezzi e prendere un'altra forma.

«Li ha messi Morrie, dopo che mi ha sorpreso a leggere libri della sezione di Storia dell'Arte.» Quoth sorrise, ma come tutto ciò che lo riguardava, quel sorriso aveva una fragilità che mi faceva male al petto. «Non sono stampe.»

Ovvio che no. Decisi di mettere da parte quella rivelazione per il momento. «So, anche se tu non lo sai, che sono il tuo modo di prendere in prestito un po' di tregua dal dolore, ma perché non vendi i tuoi quadri?»

Quoth gemette per il mio infelice tentativo di umorismo. «Stuzzicami con quella poesia e potresti trovarti un regalo sulla spalla quando meno te lo aspetti. Non posso vendere i miei quadri. Nessuno li vuole. Morrie dice che sono troppo morbosi.»

Sorrisi di fronte alla vista a volo d'uccello di un cimitero, dove un custode scavava una nuova tomba mentre le persone in lutto si radunavano nei sentieri tra le altre tombe. «Sono morbosi da morire, ma è un punto di forza. Molte persone vorrebbero avere una cosa del genere alle loro pareti. Io di sicuro. Potresti anche farti pagare, magari offrire i tuoi servizi a gruppi musicali e marchi di moda. Non ti sentiresti inutile se contribuissi con qualcosa, se lasciassi un segno in questo mondo.»

«Non devi essere gentile con me, Mina. Sto benissimo.»

«Dillo ancora una volta come se ci credessi.» Estrassi una mano da sotto il sedere e gli accarezzai il ginocchio. Grosso errore. Il calore della pelle di Quoth penetrò nel mio corpo, avvolgendomi il cuore e stringendolo. Una fiamma guizzò all'angolo dei suoi occhi. Per un secondo, lui abbassò la guardia e io intravidi la sua disperazione apparentemente invisibile, la solitudine scritta sulla sua pelle di porcellana.

Mi mancò il respiro. Riconobbi Quoth, perché era lo specchio di me stessa: era il fantasma della giovane Mina che ogni giorno si rifugiava nella Libreria Nevermore perché non aveva amici, che cercava conforto e amicizia nella sua immaginazione, che soffocava le urla con musica ad alto volume e che si copriva le cicatrici con abiti strappati.

Quando avevo incontrato Quoth per la prima volta, mi aveva spaventato. Però, man mano che mi si era rivelato, avevo sentito che non c'era motivo di avere paura. Non avevo bisogno di essere salvata da lui. Era lui che doveva essere salvato.

«Sto bene,» sussurrò. «Tu sei qui e io sono felice.»

Le sue parole mi bruciarono dentro. La bile mi salì in gola. Allontanai la mano, desiderando ardentemente di non sentire il suo polso che accelerava, e di non percepire la profondità del suo desiderio. «Sei felice che io sia qui?»

«Mi riempi di terrori fantastici mai provati prima.» Sorrise alla sua battuta.

«Beh, tu sei l'uccello d'ebano che seduce la mia triste fantasia facendola sorridere,» risposi.

Un sorriso si disegnò sul suo volto cupo, genuino e ammaliante nella sua fugace bellezza. Non appena apparso, era già sparito. «A volte sento i tuoi pensieri, quando sono un corvo. Più di quelli degli altri. Mi dispiace; non voglio entrare nella tua privacy. È una cosa che non posso controllare.»

«Capisco. Cercherò di non pensare a nulla di sconcio quando ci sei tu.» L'avevo detta come una battuta, ma Quoth trasalì. Arrossii quando ricordai quello che era successo a Londra. «So che hai visto Morrie e me... è stato decisamente sbagliato. Non avrei dovuto farlo mentre eri lì.»

«Non hai nulla di cui scusarti, né con me né con Heathcliff.»

Lo fissai, senza capire. Quoth mi strizzò l'occhio e diventai paonazza quando capii. *Ha sentito i miei pensieri su Heathcliff. Sa tutte le cose sconce che ho immaginato...*

«Dovresti accettare il caos, Mina. Va bene non sapere cosa si vuole.»

«E *tu* dovresti fare qualcosa con i tuoi quadri.» Mi strofinai una guancia, cercando di eliminare quel calore. «Ancora qualche settimana e non potrai più muoverti, qui dentro.»

«Se li vendessi, dovrei parlare con delle persone: un gallerista, un agente.»

«Ti aiuto io. Se vuoi, ti farò da agente. Molti clienti *haute couture* di Marcus Ribald sono importanti nel mondo dell'arte. Scommetto che conosco persone che potrebbero aiutarti a iniziare.»

«Non credo.»

«Abbraccia il caos, Quoth. Non è quello che mi hai detto? E poi perché ti nascondi qui in soffitta? C'è un'enorme camera da letto al piano di sotto in cui ci starebbero molte opere d'arte in più.»

«Camera da letto?» La voce di Quoth si alzò di un'ottava.

«La suite padronale in fondo al corridoio. Ho sbirciato dentro mentre ti cercavo...»

«Non sei entrata, vero?» Quoth sgranò gli occhi.

«Certo che l'ho fatto. Dovevo controllare che non ti nascondessi sotto il letto.»

Quoth mi si avvicinò così tanto che il suo viso si trovò a pochi centimetri dal mio. Il suo respiro mi accarezzava le labbra e io faticavo a respirare. «Che cosa hai visto?»

«Solo... una camera da letto. C'era un enorme letto a baldacchino e alcuni mobili coperti da teli. Un bagno pentagonale nella torretta. Ah, e un bellissimo guardaroba. Sarei disposta a uccidere per avere quella stanza.»

«Mina, non puoi andare lì dentro. È una cosa seria. È...» La supplica di Quoth fu interrotta da un grido proveniente dal piano di sotto.

«È arrivata la pizza!»

Quoth abbassò la testa e si diresse verso la porta. L'incantesimo si era spezzato, lasciandomi la pelle arrossata e la testa confusa. Mi feci strada attraverso lo spazio buio e scesi la stretta scala che portava al soggiorno.

Heathcliff si era già sistemato sulla sedia e aveva acceso il caminetto a gas. Morrie accostò due tavolini, mise tutte le tazze sporche in un angolo della stanza e aprì le scatole della pizza. Fui colpita dall'odore di aglio e formaggio e il mio stomaco brontolò. Non mi ero resa conto di quanta fame avessi. Io e Morrie non avevamo mangiato sul treno: nessuno dei due voleva morire.

«Dal tuo sorriso gongolante deduco che hai vinto la scommessa,» commentai con Morrie mentre prendevo una fetta di pizza hawaiana e mi sistemavo sulla mia poltroncina.

«Mi ci sono voluti otto minuti.» Morrie si appoggiò allo schienale, con le braccia dietro la testa, il solito sorriso malvagio sul volto. «Non ho battuto il mio record, ma è comunque rispettabile. Per me una bottiglia di Château Lafite 1869, se non ti dispiace. Il nostro ricattatore si chiama Roger Cox.»

«Ti viene una bella bottiglia da tre sterline e novantanove, proveniente dalla rinomata regione vinicola del South Dakota: ti piacerà.» Il nome Roger Cox mi suonava familiare. «Credo di conoscere questa persona, come se facesse parte dei contatti di Marcus. Vai a questo indirizzo.» Gli diedi un URL e Morrie produsse una pagina di fotografie, elaborate con glitter vari, dell'ufficio di Marcus e di vari eventi di moda e cocktail di lusso.

«È così che fai l'influencer sui social media?» Heathcliff aggrottò le sopracciglia sbirciando da dietro le spalle di Morrie.

«No, mi sono cancellata dopo aver perso il tirocinio.» Feci spallucce, come se non fosse un problema. «Comunque, non potrò fare selfie ancora per molto. Questo è il profilo di Ashley.»

«Wow,» commentò Morrie scorrendo la pagina, che era composta per il novantacinque per cento da selfie di Ashley con le labbra a culo di gallina davanti alla macchina fotografica con gli ultimi abiti firmati presi in prestito dall'atelier di Marcus. Cercai di reprimere la mia invidia mentre Morrie scorreva le foto più recenti: di lei in piedi fuori dalle premiere a Broadway, lei che prendeva sottobraccio celebrità di livello B, lei che sfoggiava un'incredibile giacca di pelle, lei che salutava la macchina fotografica e aspettava nella sala d'aspetto dell'aeroporto. «Cari hater, io me ne vado a casa per una vacanza.» Le sue ultime parole.

Andai indietro fino alla cena di gala, dove Holly aveva trovato il disegno di Marcus. Tutto l'ufficio era stato invitato e io e Ashley avevamo passato ore a sistemarci gli abiti e il trucco. Ogni momento dell'evento era stato immortalato da Ashley sperando fosse di buon auspicio, e in molti di quegli scatti la protagonista ero io: traballante sui tacchi troppo alti, raggiante davanti al mio cocktail mentre Ashley indicava tutte le star, impegnata a cercare nel mio pacco dono l'elastico per capelli di Gucci in omaggio. Provai a non concentrarmi su quanto fossimo felici di stare insieme, e osservai invece la folla, alla ricerca di volti noti.

«Eccolo lì.» Puntai il dito sullo schermo. Per fortuna, Ashley aveva diligentemente taggato Roger Cox nella foto, insieme a tutti gli altri personaggi della moda che era riuscita a identificare. Era seduto al tavolo dietro di me e Ashley, e guardava dritto verso la macchina fotografica. «Era sicuramente presente la sera del gala. Ora me lo ricordo, è uno scrittore di moda britannico, anche se penso sia in pensione. Marcus ha detto che erano 'vecchi amici', ma non mi ha chiesto di mandargli una bottiglia di champagne, come ha fatto per altri ospiti illustri.»

«Senti qua, bellezza. Vive qui vicino.» Morrie girò il telefono per mostrarmi una mappa. «Ti va di violare un ordine della polizia per il secondo giorno di fila e di andare a trovarlo domani?»

Morsi la pizza, riempiendomi la bocca di formaggio delizioso. Finalmente ci stavamo avvicinando a trovare l'assassino di Ashley e a scagionare me stessa. «Certo che sì.»

20

«Non sono convinta che questo sia il piano migliore,» dissi mentre fissavamo l'imponente facciata del maniero georgiano di Roger Cox. «Questo tizio è un pezzo grosso negli ambienti della moda. Non ammetterà mai di aver ricattato Marcus Ribald.»

«Fidati di me.» Morrie fece roteare il telefono tra le dita come se fosse stata la bacchetta di un batterista punk che incitava la folla. «Per questa volta prendo spunto da te. Cox crollerà come un castello di carte.»

Con la gabbia di Quoth al seguito, avevamo preso l'autobus da Argleton verso le Cotswolds, poi avevamo risalito la collina lasciandoci alle spalle il piccolo villaggio di Westhenge, per raggiungere la casa di Roger Cox. Per tutta la strada Morrie si era lamentato del vento, della pioggia e dello sterco di mucca sulle sue scarpe stringate. Avrei voluto che Heathcliff fosse riuscito a venire con noi: lo immaginavo completamente nel suo elemento con i vestiti bagnati che gli si appiccicavano addosso, la postura dritta, le spalle larghe e squadrate che si liberavano del peso del mondo man mano che lui assaporava la ruvidezza di quel paesaggio naturale che amava.

Ma stavo pensando all'Heathcliff del mio libro preferito. L'Heathcliff che conoscevo, il *mio Heathcliff*, sembrava essere felice anche di starsene alla scrivania a tenere il broncio e a sgridare i clienti, altro che scorrazzare nella brughiera.

Quoth mi si aggrappò a una spalla e mi gracchiò nell'orecchio. *Smettila di ridere dei miei pensieri, sgraziato uccellaccio.*

Mai più. Nevermore, rispose telepaticamente Quoth. Io feci finta di dargli un pugno sul petto e lui fece finta di cavarmi gli occhi con il becco.

Morrie suonò il campanello. Pochi istanti dopo, rispose l'uomo della fotografia.

«Di che si tratta?» chiese. «Ho già detto a *Vanity Fair che* non rilascerò interviste.»

«Oh, no,» disse Morrie. «Non siamo qui per un'intervista. Almeno, non il tipo di intervista che si vorrebbe vedere su qualche rivista. Buonasera, signor Cox. Sono il professor James Moriarty. Presumo che, essendo un gentiluomo colto e raffinato, abbia sentito parlare di me.»

«James Moriarty, come il cattivo delle storie di Sherlock Holmes? È una specie di scherzo?» Cox sbirciò dietro di noi. «È uno di quegli stupidi programmi televisivi in cui mio fratello salta fuori da dietro la siepe e grida "bau settete"?»

«Niente affatto, signore. Non ci sono telecamere, sono qui solo per una chiacchierata amichevole tra gentiluomini. Sarò diretto, visto che non voglio farle perdere tempo prezioso. Le mie fonti hanno notato che lei sta facendo un po' di ricatti qua e là e ho pensato di venire a offrirle i miei servizi da esperto.»

«Ricatti?» Sulle guance di Cox comparvero delle chiazze rosse. Quasi credetti fosse per l'indignazione, finché non notai che si infilava una mano tremante nella tasca dei pantaloni. *Ti ho beccato, bastardo.* «Sono uno scrittore di moda, non un maledetto truffatore di Baker Street. Secondo le sue fonti, chi starei ricattando?»

«Lo stilista Marcus Ribald. Per questo motivo sono qui per offrire i miei servizi da consulente criminale più famoso del mondo. Credo che Ribald la stia ingannando e io potrei garantirle ulteriori entrate. Naturalmente a un prezzo simbolico.»

«È l'affermazione più assurda che abbia mai sentito,» sbottò Cox. «Marcus Ribald è un dilettante senza talento che ha passato tutta la sua carriera a trasformare in farsa tutto ciò che la *haute couture* dovrebbe rappresentare. Non ho nessun motivo di ricattarlo perché da un giorno all'altro cadrà rovinosamente per pura incompetenza. Il fatto che lei *osi* mettere piede in casa mia per accusarmi di una simile azione è ridicolo. Se ne vada e porti con sé il suo stupido uccello, prima che sguinzagli i segugi!»

«Cra!»

«Ah, beh, certo, questo chiarisce tutto.» Morrie mi spinse giù dai gradini, e continuò: «Evidentemente abbiamo delle informazioni sbagliate. Scusi se le abbiamo fatto perdere tempo, dobbiamo andare, ci sono molti altri potenziali clienti da incontrare, via, via!»

«Beh, ha funzionato benissimo,» borbottai quando fummo al sicuro fuori dai cancelli. «Non posso credere che tu abbia cercato di fare affari con il nostro sospettato di omicidio e che lui abbia minacciato di sguinzagliarci contro i segugi, come avrebbe fatto un qualsiasi criminale dei cartoni animati.»

«Cra,» aggiunse Quoth.

«Avete tutti così poca fiducia nelle mie capacità.» Morrie cliccò sul suo telefono e iniziò a riprodurre la registrazione di Roger Cox che ci sgridava. Toccò alcuni tasti, scomponendo il messaggio in suoni e note specifiche e facendolo girare in una specie di loop. Un paio di istanti dopo il telefono mostrò la parola MATCH. «Ora ho la chiave della serratura a riconoscimento vocale del suo caveau segreto sotterraneo, pieno di cose segrete, che ho scoperto scaricando la pianta di casa sua. Svelti, c'è un'entrata sul retro dove possiamo intrufolarci.»

21

«Perché stiamo facendo ciò?» sibilai mentre Morrie ci conduceva attraverso la siepe impervia che si snodava lungo il perimetro della proprietà.

«Pensa a cosa potrebbe avere in quella cassaforte!» spiegò Morrie sorridendo. «Diamanti contraffatti! Prove di ricatto! L'Arca dell'Alleanza! Se riusciamo a trovare le prove che Cox è coinvolto in azioni nefaste, saremo in grado di risolvere il mistero dell'omicidio prima che la polizia pensi a mettere in dubbio la tua storia.»

«Ogni prova che troveremo sarà macchiata dal fatto che ci siamo introdotti furtivamente per recuperarla.»

«Chi ha parlato di introduzione furtiva?» Morrie tese il telefono a Quoth, che lo afferrò con gli artigli. «Stavo semplicemente facendo una passeggiata nella campagna quando questo corvo è volato via con il mio telefono. Non posso essere responsabile di ciò che uno stupido uccello decide di fare con ciò che ruba.»

Quoth fece un cenno con la testa e volò verso la casa facendo penzolare il telefono di Morrie.

«Visto? A volte quel piccolo demonio si rivela utile,» commentò Morrie soddisfatto.

Il mio petto soffriva per Quoth. Morrie aveva ragione: non poteva finire nei guai perché tecnicamente non esisteva, il che lo rendeva terribilmente utile per questa particolare uscita. Ma odiavo che Quoth non potesse fare le normali cose umane perché doveva nascondersi. Non avrebbe voluto imparare a guidare, viaggiare o mangiare in un bel ristorante?

«Credo che gli ci vorranno quindici minuti per entrare nel caveau, sempre che non venga catturato.» Morrie mi appoggiò una mano sulla coscia, facendomi scorrere le dita tra le gambe. «Come facciamo a passare il tempo?»

Il mio corpo reagì immediatamente, la mia pelle fremeva di desiderio mentre le sue dita si muovevano più vicine… più vicine… chiusi gli occhi, recuperando ogni grammo di autocontrollo che possedevo, e mi allontanai, scuotendo la testa. Morrie si bloccò, con la mano ferma a mezz'aria.

«Ti sei pentita di ieri,» disse. Non era una domanda.

Arrossii. «Non è vero. Non è affatto vero. È solo che… ho bisogno di riflettere su alcune cose.»

«Quali cose?» Morrie si raddrizzò. «Io sono un pensatore eccellente. Forse posso aiutarti?»

«Cose come il fatto che sei una mente criminale che ha commesso atti di grande malvagità: non proprio il tipo di pretendente che avevo in mente.»

«Solo in un libro. Da quando sono uscito mi sono un po' ravveduto. Ho sempre rubato ai ricchi per dare ai poveri. Beh, ai poveri e ai moderatamente ricchi, secondo gli standard occidentali. Devo mantenere Heathcliff con carta igienica fresca e vino adeguato.» Morrie si diede una pacca sulla spalla. «In pratica sono Madre Teresa.»

«In questo caso, sei decisamente fuori. Io non esco con i cattolici.»

«Chi ha parlato di uscire?» mi chiese con voce roca, appoggiato al mio orecchio. La sua voce mi si riverberò in tutto il corpo e dovetti usare tutto il mio autocontrollo per non sciogliermi addosso a lui. «Sto parlando di due belle persone unite in un impeto di desiderio, che si scambiano fluidi corporei nell'estasi reciproca e poi se ne vanno per i fatti propri mentre uno dei due si strugge segretamente per il tormentato proprietario di una libreria.»

«Sapevo che avevi un debole per Heathcliff,» esclamai trionfante.

«Non io, bellezza, anche se ammetto che è un bell'esemplare di uomo. Sto parlando di te.»

Il calore mi divampò sulle guance, confermando l'affermazione di Morrie. «Aspetta, come hai...»

Quoth scelse proprio quel momento per scendere in picchiata e far cadere il telefono nella mano di Morrie.

«Eccellente.» Morrie si sedette nascosto nella siepe, a sfogliare le fotografie. «Hai trovato le prove che Cox era il ricattatore?»

Quoth si trasformò. Si accovacciò su un ginocchio, con il cazzo imponente che gli ciondolava tra le gambe. «No. Non è lui.»

«Quindi non sta ricattando nessuno?»

«Oh, no, certo, sta ricattando Ribald. Ma dubito che abbia ucciso Ashley. Guarda.» Quoth sfogliò le foto sul telefono. Io sbirciai da dietro la sua spalla e rimasi a bocca aperta per quello che vidi.

All'interno del caveau c'erano centinaia di abiti impacchettati in scaffali ed esposti su manichini. Riconobbi i capi di alcuni dei migliori stilisti del mondo. Rick Owens, Elsa Schiaparelli, Guo Pei, persino la mia cara Vivienne Westwood. Se erano veri, valevano *migliaia di sterline*. Forse anche milioni. Ma non fu ciò ad attirare la mia attenzione.

In fondo alla stanza c'era una parete che mostrava degli scatti glamour di Roger Cox, con trucco luccicante e vestito con una serie di abiti da sera luccicanti, con la testa ricoperta da favolose parrucche. Quoth sfogliò un'immagine dopo l'altra della figura rotonda e rugosa di Cox che usciva da abiti di alta moda. Un'altra fotografia mostrava un angolo del caveau allestito come studio fotografico, con tanto di red carpet e sfondo da Settimana della Moda.

«Bene, okay.» Mi strofinai gli occhi e restituii il telefono a Quoth. «Dimostra che Cox ha qualcosa da nascondere, ma non che sia un ricattatore o che abbia ucciso Ashley.»

«Ho trovato il suo libro dei segreti.» Quoth ingrandì un grande libro mastro appoggiato su un piedistallo. «È pieno di storie di incesti e guadagni illeciti. C'è un dossier su tutti i principali designer del settore. Sembra che per anni abbia ottenuto da loro abiti gratuiti in cambio del silenzio sulle loro relazioni, sui loro accordi sottobanco, sui contratti illeciti e sulle loro abitudini in fatto di droga.»

«Come Charles Augustus Milverton, il ricattatore,» dissi. «È stato uno dei casi più famosi di Sherlock Holmes.»

«Basato, credo, sul ricattatore Charles Augustus Howell,» aggiunse Quoth. «Un mercante d'arte e famigerato ricattatore che convinse Dante Rossetti a dissotterrare le poesie che aveva seppellito con la moglie.»

«Ah, ora ricordo Howell. Fu trovato in un pub di Chelsea con la gola tagliata e una moneta da mezza sovrana infilata in bocca. Una morte davvero tragica per un uomo così talentuoso.» Morrie si acciglià di fronte alle immagini. «Purtroppo, Quoth ha ragione. Credo che dovremo escludere il signor Cox dalle nostre indagini.»

«Cosa? Perché?» Diedi un'occhiata alle immagini, ma non mi saltò all'occhio nulla di evidente.

«Cox gestisce un'operazione redditizia. Non credo che

ammazzerebbe qualcuno, rischiando di mettere a repentaglio il suo futuro, o di fare scoprire il suo segreto. Non stava nemmeno ricattando Ribald per i suoi disegni.»

«Di cosa si tratta, allora?»

«Secondo il registro di Cox, Ribald ha avuto relazioni con diversi stagisti.» Quoth si infilò i jeans di Holly Santiago che gli avevo portato. «Una di loro potrebbe essere stata Ashley. I tempi coincidono.»

«Che schifo.» Mi strofinai il viso. Non mi sembrava una cosa da Ashley, ma d'altronde di recente avevo scoperto un sacco di cose su di lei che non mi piacevano. Mi ricordai del biglietto di Marcus nella sua valigia. *Sì, decisamente possibile.* «Questo significa che Ribald è il nostro prossimo sospettato?»

«Sarebbe strano per lui puntare su Ashley invece che su Cox. Ma credo che Cox possa essere escluso.» Quoth indicò una delle fotografie mentre si abbottonava la camicia. «Questo numerino qui segna l'ora della notte dell'omicidio. Si è creato un alibi.»

«Così siamo tornati al punto di partenza,» gemetti, la testa tra le mani. «Non abbiamo idea di chi abbia ucciso Ashley, e la polizia mi arresterà e mi sbatterà in prigione e non potrò mai più mangiare una fetta di pizza o farmi un trattamento alla cheratina.»

«Non necessariamente,» mi disse Morrie aiutandomi a uscire dai cespugli. Mi tolsi le spine dai capelli mentre ci incamminavamo lungo la strada verso la fermata dell'autobus. «Siamo tornati alla nostra teoria iniziale: la persona che ha comprato i disegni di Ribald è l'assassino. Se troviamo quella persona, tu ne sei fuori.»

Sull'autobus per tornare ad Argleton, mi sedetti accanto a Quoth. «Grazie per aver fatto irruzione nella casa per aiutarmi.»

Lui fece spallucce. «È difficile infrangere la legge quando la legge non sa che esisti.»

«Tu *vuoi* esistere?»

Quoth fissò fuori dal finestrino. «Non importa cosa voglio.»

«Per me sì. Sei stato straordinariamente bravo ieri a Londra, e anche oggi. Hai più controllo di quanto pensi. Cosa...»

«Per favore.» Mi guardò con tutta l'aria di un demone che stava sognando, «non parlare di questo. Se mi trasformo su questo autobus, mi porteranno in un laboratorio per studiarmi.»

«Non lo farò. Promesso.» Quoth si allontanò da me, affondando la testa tra le spalle. Gli toccai il braccio, ma lui si ritrasse e a me si strinse il petto al pensiero di averlo fatto arrabbiare. Sul sedile davanti a noi, Morrie fissava il suo telefono, ignorandoci.

Sprofondai sul sedile, in preda alle emozioni. La missione era stata una delusione totale. Eravamo arrivati a un punto morto, il che significava che ero ancora la sospettata principale. Avevo la giacca di pelle scamosciata zuppa di pioggia, e mi battevano i denti mentre ispezionavo i tagli che la siepe mi aveva provocato sulla mano. La cosa peggiore era che avevo fatto arrabbiare Quoth senza essermi minimamente avvicinata alla soluzione dell'intricata rete di desideri che mi assaliva ogni volta che uno dei ragazzi era nella mia stessa stanza.

Mi piacevano tutti. Erano tutti completamente sbagliati per me, su troppi livelli, non ultimo perché erano personaggi di fantasia. Ma il mio corpo gridava per averne uno, per averli tutti. Però era ridicolo. Non potevo continuare a flirtare, a scambiarmi quei sorrisi che mi facevano bagnare le mutandine, o quegli sfioramenti che mi incendiavano la pelle. Perché non potevo fare una scelta definitiva in modo che ognuno potesse andare avanti con la propria vita?

Perché desideravo segretamente qualcosa che non avrei mai potuto avere?

22

«Tesoro, non ci crederai!» Mia madre mi guardava raggiante dall'altra parte del tavolo mentre versava la zuppa in due ciotole, direttamente dalla lattina. «Oggi ho venduto due piastre vibranti.»

«Vero, non ci credo.» *Persone vive e reali hanno pagato per questi oggetti?*

«*Sento* che la mia fortuna sta virando, tesoro. Questa è la mia vocazione. È la cosa che dovevo fare nella mia vita.»

«Certo, mamma. La tua vocazione è vendere inutili macchine per dimagrire che non funzionano nemmeno per truffare innocenti pensionati e rubare loro i soldi del sussidio.»

«Ma come sei deprimente,» mi riprese, imbronciata. «Non è come i frullati o i vestiti della Disney.»

Gemetti. «Avevo dimenticato i vestiti della Disney.»

Uno dei primi progetti di mia madre era stato quello di vendere vestiti e costumi con i personaggi dei famosi disegni animati. Non aveva chiesto il permesso alla Disney, preferendo invece disegnare le sue versioni dei personaggi e venderle in un sito web sorprendentemente professionale. All'inizio vendeva abbastanza bene: i suoi disegni erano davvero belli. Per la prima volta nella dispensa della cucina avevamo del cibo vero. Purtroppo, un giornale nazionale diede la notizia della sua attività così promettente, e questo allertò un'orda di avvocati che si precipitarono sul posto. Quell'anno non festeggiammo il Natale perché lei dovette pagare un'enorme multa per violazione del copyright.

«Non potresti essere un po' più incoraggiante, tesoro? La mia *success coach* dice che per far andare bene la mia attività ho bisogno di una rete di supporto che nutra il mio spirito creativo...»

«La tua success coach deve trovarsi un lavoro vero,» mormorai mettendomi in bocca una cucchiaiata di zuppa.

«*Wilhelmina*,» sbuffò mia madre.

«Scusa,» mormorai, desiderando di essere di nuovo al negozio, a cena con i ragazzi impegnata a capire chi fosse l'assassino. Mi sfregai una tempia. «Sono ancora un po' scombussolata per Ashley.»

«Ma certo che lo sei,» disse lei. «È una cosa davvero terribile. Ma Mina, quella ragazza ti comandava a bacchetta.»

«Mamma, ti prego, non dire cose del genere.»

«Ma *l'ha fatto*, tesoro. Tu eri alla disperata ricerca di un'amica e quando è arrivata lei ti sei lasciata calpestare dalle sue ridicole scarpe. Se Ashley ti avesse detto di buttarti da una scogliera, l'avresti fatto. E poi, naturalmente, l'hai seguita in America.»

«Ero io che volevo andare a New York! Lei ha copiato *me*.»

«Sì, e mentre era lì ha approfittato di tutto il tuo impegno e ti ha rubato il posto da sotto il naso.» Mia madre mi fissò sbigottita. «Non credere che non sappia leggere tra le righe, Mina. Mi hai detto che hai deciso di tornare a casa per via della tua vista, ma non è la verità, no?»

«No!» urlai, sbattendo il cucchiaio sul tavolo. «Non è così.

Ashley ha detto a Marcus dei miei occhi e lui ha detto che non avrei mai potuto lavorare nella moda. I due hanno spifferato la cosa a tutto il mondo, così non sono riuscita a trovare lavoro da nessuna parte. Che senso avrebbe avuto assumermi? Che senso ha? Ho lavorato tutta la vita per ottenere quel lavoro e loro pensavano che non fossi in grado di farlo. Ed è proprio vero. La mia malattia peggiorerà e *non potrò più* vedere. Tutto quello che ho fatto in tutta la mia vita è inutile. È questo che vuoi sentire, mamma? Sei felice ora?»

«Certo che no. Oh, tesoro.» Mia madre spostò la sedia e si avvicinò al mio lato del tavolo. Mi abbracciò. Io mi abbandonai su di lei, i muscoli che cedevano per la violenza dello sfogo. «Vorrei che mi avessi detto prima come ti sentivi, invece di tenerti tutto dentro. Ti porterò dalla mia success coach. Ti aiuterà a capire che se la moda è il tuo sogno e tu credi in te stessa, niente ti impedirà di realizzarlo.»

«Che senso ha la moda se non riesco nemmeno a *vedere?* Tu e la tua success coach potete sproloquiare quanto volete su quelle cazzate del "non mollare" che vi insegnano in quei seminari truffaldini, ma non cambia il fatto che non sarò nemmeno in grado di abbinare vestiti e accessori.» Allontanai la tazza. «Non ho fame.»

«Non puoi arrenderti così. Noi donne Wilde non ci arrendiamo!»

«Hai rinunciato a cento carriere, mamma. *Mille.* La linea di prodotti di bellezza per bambini, i giochini per dita cinesi, impreziositi da gioielli, gli allevamenti di lumache da compagnia...»

«Sì, sì, va bene, ma non ho mai rinunciato al mio sogno di diventare un'*imprenditrice di successo,*» disse. «Non permettere a nessuno di dirti che non puoi fare una cosa, Mina. Sei brillante, giovane e intelligente, e farai molto di più nella tua vita che lavorare in una vecchia libreria polverosa. Vedrai.»

Ne avevo avuto abbastanza. Avevo passato tutta la vita a guardare mia madre che si affiliava a società truffaldine che vendevano stupidi prodotti che nessuno voleva, nella convinzione che avrebbero risolto tutti i suoi problemi. Nel frattempo, nel mio stomaco si mescolavano pietà e vergogna. Non potevo credere ai discorsi motivazionali di mia madre perché troppe volte avevo visto che li faceva a se stessa.

Non potevo essere quella persona, quella compatita che faceva lavoro d'ufficio quando tutti gli altri stagisti ridevano di me alle mie spalle, mentre lavoravano alle sfilate. Ma senza moda non sapevo chi ero. Era una cosa che non riuscivo a spiegare a mia madre.

«Hai ragione, mi dispiace. È solo che...» Feci un respiro. «Il mio medico mi ha spiegato che avrei attraversato una fase di tristezza. È per questo che sono qui, per riprendermi e capire cosa fare dopo. Solo che non pensavo che sarebbe stato così difficile.»

Mia madre mi sorrise e mi lasciò andare. Per tutto il tempo del dessert (pesche in scatola) e di un paio di programmi alla televisione, continuò a parlare delle sue piastre vibranti. Io annuivo al momento giusto, ma la mia mente era lontana mille miglia.

Quella notte rimasi a letto, fissando le crepe sul soffitto, chiedendomi quanto tempo avevo prima che i dettagli del cartongesso e della cornice di stucco scheggiato fossero solo ricordi e che la luce sopra la mia testa sparisse per sempre.

Come posso essere me stessa se non riesco a vedere?

E pensai a Heathcliff, che si era lasciato alle spalle un amore così grande che gli aveva strappato l'anima a metà. A Morrie, che aveva perso l'unica arcinemesi in grado di eguagliare il suo intelletto. Di Quoth, che era un mistero persino per se stesso. Mi ero intromessa nel loro mondo, ma loro mi avevano accolto come una pari e avevano condiviso con me i loro segreti. E pensai che forse non era un caso che noi quattro ci fossimo trovati. Forse loro avevano bisogno di me tanto quanto io stavo iniziando ad avere bisogno di loro.

Eravamo così diversi, ma eravamo uguali: quattro anime perse che cercavano di capire chi fossero diventate.

23

Quando tornai dalla panetteria con la colazione, la signora Ellis stava tenendo banco all'esterno, deliziando il suo pubblico con i racconti dei sordidi avvenimenti che avvenivano all'interno della libreria di malaffare. L'avrei trovata divertente se le sue parole non mi avessero toccato così da vicino il cuore.

Se non avessi segretamente desiderato quei tre ragazzi.

Sgattaiolai sul retro per evitare i suoi racconti giulivi. Heathcliff mi fece entrare e mi consegnò una minuscola chiave nera.

«Te l'ho fatta fare ieri,» mi informò. «Puoi usarla quando vuoi. Anche se... anche se non è orario di lavoro.»

«Grazie.» Il gesto mi commosse, anche perché sapevo quanto fosse difficile per lui lasciare entrare una persona nuova nella sua vita. Gli occhi neri di Heathcliff mi scrutavano dentro, come se avesse potuto leggere tutti i pensieri che mi frullavano in testa. Il che sarebbe stato un male, visto lo scarso abbigliamento che indossava nella maggior parte di essi.

«Basta che non vai a frugare tra le mie cose quando non ci sono,» aggiunse.

Io sorrisi. «Sei sempre qui.»

Heathcliff fece un passo indietro per lasciarmi entrare. Quoth scese in picchiata da un angolo buio e sfrecciò tra noi, dirigendosi verso la quercia al centro del parco del villaggio.

«Dove sta andando?» chiesi.

«Solo il vento lo sa,» rispose Heathcliff. «È stato strano e silenzioso per tutta la notte.»

«È sempre strano e silenzioso.»

«Non così. Mi ha chiesto se poteva esporre alcuni dei suoi quadri nella libreria. Con tanto di prezzo.» I tratti rudi di Heathcliff trasalirono all'idea.

«È una buona cosa. Quoth è un artista straordinario. Scommetto che la gente comprerà le sue opere.»

«Lo so che ci scommetteresti,» sbottò Heathcliff. «Sei tu che gli metti in testa idee pericolose. Scommetto che poi non sarai tu a consolarlo quando non venderà nulla.»

«Giusto, come se tu sapessi come consolare qualcuno.»

«So come condividere una bottiglia di vino. Non stare più con lui in pubblico. Hai una cattiva influenza.»

Sorridendo, lo seguii. Ci sedemmo alla sua scrivania e io misi in mostra i miei acquisti da pasticceria. «Niente Morrie, oggi?»

«Sta seguendo una pista. A quanto pare, l'anello è di Debenhams, quindi è andato al negozio più vicino per vedere se riesce a scoprire chi l'ha acquistato.»

«Oh, interessante. Questo significa che probabilmente non faceva parte di un pacco omaggio in una sfilata di moda. Ha detto se secondo lui è rilevante?»

Heathcliff sorseggiò il caffè e aprì il registro. «Francamente, non stavo ascoltando. Morrie parla molto, e la maggior parte delle cose che dice sono stronzate autocelebrative.»

«Su questo non ti sbagli. Che programmi ci sono per oggi?»

«Apriamo. Non possiamo permetterci di non farlo. Ti sta bene?»

«Sono io che ti ho detto di aprire!»

«Continua a parlare a vanvera e ti nominerò guida turistica del luogo del delitto,» ringhiò Heathcliff, appoggiandosi allo schienale e aprendo un libro.

Rimasi senza parole. *L'ha detto davvero?*

«Se era uno scherzo, era orribile.» Incrociai le braccia. Tra noi scese un silenzio fitto.

Mi aspettavo delle scuse. Quando lui non mi disse nulla, finii il caffè, cambiai il cartello da CHIUSO ad APERTO con sette minuti di anticipo e spalancai la porta. «Benvenuti alla Libreria Nevermore,» urlai in strada. «Entrate, entrate, siete tutti i benvenuti!»

«Non abbiamo ancora aperto,» tuonò Heathcliff dalla sala principale.

«Adesso sì,» risposi. La signora Ellis salì le scale in fretta e furia, io le sorrisi e la salutai con un abbraccio. «Salve, signora Ellis. Spero che lei e le sue amiche restiate il più a lungo possibile. Anzi, tutto il giorno. Perché non chiede a Heathcliff di accompagnarla a visitare il luogo del delitto? È di strada verso la sezione Erotica, che so essere quella che siete venute a vedere.»

La signora Ellis ridacchiò spostandosi verso la stanza principale. Io sorrisi mentre mi affannavo a spolverare gli scaffali. Per Heathcliff si prospettava una giornata folle.

CLIENTI SI AVVICENDARONO per tutta la mattina, spalancando gli occhi di fronte ai tappeti tirati su al primo piano e sussurrando commenti sull'omicidio di Ashley e sul mio possibile coinvolgimento. Io li ignorai come meglio potevo, e all'ora di pranzo si erano ormai molto ridotti di numero. Vendemmo persino una collezione della Folio Society alla signora Ellis per un importo sufficiente a pagarci un buon curry per pranzo.

Stavo trangugiando l'ultimo *rogan josh* quando Heathcliff appoggiò una scatola sulla scrivania. «Esco. Devo portare all'ufficio postale tutti gli ordini ricevuti online. Tu cerca in questa scatola se c'è qualcosa che vale la pena conservare.»

Alzai lo sguardo sorpresa. «Sei sicuro di non volere che vada io al tuo posto? Pensavo che avresti preferito morire piuttosto che fare un'altra conversazione insensata sul pesce rosso della postina Deidre.»

«Non è vero.»

«È quello che hai detto ieri!»

Heathcliff toccò la scatola. «Questi sono libri di ingegneria. Affronto volentieri la gente. Non bruciare il negozio mentre sono via.»

Quindi non hai intenzione di chiedere scusa?

Heathcliff uscì dal retro, sbattendosi la porta alle spalle.

Immagino di no.

«Bene, Grimalkin.» Grattai dietro le orecchie la mia unica compagna, «credo che abbiamo del lavoro da fare.»

Ordinavo, catalogavo, prezzavo e riponevo i libri nella sezione appropriata, mentre Grimalkin mi si aggirava intorno ai piedi trascinando un uccellino giocattolo all'estremità di un bastone. «Va bene, va bene,» dissi ridendo quando mi sbatté il bastone contro la gamba per la terza volta. «Giocherò con te.»

Mentre facevo oscillare il bastone nell'aria, Grimalkin fece un balzo spettacolare dalla cima degli scaffali di Sociologia. Eseguì una perfetta capriola all'indietro e si avventò sull'uccello, strappandomi il bastone di mano e sfrecciando via tra gli scaffali.

«Ehi, canaglia, torna indietro!» La inseguii. «Non posso

giocare con te se non mi ridai il bastone!»

«Miao!» fu la risposta. Svoltò all'estremità dello scaffale di Ingegneria e scomparve nel piccolo salotto che fungeva da ripostiglio.

«Andiamo, un gatto nero in una stanza nera, non è un gioco leale.» Cercai un interruttore lungo la parete e lo accesi. Nella stanza misteriosa esplose la luce, rivelando pile di scatole d'archivio, mucchi di libri e attrezzi per la pulizia che chiaramente non erano mai stati usati, accatastati in un angolo.

«Miao!»

Mi infilai tra due pile di scatole e mi feci strada tentoni lungo una serie di scaffali metallici. Un sottile fascio di luce illuminò una coda nera che spariva al di là di una porta aperta sul fondo della stanza.

A-ha.

«Grimalkin, ti prego, non entrare.» Ma lei era un gatto, quindi naturalmente sparì al di là della porta.

Picchiettai la punta dello stivale sulla porta. Quella si aprì verso l'interno, rivelando una stanza pentagonale senza finestre, rivestita da scaffali di libri. *Questa stanza deve trovarsi proprio sotto il bagno al piano superiore e sopra l'angolo di lettura della sala di Storia Mondiale al piano di sotto.* Al centro della stanza si trovava un piedistallo con sopra un enorme libro aperto. Grimalkin si dilettava tra le sue pagine, stringendo l'uccello tra gli artigli e strappandogli le piume dalla coda.

Heathcliff deve usare questa stanza come estensione del magazzino. Accarezzai le pareti fino a trovare un interruttore e accesi la luce. La luce pallida di un lampadario polveroso illuminava lo spazio quanto bastava per distinguere i libri impilati in doppia fila sugli scaffali. Antichi dorsi di pelle decorati d'oro si accatastavano su volumi malconci. Solo pochi portavano dei titoli, ma quei pochi che vedevo mi riempivano di uno strano senso di agitazione.

Dizionario mito-ermetico (tradotto da Joseph Zabinski), Testamento di Re Salomone, Liber Thagirion, Antichi incantesimi dell'occulto, Annuario della Miskatonic University, 1937.

Libri occulti.

Ma... non aveva alcun senso. Nella libreria c'era già una sezione di Occulto, piena di vivaci copertine patinate di fanciulle a seno nudo che reggevano spade per catturare la luce della luna. Le uniche persone che ci andavano erano uomini alti con trench di pelle e donne con i capelli mossi che profumavano di ylang ylang. Perché avevamo bisogno di una stanza segreta sul retro?

«Di che cosa si tratta, Grimalkin?» chiesi. «Io non...»

Ma certo. È la collezione occulta che il signor Simson ha messo insieme per capire perché la libreria continuava a portare in vita personaggi letterari.

Grimalkin rispose con uno sbadiglio, allungandosi sul piedistallo e rotolando sulla schiena, per poi scalciare le zampe in aria. Le grattai la pancia, ricevendo in cambio le sue fusa, e il mio sguardo si soffermò sulla copertina del libro sotto di lei.

Era di pelle nera pregiata, liscia tranne che per un piccolo simbolo inciso in oro al centro. Passai le dita sul dorso e una scheggia di ghiaccio mi si conficcò nella nuca.

Grimalkin miagolò e saltò giù dal tavolo. Mi girò intorno ai piedi mentre facevo scorrere le dita lungo i bordi delle pagine. Mi venne la pelle d'oca sulle braccia. Aprii la copertina, aspettandomi di vedere torri di teschi e scritte al rovescio. Invece, ogni pagina era vuota.

Sfogliai di nuovo le pagine, con le dita che formicolavano, ma all'interno del libro non c'era nulla. Nonostante ciò, mi si drizzarono tutti i peli del corpo. Chiusi il libro e studiai la copertina, chiedendomi se il simbolo contenesse un indizio su cosa fosse, e perché fosse vuoto...

«Che ci fai qui dentro?» ringhiò una voce alle mie spalle.

Mi voltai di scatto. Heathcliff era in piedi sulla porta, la sua mole che bloccava la luce dal magazzino. I capelli spettinati gli spuntavano da tutte le parti e aveva gli occhi che brillavano.

«Non ti agitare. Grimalkin si è intrufolata nella porta dietro quella pila di scatole e ho pensato...»

«Hai pensato di curiosare nella mia proprietà privata? Come hai fatto ad aprire la serratura? Moriarty ti sta insegnando a diventare una mente criminale?»

«La porta era *aperta* e io ho seguito Grimalkin. Non sapevo che fosse un luogo privato. Pensavo che fosse solo un vecchio magazzino o qualcosa del genere.»

Heathcliff mi afferrò il polso. «Non dovresti essere qui. Questi libri sono pericolosi.»

Mi liberai il braccio. «Perché? La loro carta procura dei tagli malvagi?»

«Non so perché! So solo che quando il signor Simson mi ha lasciato la libreria, mi ha detto di tenere questa stanza chiusa a chiave e di non far entrare nessuno. Nemmeno Morrie o Quoth sono mai entrati qui dentro.» Heathcliff indicò l'architrave sopra la porta, dove una serie di simboli erano stati intagliati nel legno. «Ha messo queste rune qui per contenere la magia all'interno della stanza e per impedire a chiunque di entrare. Tu come hai fatto a oltrepassarle?»

«Ti ho detto che la porta era *aperta*. Non le ho nemmeno viste, quelle rune. Forse Morrie ha insegnato a Grimalkin a forzare le serrature con gli artigli.»

«Non è divertente,» ringhiò Heathcliff.

«Credi davvero a tutte queste cose sulla magia occulta?»

«Non ci ho mai creduto fino a quando non mi sono svegliato qui. Se tu scoprissi che tutta la tua *vita* è stata solo parole nel libro di qualcun altro, crederesti nella magia?»

«Ragionevole. E ci credeva anche il signor Simson.» Alzai lo sguardo verso il soffitto pentagonale. «Pensi che la forma di questa stanza sia significativa? So che i pentagrammi hanno un significato nei rituali pagani. Ho visto *Giovani Streghe.*»

«Anche se lo fosse, la cosa non ti riguarda.»

«Certo che mi riguarda. Voglio aiutarti a capire come sei arrivato qui. Forse se scopriamo l'incantesimo segreto o quello che è, possiamo invertirlo e rimandarti indietro.»

«Perché? Vuoi liberarti di me?»

«Come, scusa?»

«Vuoi rimandarmi alla vita in cui il mio più grande amore muore e io mi trasformo in un feroce sociopatico che uccide cani e maltratta bambini?» Heathcliff tremò per la rabbia. «È tutta qui la considerazione che hai di me?»

«No, non intendevo...»

«Nessuno di noi vuole tornare indietro. *Non possiamo* tornare indietro. Se potessimo tornare indietro, *Cime Tempestose* finirebbe al capitolo nove e nessuno avrebbe mai sentito parlare della caduta di Reichenbach. Per noi è troppo tardi: quello che vogliamo fare è evitare che questo accada ad altri personaggi.»

«Okay, mi dispiace. Non volevo...»

«E tu, perché sei qui?» Heathcliff agitò la mano verso la stanza, verso il negozio, verso il villaggio fuori. «Sei tornata strisciando ad Argleton con la coda tra le gambe per le dure parole di un solo idiota. Sei tornata in questa libreria perché vuoi fingere di essere di nuovo una bambina, seduta in un angolo a leggere le sue storie e ad aspettare che arrivi qualcuno a salvarla. Solo che ora stai usando *le nostre* vite, le *nostre* storie, per distrarti dalla tua. Ascoltami, Mina. La vita continua dopo la tragedia. Il tempo va avanti. Questo posto non è un luogo fuori dal tempo, non salverà te, così come non salverà me. Io ho intravisto il mio futuro e non sono in grado di essere salvato. E tu...» mi puntò un dito sul petto. «Diventerai cieca, ma se non uscirai da quelle porte, diventerai la nota a piè di pagina della tua tragedia.»

Mi si riempirono gli occhi di lacrime. Le sue parole mi colpirono in profondità, altre ferite che si aggiungevano al rifiuto di Marcus, alla morte di Ashley e alla terribile diagnosi dell'oculista. *Come fa a leggermi dentro? Sono stata invisibile per così tanto tempo.*

Indietreggiai fino allo zoccolo, con le mani che cercavano di afferrare qualcosa, qualsiasi cosa che creasse una distanza tra il mio cuore aperto e dolente e Heathcliff, i cui occhi neri minacciavano di far esplodere tutto.

«Non voglio stare al mondo se non riesco a vedere,» dissi con voce soffocata.

«Un sacco di piaceri in questo mondo non richiedono l'uso degli occhi,» gridò lui.

Io risi tra le lacrime. «Davvero infelice, come frase per rimorchiare.»

«È la verità. Tu non rinuncerai nemmeno a un momento della tua vita per restituire a me la mia. Non è nel mio futuro. Te lo proibisco.»

«Non puoi certo vietarmelo tu, sciocco. Dimentichi che anch'io ho letto la tua storia. "Se ti amasse con tutta la forza della sua anima per una vita intera, non potrebbe amarti quanto io ti amo in un solo giorno". Hai detto queste parole, non è vero?» Le lacrime mi rigarono il viso. Heathcliff mi fissò in un silenzio di pietra. «Non esistono due persone al mondo che condividano un amore del genere. Forse pensi che io non riesca a immaginare cosa significhi perderlo, invece *ci riesco*. So cosa vuol dire veder recidere la propria passione. È come se un pezzo di te stesso fosse stato tagliato e gettato via...»

Le mie parole si interruppero quando la bocca di Heathcliff si appoggiò sulla mia.

24

Il cuore mi balzò nel petto. Tutto il bisogno che avevo dentro emerse sfrigolando, liberandomi della depressione che mi avvolgeva come una seconda pelle. La mia mente urlava che era una pessima idea, ma le mie mani raggiunsero i capelli di Heathcliff e li afferrarono, e il mio corpo si piegò su di lui e mi tuffai nell'abisso di oscurità, disperazione e desiderio che era la sua anima.

Il bacio accese tutto il mio corpo, ogni mio atomo era un bagliore brillante. L'enorme mano di Heathcliff mi prese una guancia, bloccandomi come se si fosse aspettato che fuggissi. *Dovrei fuggire. Dovrei scappare a gambe levate in questo momento.*

Ma come potevo scappare, quando io e quell'uomo eravamo connessi con una forza così ineluttabile, e i nostri corpi e le nostre menti si scontravano con la furia della natura? Ci bevemmo a vicenda, un elisir più potente del vino o delle piccole pillole che una sera io e Ashley avevamo preso a un concerto punk e che mi avevano mandata in una spirale di estasi contemplativa.

Fu come baciare una parte di me stessa, e non in modo triste e narcisistico, ma nel senso di riuscire a vedere quei luoghi oscuri del mio cuore. *Lui è più me stesso di me.*

Dietro di me, Grimalkin miagolava e ci colpiva con il bastone del suo giocattolo.

Heathcliff staccò le labbra dalle mie. L'incantesimo si ruppe. Ci fissammo attraverso il vuoto, lottando entrambi per ritrovare il respiro, il controllo.

Si allontanò, con gli occhi dardeggianti. «Stai lontana da questa stanza,» ringhiò, trascinandomi fuori dalla porta e sbattendosela alle spalle. «E stai lontana da me.»

25

«Tu stai lontano da me,» ringhiai, con il cuore che mi batteva forte contro il petto. «Sei il mio capo. Non puoi fare questo.»

Prima che Heathcliff potesse replicare, gli passai di fianco, dandogli una gomitata nelle costole mentre fuggivo dalla stanza segreta, attraversavo il negozio e scendevo le scale. Il rumore dei suoi stivali rimbombava alle mie spalle.

«Mina, non scappare da me.»

«Mi hai appena detto di andarmene!» urlai, e gli sbattei in faccia la porta sul retro. Mi precipitai lungo lo stretto vicolo, sbucando dall'altra parte della panetteria, di fronte al parco. Lacrime di rabbia mi scendevano sulle guance e le asciugai.

Dove andare? Casa era esclusa. Quel giorno mia madre era a casa e non volevo parlare con nessuno in quel momento. L'unico posto in cui mi sentivo al sicuro ad Argleton era la Libreria Nevermore, e il bacio di Heathcliff aveva mandato tutto all'aria.

Strinsi le mani a pugno, poi le riaprii. *Maledetto Heathcliff. Com'è possibile che si sia ingarbugliato tutto in questo modo?*

Pensavo che Heathcliff potesse essere mio amico. Dio solo

sapeva se ne avevo bisogno. *Ma poi mi bacia e il mio corpo si scioglie e penso a tutte queste* cose *sulle anime e alle righe di un libro...*

«Mina. Ehi, Mina!»

«Non ora, Darren.» Mi asciugai gli occhi e mi voltai verso di lui. Evidentemente era il suo giorno libero, perché indossava un orrendo maglione a righe e dei pantaloni marrone, e aveva i capelli pettinati a casaccio. Aveva gli occhi cerchiati di rosso e la pelle a chiazze. Sotto il braccio portava una borsa marrone del negozio.

«Stavo tornando a casa e ti ho riconosciuta. Sei sconvolta per Ashley.» Sul suo volto c'era un'espressione di preoccupazione. «Lo so. Anch'io. Non sono riuscito ad andare al lavoro da quando l'ho saputo. È che... non riesco a credere che se ne sia andata.»

«Sì, è terribile.» Altre lacrime mi scesero sulle guance: lacrime di colpa. Ashley era morta e io ero sconvolta per un *ragazzo.* Nel frattempo Darren, che per anni era stato il bersaglio degli scherzi e delle derisioni di Ashley, era chiaramente rimasto sveglio tutta la notte a piangere per lei. «Ti prego, Darren, devo andare a casa...»

«Senti, non sto molto bene. Credo che mi aiuterebbe se... se potessi parlare di lei con qualcuno che la conosceva. Ha un minuto per bere qualcosa con me?»

Scossi la testa, non fidandomi di parlare. Il bacio di Heathcliff mi bruciava ancora sulle labbra.

«Non te l'ho mai detto, ma io sono innamorato di Ashley. *Ero* innamorato, credo di dover dire ora.» La sua voce si incrinò. «Non ho mai avuto il coraggio di dirglielo al liceo, e speravo che ora che era tornata qui avrei avuto la possibilità di portarla fuori e dirle quello che provavo. Ora non avrò mai quell'opportunità e io...»

«Non voglio parlare di Ashley, Darren.»

«Mi dispiace, Mina. Certo che no! Eri l'amica più cara che aveva. È solo che... ho bisogno di sentirmi vicino a lei, capisci?»

Sospirai, asciugandomi gli occhi con il dorso della mano. Almeno uscire con Darren mi avrebbe distratto dal pensare al bacio di Heathcliff e a tutti i sentimenti confusi che provavo. «Sì, certo, possiamo andare a bere qualcosa, purché offra tu.»

«Questa viene da un microbirrificio appena fuori città.» Darren scattò una foto della sua pinta con il telefono, poi tirò fuori un taccuino Moleskine malconcio e prese nota. «Dovrebbe essere servita in un bicchiere a stelo non in un boccale, ma alcune persone non capiscono l'importanza di queste cose. Ha un bel corpo, note di caramello e ribes nero. Capisco perché piacesse ad Ashley.»

Gemetti dentro di me. Darren non scherzava quando diceva di essersi appassionato alla birra artigianale. Appena arrivati al Cock & Fiddle, mi aveva pregato di provare la birra locale preferita di Ashley. Io sapevo che a lei non era mai fregato niente della birra artigianale. Era solo che un'azienda di birra le aveva dato duemila sterline per posare in costume da bagno con la loro edizione speciale, e da allora era diventata una sorta di culto tra i fanatici della birra, per cui aveva tentato di cavalcare l'onda. Comunque, ne avevo scelto una a caso, e ora lui la trattava come il Santo Graal. In realtà il drink preferito di Ashley era la vodka al mirtillo, che stavo sorseggiando in quel momento.

Però sentivo solo il sapore di Heathcliff. La sua lingua. Le sue labbra. La sua *Heathcliffità* muschiata e torbata.

Heathcliff mi aveva baciata. Mi aveva *baciata*.

Quel bacio era *tutto*. Non c'era da stupirsi che Heathcliff fosse stato immortalato come il grande antieroe romantico. Non c'era niente di meglio di un ragazzaccio meditabondo per fare aggrovigliare le budella e far infilare una mano nelle mutandine. La sensazione delle sue labbra persisteva ancora, e seminava brividi deliziosi lungo la mia schiena, seguiti da brividi di disgusto.

Era stato il bacio più intenso che avessi mai provato *in vita mia*. Non mi sarei dovuta sorprendere. Avevo letto *Cime tempestose* abbastanza volte da sapere che Heathcliff amava e odiava con la stessa intensità. Il modo in cui parlava del suo amore per Cathy...

Cathy.

Le mie parole dure mi tornarono alla mente insieme a paure segrete. Heathcliff aveva lasciato il libro dopo aver scoperto che Cathy intendeva sposare Linton. Non aveva mai vissuto la sua morte. Non aveva mai dovuto perderla. Il che significava che in fondo alla sua testa, indipendentemente da ciò che provava per me o da quanti baci ci eravamo scambiati, rimaneva il pensiero che *forse* anche lei sarebbe uscita dal libro e *forse* in questo mondo lui avrebbe potuto salvare la loro relazione, avrebbero potuto avere il loro lieto fine e lui non sarebbe diventato Heathcliff lo psicopatico.

Aveva il vantaggio di poter leggere nel futuro e vedere tutti gli errori commessi. Aveva la possibilità di rifare tutto da capo. Se fosse stato necessario, se avesse dovuto scegliere tra me e Cathy, ovviamente avrebbe scelto lei. Certo. Cathy *era* Heathcliff.

Ecco perché ha interrotto il bacio, ecco perché mi ha detto tutte quelle cose, perché per lui non sono altro che una distrazione.

Spinsi la sedia all'indietro. «Darren, devo andare. Mi dispiace.»

«Ma non hai nemmeno finito il tuo drink!» Darren batté il

suo blocchetto. «Volevo avere i tuoi appunti sulle birre preferite di Ashley per aggiungerli al mio Instagram. Ne ho aperto uno, sai, ispirandomi a lei, per diventare un influencer nel settore della birra artigianale.»

«Sai una cosa? Sembra che tu conosca Ashley meglio di me.» Afferrai la giacca. «Mi dispiace, Darren, devo andare.»

26

Quella notte avevo faticato a prendere sonno mentre rivivevo quel bacio, arrabbiandomi sempre di più. Heathcliff *non aveva alcun diritto*. Non gli *piacevo* nemmeno. Si lamentava, brontolava e gemeva ogni volta che parlavo. Mi aveva baciata per un solo scopo: farmi tacere, distrarmi dai libri dell'occulto e da qualunque segreto non voleva che scoprissi.

Eppure, le parole di Quoth mi erano rimaste in testa. "Dovresti abbracciare il caos. Non succede niente se non si sa cosa si vuole."

Volevo l'Heathcliff dei libri, ma chi era il *mio* Heathcliff?

La mattina dopo mi presentai in cucina con gli occhi assonnati. Mia madre era appoggiata pesantemente sul tavolo, accigliata e sul punto di sfondare la calcolatrice a forza di batterci sopra. «Ti hanno pagato questa settimana, tesoro? Sono un po' a corto di soldi per l'affitto mentre cerco di fare decollare la mia attività sostenibile.»

«Pensavo che ieri avessi venduto due dei tuoi apparecchi.»

«Vero, ma il profitto delle prime quaranta unità serve a

pagare l'investimento di partenza. Non appena ne avrò vendute altre trentotto, saremo in attivo.»

«Se lo dici tu, mamma.» Misi il pane nel tostapane e lo feci partire. «Heathcliff non mi ha ancora pagato.»

«Beh, fatti pagare oggi, no? Fai la brava.» Mi passò il burro di arachidi. «Te li restituirò non appena la mia attività decollerà.»

Fantastico. Ora non solo dovevo lavorare insieme a Heathcliff nell'imbarazzo del dopo-bacio, ma dovevo anche chiedergli dei soldi.

Nel tragitto verso la libreria, mi fermai alla panetteria per prendere il solito caffè. Aggiunsi dei croissant e degli scone ai datteri. Tanto valeva lisciarselo bene. Mentre aspettavo in fila che i croissant venissero tostati, entrò Jo, con i suoi anfibi viola che lasciarono delle impronte di fango sul tappeto. «Buongiorno, Greta. Prendo il solito, grazie, e un caffè da portare via. Ho un cadavere fresco in arrivo...»

Si fermò di colpo quando i suoi occhi incontrarono i miei. Chinò il capo e si affrettò verso l'altro lato della stanza, a fissare lo schermo del telefono, ogni fibra del suo corpo che mi diceva che non voleva parlarmi.

Il cuore mi finì sotto le scarpe. Che ne era stato del caffè che dovevamo prendere al suo ritorno da Londra?

Sapevo cosa era successo. *Distanza professionale.* La polizia aveva nuove prove. Ora mi vedevano come la sospettata principale.

Sarò incolpata anche per il cadavere che Jo avrà oggi nella camera mortuaria?

Con il cuore in gola, presi caffè e cibo e mi affrettai verso la libreria. Arrivata alla porta, appoggiai il vassoio per inserire la chiave. Un odore di birra stantia e di uova marce mi colpì le narici. Una mano pallida uscì dai cespugli e mi afferrò il sacchetto dei croissant.

«Togli le mani da lì!» esclamai.

Una testa spuntò di scatto dai cespugli, con una espressione di colpa e di vergogna. Era il senzatetto Earl Larson, l'uomo che eravamo certi fosse nel negozio la notte dell'omicidio di Ashley.

È stato lui. Certo che è stato lui.

Lo stomaco mi si rivoltò mentre fissavo gli occhi di un assassino. Divisa tra rabbia e terrore, mi bloccai. Earl ne approfittò per prendermi il sacchetto con il cibo.

«Ehi!» Gli afferrai il polso, sbattendoglielo su e giù finché non mollò la presa. «Devo parlarti.»

«Lasciami. Non ho fatto niente!» Si strinse la mano, con gli occhi impauriti. Mantenni la presa salda intorno al suo polso magro, sorpresa di quanto fosse esile. Mi costrinsi a ignorare l'empatia che mi saliva dentro. *Quel tizio aveva ucciso Ashley.*

«Tu eri qui l'altra sera quando è stata uccisa Ashley.»

«Ho già detto alla polizia che non ho visto nulla!» Ritirò il polso con uno strattone, strappandolo alla mia presa. Prese le borse e si allontanò, continuando a voltarsi verso di me.

La mia mente si agitava, soppesando le possibili azioni. Il volto ansioso di Jo mi balenò nella mente e presi la mia decisione. Spalancai la porta d'ingresso e urlai: «C'è il caffè,» poi posai il vassoio sul pavimento e mi avviai per la strada seguendo Earl.

Sbirciai intorno alla panetteria. Earl si muoveva lungo la strada principale, sgattaiolando tra i pedoni e sbirciando nelle vetrine. I proprietari dei negozi uscivano per scacciarlo. Lui si guardò alle spalle, ma io mi appiattii contro il muro. Quando sbirciai di nuovo dietro l'angolo, lui era in piedi fuori dal supermercato a fissare la vetrina. Una donna uscì dal negozio e gli disse qualcosa di sgarbato, ma lui non si mosse, non reagì.

Infilò una mano in tasca e assunse un'espressione determinata. Spalancò la porta del supermercato ed entrò.

Con il cuore in gola, avanzai lentamente oltre l'angolo del

muro e sbirciai dalla vetrina. Earl si aggirava per i corridoi, prendendo delle scatole e tenendole contro il petto. Aveva le labbra che si muovevano in una continua conversazione con se stesso. Più e più volte infilò la mano nella parte anteriore della giacca.

Aveva dei soldi in tasca. *I soldi di Heathcliff.*

La rabbia mi ribolliva dentro quando Earl si avvicinò al bancone con un paio di scatole. Tirò fuori dalla tasca una manciata di banconote accartocciate e le gettò sul bancone. L'uomo alla cassa prese ogni banconota tra pollice e indice, come se potesse esplodere, e depose il denaro nel cassetto. Earl infilò le scatole nel soprabito e uscì di corsa.

Proprio addosso a me.

Io lo afferrai per il bavero e lo sbattei contro il muro. Da vicino, l'odore di birra stantia sovrastava il suo solito aroma di rancido. «Dove hai preso quei soldi?»

«La fatina dei denti.»

«Non sto scherzando, amico. La polizia pensa che io abbia ucciso Ashley. So di non averlo fatto, e so anche che tu eri lì quella sera, e che la persona che l'ha uccisa forse sapeva che aveva molti soldi. Quindi, se non vuoi che ti trascini laggiù e dica loro queste cose, è meglio che tu mi dica chiaramente cosa sta succedendo.»

«Va bene,» urlò Earl, tremando da capo a piedi. «Sono stato io. Ho preso io i soldi dalla cassa! Ma non ho ucciso quella ragazza. Non l'ho nemmeno toccata. Non ho mai fatto del male a nessuno.»

«Allora perché hai derubato Heathcliff? Lui è stato gentile con te e tu ti sei approfittato di lui.»

«Non volevo, lo giuro. Mi piace il signor Heathcliff. È buono con me, mi fa sedere nel suo negozio a leggere i libri. Ma ti ho vista entrare e ho pensato che sarebbe stato bello dormire al caldo e sono rimasto seduto nella mia poltrona, e ho continuato a pensare ai soldi, e che non era necessario che lui venisse a sapere che ero stato io.»

«Scommetto che Heathcliff ti avrebbe dato dei soldi, se solo li avessi chiesti.»

«Non è per me, vedi.» Earl aprì un lembo del cappotto. Dentro, avvolta in un groviglio di stracci, c'era una minuscola palla di pelo grigio. Due occhi luccicanti mi scrutavano e la bocca si aprì a rivelare una linguetta rosa. Un gattino.

«Miao?» miagolò, inclinando la testa di lato. Poi spalancò gli occhi.

«Oh, che adorabile! «Gli toccai la morbida guancia, sperando che poi Grimalkin non sentisse l'odore del mio tradimento. *Non c'era da stupirsi che avesse la mano nella giacca e che stesse leggendo quel libro sui gatti, e non c'era da stupirsi se Grimalkin gli aveva sibilato contro quando era nel negozio. Doveva aver sentito l'odore del gattino.*

«Il veterinario dice che è malato e ha bisogno di un cibo particolare,» disse Earl, mettendomi tra le mani una delle scatole che aveva appena acquistato. «E quello strano ragazzo del supermercato vive proprio sopra la macelleria, quindi potrebbe scoprirmi, se rubassi. Quindi ho bisogno di soldi per pagarlo, ma non voglio chiederli a Heathcliff perché è già stato così gentile con me. Non ho ucciso io quella ragazza e non ho visto nulla.»

«Ma tu eri nel negozio nello stesso momento in cui c'era lei! Devi aver visto o sentito *qualcosa*. Ashley era già dentro quando sei entrato, oppure è arrivata dopo di te?»

«Non c'era nessuno in giro,» disse. «Ma ho incrociato una ragazza che stava fuori. Toccava lo schermo del telefono e guardava in su verso le finestre.»

Ashley.

«Hai visto qualcun altro?»

«No,» rispose. «Mi sono fermato sotto quel lampione di

fronte alla macelleria per contare i soldi. Non è passato nessuno.»

Il gattino puntò gli artigli nel trench di Earl e si arrampicò sul suo braccio per andare a picchiettare sulla scatola. «Oh, vuole mangiare.»

Io arretrai. «Allora è meglio che tu gliene dia. Mi dispiace di averti approcciato in questo modo. È solo... che ho paura di essere accusata di un omicidio che non ho commesso.»

«Va bene.» Si strinse nelle spalle. «So cosa vuol dire quando la gente pensa male di te. Molti pensano che io sia una persona cattiva. Io sono una brava persona, signorina, solo che non ho un tetto sulla testa. E poi, puzzo di birra, ma non bevo neanche. Qualcuno ha gettato un paio di lattine nello scolo fuori dal negozio, e ieri le stavo mettendo nel bidone e mi sono sporcato tutto.»

«Ti credo, Earl. Se tu e il tuo amico gattino avete bisogno di un posto tranquillo per leggere, venite pure,» gli dissi, sentendomi in colpa per aver dato per scontato così tanto su di lui.

«Non preoccuparti, la mia fortuna girerà presto. Proprio l'altro giorno una donna ha tenuto una presentazione giù al rifugio, e aveva queste macchine vibranti per fare ginnastica e spiegava come aveva fatto i milioni vendendole, e ha detto che io sarei un ottimo venditore.»

Gemetti. «Segui il mio consiglio, stai alla larga da quella donna.»

27

Heathcliff non può intimidirmi. Sarò inflessibile e farò valere le mie ragioni. È il mio capo. Non è giusto che faccia delle avances del genere a me, e che poi le rigiri come se la persona cattiva fossi io. Non ho intenzione di lasciar correre questa volta. Andrò lì e gli dirò quello che penso, e se questo significa che non potrò più lavorare in libreria o vederlo, allora dovrò accettarlo.

Ignorando il dolore lancinante che avevo nel petto, aprii con forza la porta d'ingresso. «Heathcliff,» urlai, facendo sbattere la porta dietro di me.

Nessuna risposta. L'unico suono era il debole gorgoglio delle tubature del piano di sopra. Il caffè però era scomparso, quindi almeno sapevo che era nei paraggi.

«Sono venuta a parlare di ieri. Credo che tu sappia quanto sia inopportuno fare delle avances a una dipendente. So che ultimamente le cose sono state stressanti per te, ma solo perché io conosco il tuo segreto e tu il mio non significa che tu possa trattarmi in questo modo...»

«Che cosa ti ha fatto?»

Mi si bloccò il respiro in gola. Morrie era in cima alle scale e si asciugava i capelli con un asciugamano. Non indossava altro che il suo sorriso malvagio. *Afrodite, salvami.*

«Io... ehm...»

«Non è qui,» disse Morrie. «È sgattaiolato via venti minuti fa, borbottando qualcosa su qualche appuntamento. A giudicare dal fumo che ti esce dalle orecchie, credo che volesse allontanarsi dalla linea di fuoco. Ripeto, che cosa ha fatto?»

«Ho davvero bisogno di parlare con Heathcliff.»

«Non essere così triste. Ci sono io, e passeremo una giornata fantastica. Anche per me ieri è stato terribile. Ho passato tre ore a cercare di introdurmi nei grandi magazzini solo per scoprire che quegli anelli sono così popolari che non c'è modo di scoprire da quale punto vendita provengano, né chi li abbia acquistati. Ma oggi andrà meglio! Cominciamo a riordinare tutti i libri in modo che siano in ordine alfabetico fino alla terza lettera del nome dell'autore. Oh, oppure...» I suoi occhi brillavano di malizia mentre scendeva le scale. «Potremmo incollare tutti i mobili al soffitto.»

Sbuffai. «Ti prego, Morrie, per favore. Io...»

«Che cosa ha fatto?» Morrie era a soli pochi metri da me. Così da vicino, sentivo distintamente il suo profumo fruttato, il che mi riportò direttamente a quel vicolo di Londra, alle sue labbra sulle mie e alla sua mano nei pantaloni che mi toccava finché il mio corpo non aveva avuto un brivido e io il miglior orgasmo della mia vita. Mi si rivoltò lo stomaco e fissai il suolo. Errore enorme. Gli occhi mi si riempirono della visione di cosce muscolose e del più grande cazzo semi-eretto che avessi mai visto.

Alzai di scatto la testa e mi concentrai su un punto della parete dietro il lobo dell'orecchio di Morrie. *Calmati, respira.* «Io... abbiamo avuto un disaccordo,» riuscii a dire, quasi soffocandomi.

«Un disaccordo? Non la volevi, la sua lingua in gola?»

Morrie mi si avvicinò. Il calore si sprigionava dal suo corpo. «Non sembra una cosa da te.»

«Come lo sai?»

«Non lo sapevo. Ho tirato a indovinare e tu ha confermato la mia supposizione.»

Cazzo, Morrie. «Dovresti metterti qualcosa addosso. La porta è aperta. Potrebbe entrare un cliente da un momento all'altro.»

«Perché? Tu non vuoi che mi rivesta.»

Il calore mi fece avvampare le guance. «Certo che lo voglio.»

«Fidati di me. Il rossore sulle tue guance, il respiro accelerato, il lieve cambiamento del tuo profumo quando entrano in azione i tuoi feromoni... È una semplice deduzione.» Morrie mi si avvicinò, senza toccarmi, ma tenendosi così vicino che mi sembrava di toccarlo. Se mi fossi appena sbilanciata in avanti saremmo rimasti incatenati l'uno all'altra, avvinghiati dall'attrazione magnetica tra di noi.

Il tempo si fermò. Mi concentrai sul mio respiro. *Inspira. Espira. Inspira. Espira.*

Il sorriso malvagio di Morrie racchiudeva il mondo intero.

«Cosa... hai intenzione di fare?» sussurrai.

«Niente,» disse lui. «Finché tu non farai la tua mossa. Non ti toccherò finché non mi implorerai, Mina. Ma ti garantisco che lo farai.»

Non ti toccherò finché non mi implorerai, Mina. Per Iside, il mio nome sulle sue labbra era pura gloria.

Cercai di ridere, ma mi uscì una specie di strillo acuto. «È ridicolo. Ti conosco appena e tutto quello che so mi suggerisce di scappare.»

«Ti piace scappare dai tuoi problemi, vero?» disse ridacchiando, e anche se mi stava prendendo in giro, il suono mi provocò un brivido di piacere. I miei capezzoli si indurirono e le punte andarono a sfiorargli la pelle. Mi sentivo sempre più calda. *Astarte, aiutami tu, sto per venire proprio qui.*

«È complicato.» Il nome di Heathcliff mi girava in testa, ma mentre lo stomaco mi si chiudeva e la mia temperatura interna aumentava, faticavo a ricordare perché avevo bisogno di parlargli.

«Non dal mio punto di vista,» sussurrò Morrie. «Basta che tu faccia la tua mossa e le cose diventeranno squisitamente semplici.»

Non guardare in basso, non guardare in basso, non guardare...

Abbassai lo sguardo.

Il cazzo di Morrie scattò sull'attenti, sporgendo come un soldatino in missione. Lungo come il mio avambraccio e duro come una roccia.

Eccitato per me.

Lui vuole me.

Sa dei miei occhi, e mi vuole lo stesso.

Sa che sono un fallimento e che ho rinunciato al mio sogno, e mi vuole.

Sa che ho baciato Heathcliff, e mi vuole.

Sa che sospettano che abbia ucciso la mia migliore amica, e mi vuole.

«Ho paura,» sussurrai.

«L'altro giorno, nel vicolo, non avevi paura.»

«Era diverso. Prima...»

«Prima che Heathcliff ti baciasse e scappasse con la coda tra le gambe?»

Annuii, non fidandomi di parlare.

«Dolce Mina, è scappato via solo perché ha paura, come te. Ma le uniche persone qui ora siamo io e te. Ti sembra che io abbia paura che tu mi morda? Io *spero* che tu mi morda.»

Mi ricordai del vicolo, di come mi aveva messo la mano in

bocca, di come io avevo morso la sua pelle per contenere quella tigre che voleva uscirmi fuori. «Ti voglio,» sussurrai.

«Più forte. Sono un po' duro d'orecchi.»

«Ti voglio.» Avevo tutto il corpo in fiamme, che vibrava.

«Per fare cosa?»

Perché è così eccitante? «Voglio che mi baci.»

«E?»

«E... forse qualche altra cosa.»

«Vuoi essere precisa, o devo usare la mia immaginazione?»

«Mmm.»

«Bene.» Morrie si dondolò sui talloni, avvinghiando il suo corpo nudo intorno a me, l'erezione che mi premeva tra le gambe. «Perché ti ho immaginata nuda e sotto il mio potere fin dalla prima volta che ti ho vista.»

Morrie reclamò le mie labbra. Il suo bacio mi divampò dentro: un incendio che mi saltava da un arto all'altro, animato dal carburante della mia incertezza. Il bacio di Morrie mi accese dentro e fuori.

Le sue mani mi afferrarono le braccia, bloccandomele lungo fianchi mentre mi spingeva all'indietro lungo il corridoio, contro la libreria. Ogni passo, ogni movimento, era misurato e controllato, in lotta con il fuoco che minacciava di sopraffarlo. Morrie interruppe per un istante il bacio per allungare la mano e far scorrere il catenaccio sulla porta d'ingresso. Poi tornò a baciarmi finché io non rimasi ansimante, senza fiato.

«Sembra che siamo arrivati allo scaffale della poesia,» borbottò Morrie, passandomi le dita sui seni. I miei capezzoli spuntavano da sotto la camicia. *È una follia. Perché lo sto facendo? Questo è James Moriarty. Quel James Moriarty.* Ma per quanto mi impegnassi, non riuscivo a staccare le mie labbra dalle sue, né a impedire che il mio corpo rabbrividisse di gioia mentre lui mi accarezzava i capezzoli con le dita.

Morrie mi tolse la giacca e mi sfilò il maglione da sopra la testa. Allungando una mano dietro di me, estrasse dallo scaffale un volume sottile. «Ah, John Donne. Questo andrà bene.» Sfogliò le pagine con me che aspettavo, le mutandine già bagnate.

La mia mente si contorceva. *Sono qui mezza nuda, con il corpo in fiamme, e lui legge?*

Morrie si fermò a una pagina. Mi portò una mano dietro la schiena e mi slacciò il reggiseno. Mentre questo cadeva, lui mi afferrò un capezzolo e lo pizzicò tra le dita recitando:

«Nudità completa! Da te ogni gioia proviene.

Come anima priva di corpo, il corpo nudo sia, orbene,

Per il supremo godimento. Le gemme che voi donne avete tra le mani

Sono pomi di Atlanta, lanciati agli umani,

Tal che quando l'occhio stolto su una gemma scende,

l'anima terrena non la donna, ma la gemma, pretende.

Come dipinti e variopinte copertine generate

Per profani, sono le donne tutte agghindate;

Esse stesse libri mistici che solo noi (di tanta grazia onorati) vedremo rivelati.

Poiché questa è la mia verità,

come a una levatrice mostrati in generosità.

Getta tutto, liberati di questo bianco tessuto:

Nessun castigo è all'innocenza dovuto»

Mentre Morrie pronunciava l'ultima battuta, mi fece scivolare la mano sotto il cinturone e mi spinse un dito contro il clitoride. Ero così eccitata che bastò quel piccolo tocco per mandarmi oltre il limite. Mi appoggiai allo scaffale, percorsa da un orgasmo.

Porca puttana.

Ritiro tutto. Avere un uomo con una voce come quella di Morrie che recita poesie mentre ti tocca dappertutto è la cosa migliore in assoluto.

Morrie mi strinse a sé finché non mi afflosciai contro di lui. «Non ho minimamente finito con te, bellezza,» mormorò, le labbra appoggiate alle mie.

Mi abbassò i jeans e le mutandine lungo le gambe, lasciandole cadere a terra. Con movimenti lenti delle dita risalì lungo le cosce e mi sfiorò la fessura umida. Per poco non venni di nuovo in quel momento, fissando i libri di poesia sugli scaffali.

«Sei così vestita,» mi disse sorridendo. «Concedi il permesso alle mie mani erranti e lasciale andare. Davanti, dietro, in mezzo, sopra, sotto.»

«Ti prego,» implorai.

È una follia. Ieri mi ha baciata Heathcliff e ora sono qui con Morrie. Non posso...

Ma il pensiero volò subito via, così come era arrivato. Morrie sfogliò un'altra pagina del libro e, chinandosi tra le mie gambe, iniziò a leggere.

Mi fece scivolare dentro un dito, spingendolo al ritmo della poesia. Quando mi premette le labbra sul clitoride ebbi un sussulto. Lui continuò a parlare, con le parole attutite dai colpi della lingua, i movimenti e le oscillazioni che scandivano antiche parole di desiderio.

«Oh, oh, cazzo... Morrie...» Non riuscivo a respirare, non riuscivo a pensare. Sentivo una pressione in tutto il corpo, un desiderio profondo che mi premeva contro la pelle, dal di dentro. Fino a quando non scoppiò, e fiamme rosse e brillanti mi danzarono davanti agli occhi. Morrie mi tenne le gambe mentre il mio corpo si trasformava in gelatina.

«Oh, wow... Morrie... ti prego... Morrie,» mormorai, appoggiandomi di peso a lui. Non avevo mai avuto due orgasmi di fila così. Mai. Ma il secondo... come aveva fatto?

Lui ridacchiò. «Ti ho detto che avrei fatto in modo che mi implorassi.»

Morrie mi sollevò senza difficoltà, con le labbra sempre appiccicate alle mie. Mi cullò, tenendomi stretta tra le braccia forti.

«Dove lo vuoi?» Morrie mi sussurrò contro le labbra. «Addosso agli scaffali? Sulla scrivania di Heathcliff? Potremmo essere davvero perfidi e scopare nella sezione Religione.»

«E la stanza di sopra?» mormorai, avvolgendogli le braccia intorno al collo. «Quella con il letto a baldacchino e il bagno elegante?»

Morrie si tirò indietro, la bocca serrata in una linea. «Sei entrata lì?»

«Sì, quando stavo cercando Quoth. Ho fatto male?»

«Forse.» Morrie mi baciò di nuovo. «Va bene così. Mi piacciono le ragazze cattive. Ma non lo faremo lì dentro.»

«Perché...»

Emisi un urlo quando Morrie mi girò e mi lasciò cadere sul tappeto, per poi far scorrere le mani lungo la curva del mio sedere. Mi inginocchiai e mi aggrappai alla balaustra mentre lui mi si infilava tra le cosce. Sentii il rumore della carta della bustina del preservativo. *Ma dove ce l'aveva un preservativo?* Non riuscii a elaborare il pensiero, perché la sua punta mi penetrò.

Le sue dimensioni mi sconvolsero, facendomi uscire il fiato dai polmoni nell'affondare di un altro centimetro, e poi un altro ancora, aspettando che mi adattassi prima di spingere più a fondo. *Doveva entrarmi tutto dentro, adesso.*

Invece no, ce n'era ancora, molto di più. Lo presi e lo strinsi, e non mi ero mai sentita così piena, così soddisfatta, così *vogliosa.*

Morrie si sfilò e poi lentamente, molto lentamente, mentre espiravo, mi scivolò di nuovo dentro. Nell'accoglierlo, strinsi la balaustra e il mio corpo si rilassò e si abbandonò a lui.

Di nuovo fuori. Di nuovo dentro. Lento, languido e sexy. *Oh, così sexy.*

Sbirciai da sopra la spalla e registrai la sua espressione. Un velo di intensa concentrazione mascherava la bestia che c'era sotto. Morrie lottava con le sue due nature gemelle: il controllo e il caos.

Avevo visto il controllo. Ora volevo il caos. Volevo tutto quello che aveva da darmi.

«Morrie,» sussurrai. «Basta essere così gentile. Voglio essere scopata.»

Il suo respiro mi accarezzò la schiena. «Bellezza, pensavo che non me l'avresti mai chiesto.»

Mi penetrò con forza, spingendosi il più possibile dentro di me, andando a toccare tutti i punti giusti. Avevo le ginocchia che bruciavano per l'attrito sul tappeto. Mi aggrappai alle scale, Morrie che spingeva con tutta la sua potenza e la sua forza. Mi afferrò i capelli, tirandomi indietro il capo per andarmi a raschiare la clavicola con i denti.

Io spinsi con il bacino verso di lui, facendolo entrare più a fondo, sentendo su di me il calore della sua pelle.

«È da quando ti ho vista che volevo farlo,» mormorò contro il mio lobo, mentre mi faceva scivolare le mani tra le gambe. Mi toccò il clitoride e io venni di nuovo, il mio corpo che si stringeva intorno al suo cazzo. I suoi denti mi strisciarono sulla pelle e anche lui sussultò, raggiunto l'orgasmo. Si raggomitolò stringendomi, crollando contro di me, pelle contro pelle, entrambi sudati.

Che cosa ho fatto?

«Non sarò mai più in grado di leggere John Donne allo stesso modo,» ringhiò una voce cupa alle mie spalle.

Heathcliff.

<h1 style="text-align:center">28</h1>

Mi girai di scatto, con il cuore in gola.

No, non Heathcliff. Lì, sulle scale, sedeva Quoth nella sua forma umana, con la pelle luminescente contro i pannelli di legno scuro.

La mia mente si arrovellò. *Ci stava guardando?*

E poi, un altro pensiero, che mi sorprese e mi terrorizzò. *Gli è piaciuto quello che ha visto?*

Con il volto arrossato dal calore, mi affannai a cercare i vestiti. *Chi è questa persona e che cosa ha fatto a Mina Wilde?*

Non ero io. Scopare con uno sconosciuto nel bel mezzo di una libreria dove chiunque poteva entrare o guardare dalle vetrine non era il genere di cose che avrei fatto io.

Ma Morrie *non era* un estraneo, il che era *peggio*. Lui era James Moriarty, e io lo conoscevo da sempre perché faceva parte dell'altro mondo che abitavo, quello dei libri e dell'immaginazione, dove potevo essere l'eroina invece che la vittima.

E questa eroina ha appena fatto sesso con il cattivo.

Passai di fianco a Quoth e mi diressi al piano di sopra. «Ho bisogno di un momento,» gridai mentre entravo nel loro

245

appartamento incespicando. Spinsi la porta del bagno, ma fui colpita dall'odore e la richiusi.

Infilai la mano nella maniglia della camera degli ospiti, quella con il letto a baldacchino. Pensai a ciò che Quoth aveva detto il giorno prima, al modo in cui Morrie aveva reagito quando l'avevo suggerita come luogo per il nostro incontro. Ma era qui, e loro non c'erano. Girai la maniglia.

La porta non si muoveva. Era chiusa a chiave. Ma chi l'aveva chiusa? *L'hanno fatto per farmi stare fuori da questa stanza? Cosa ci tengono qui dentro?*

«Ehi.»

Mi girai di scatto. Quoth era in piedi nel corridoio. Si era messo una maglietta nera di una band chiamata Blood Lust. Mostrava una donna con un fluente abito rosso in piedi davanti a un'inquietante villa gotica coperta di rampicanti.

«Aahh!» Mi nascosi le parti intime con la camicia. «Non sono vestita.»

«Lo vedo.»

«Qualcuno ha chiuso a chiave questa porta.» Non riuscii a mascherare il tono accusatorio nella mia voce.

Quoth scosse la testa. «È sempre chiusa a chiave.»

«Ma allora come...»

«È una cosa che devi chiedere a Heathcliff.» Distolse lo sguardo e lo puntò al soffitto. «Sono venuto quassù per scusarmi con te. Inoltre, se vuoi puoi usare la mia stanza per cambiarti.»

«Lo apprezzo, ma credo che...» Lasciai cadere i vestiti a terra e mi infilai il reggiseno, meglio farlo prima che mi vedesse il resto del quartiere.

«Non volevo spiarti,» disse Quoth. «Ho sentito un rumore come di qualcuno che urlava, così sono sceso per vedere se stavi bene, ed eri lì. Non ho visto molto, se è questo che ti preoccupa. Il culo bianco di Morrie copriva la maggior parte della visuale.»

«Non è colpa tua.» Avevo le guance in fiamme. Non potevo credere che mi avesse visto.

«Sono stato irrispettoso. Mi scuso.»

«Non c'è problema. Io...» Mi ingobbii, intristita. «Non so cosa diavolo sto facendo.»

«Lo so. Ieri sera Heathcliff delirava di averti baciato.»

«Davvero?» *Quindi è per questo che Morrie lo sapeva. Bastardo bugiardo.* «Che cosa ha detto?»

«In pratica, che si è comportato da vero idiota. In verità, credo che abbia un po' paura di te.»

«L'ha detto anche Morrie. Perché?»

«Perché pensava non avrebbe provato più niente per nessuno dopo aver perso Cathy, dopo aver letto quello che le era successo. E invece sei comparsa tu e ora non sa più cosa pensare.»

«Stai dicendo che gli piaccio?»

«Molto,» sussurrò Quoth, con un'ombra scura che gli passava negli occhi.

Io mi presi il viso tra le mani. «Fantastico. Quindi il mio capo ha una cotta per me e io sono appena andata a letto con il suo amico. Ho incasinato tutto.»

«Non è così. Questa non è una libreria qualunque. Piaci a Heathcliff. Piaci a Morrie. Entrambi lo sanno, ma nessuno dei due vuole entrare in competizione per il tuo affetto. A loro interessa solo che tu sia felice e al sicuro.» Quoth fece una pausa. «Piaci anche a me.»

Alzai la testa di scatto, ma Quoth era scomparso. Una sola piuma nera svolazzò a terra.

29

nche tu mi piaci.

Mi accasciai sulla pila di libri sul tavolo scheggiato. Avevo deciso di affrontare il mio progetto artistico sui libri da aeroporto per distrarmi dalla Libreria Nevermore, ma non stava funzionando. Ero riuscita solo a fare tre gru di origami e a ossessionarmi con le parole di Quoth. Cosa stava dicendo, che loro tre sarebbero stati felici di... condividermi? Esisteva una cosa del genere?

Presi il telefono e iniziai un messaggio ad Ashley. <Ho bisogno del tuo aiuto. Io...>

Merda.

Non posso scrivere ad Ashley.

Ashley è morta.

Venni colpita da un'ondata di dolore. Negli ultimi mesi ero stata così occupata a essere arrabbiata e ferita, che non avevo pensato a tutto ciò a cui avevo rinunciato rifiutando di perdonare Ashley, e ora... non l'avrei mai più fatta ridere così tanto da farle venire il singhiozzo, non saremmo mai uscite a bere qualcosa dopo una lunga giornata in ufficio, né avremmo mai ballato fino a distruggerci i piedi all'after-party della Settimana della Moda.

Le ultime parole che le avevo rivolto erano state di rabbia. Forse stava cercando di tornare da me, sperando di porre fine al vuoto che ci separava. Forse mi avrebbe anche confessato di aver venduto i disegni di Marcus se mi fossi comportata da amica, se avessi notato il suo strano comportamento. Ma non avevo voluto notarlo.

Ora è morta. E io mi sto cacciando sempre più nei guai con questi ragazzi, e non ho nessuno con cui parlarne.

Il mio cuore aveva bisogno di lei. Mentre navigavo con il cellulare sul suo feed di Instagram le immagini si confondevano tra le lacrime. Scorrendo le foto di Ashley trovai un'immagine di noi due, che facevamo la linguaccia alla macchina fotografica in posa sulla cima all'Empire State Building.

Ce n'era un'altra: un selfie che la ritraeva seduta alla scrivania in ufficio, sorridente davanti alla macchina fotografica, mentre reggeva una borsa regalo che avevamo ricevuto da un'azienda di trucchi prima dell'ultimo spettacolo di Marcus.

Sembri così felice. Non posso credere che tu abbia rischiato tutto per vendere i disegni di Marcus. Oh, Ashley, perché l'hai fatto? Cosa non mi hai detto?

Il mio dito si soffermò su una foto di Ashley nel nostro vecchio appartamento, con in mano una grande pila di cartelle e documenti, i capelli acconciati di fresco e il vestitino nero aderente sul corpo da urlo. *Me la ricordo questa, era poco prima della cena di gala. Eravamo in ritardo, ma lei mi pregò di farle questa foto.*

Aspetta un attimo...

... ma quello...?

Oh, wow.

Sul bordo dei fogli che Ashley aveva in mano c'era il familiare scarabocchio della firma di Marcus, e anche l'angolo di un disegno. Il mio cuore ebbe un sussulto quando riconobbi i bordi smerlati della giacca di pelle con pelliccia che era stata copiata l'anno prima.

Ashley aveva aggiunto la didascalia: <Mi sto preparando per la grande cena di gala. Ho un regalo speciale, una sorpresa per qualcuno che sarà là. Venite a salutarmi, ma solo dopo che avrò mangiato i miei gamberetti.>

Mi alzai di scatto dalla sedia, facendo cadere colla, forbici e libri dappertutto. La macchina era fuori uso di nuovo, quindi se volevo vedere i ragazzi dovevo andare a piedi. «Mamma, devo fare un salto alla libreria. Non aspettarmi alzata!»

INFILAI la chiave nella porta ed entrai di corsa, con i polmoni che mi scoppiavano. «Morrie, Quoth, venite subito qui. Ho capito...»

Mi fermai di colpo quando la figura scura di Heathcliff apparve sulla porta della stanza principale. Lui mi guardò e le mie parole mi morirono sulle labbra.

«Mina,» disse. «Vieni con me. Ho qualcosa da mostrarti.»

Sorpresa dal brusco ordine, non gli rivelai nulla e lo seguii nella sala principale. Heathcliff si accomodò sulla sua poltrona e mi fece cenno di occupare la sedia di velluto accanto alla scrivania.

«Cos'è questa mostruosità?» chiesi, dando un colpetto a un libro enorme che occupava metà della scrivania.

«È quello che volevo mostrarti. Questo è il *Doomsday Book*.

Registra le proprietà di ogni persona in Inghilterra durante il regno di Guglielmo il Conquistatore.»

«Il titolo suona minaccioso.»

«Si chiamava così perché costituiva quello che era considerato un resoconto accurato delle proprietà e dei valori, in modo che Guglielmo determinasse le tasse dovute sotto Edoardo il Confessore e riaffermasse i diritti della Corona. Le sue decisioni erano inalterabili, proprio come quelle del Giudizio Universale, il *Doomsday*, per l'appunto.»

«E tieni questo tomo a portata di mano per una lettura leggera?»

«Volevo vedere se questa proprietà era registrata.»

«Nel 1086? Ma questo edificio è georgiano e vittoriano.»

«Sì, ma ci sono stati molti edifici in questo stesso luogo. Si possono vedere almeno due diversi strati di muri Tudor nel seminterrato.» Heathcliff aprì la copertina, che colpì la scrivania, sollevando una nuvola di polvere. Fece scorrere il dito su un elenco. «In questo punto nel 1086... c'era l'ufficio di Herman Strepel, libraio e copista. La squadra di Strepel prendeva ordini dai chierici e dai canonici per particolari volumi e poi li faceva comporre nello stile scelto dal cliente. In pratica, l'equivalente medievale di una libreria. Vuoi vedere? Com'è il tuo latino medievale?»

«Il giorno in cui c'era lezione di latino medievale alla scuola di design mi sono sentita male. Perché, ti sembra una notizia strana?»

«Che un edificio abbia la stessa identica funzione per molte centinaia di anni? Un po' strano, sì.» Sbatté il libro, sollevando un'altra nuvola di polvere che mi fece tossire.

Heathcliff si appoggiò alla sedia, con gli occhi rivolti al soffitto. «Mina, io...»

Morrie entrò impettito e gli gettò un braccio intorno alle spalle. Il corvo volò giù dagli scaffali e si posò sull'armadillo.

«Ci hai chiamati a gran voce, bellezza.» Il sorriso di Morrie mi fece stringere il petto.

«All'antipasto del gala c'erano gamberi,» sollevai il telefono. «Ashley era così eccitata perché non aveva mai mangiato gamberi prima. Ne parlava in continuazione e poi si è scoperto che i gamberi erano assolutamente disgustosi. Ma è così che stava mandando messaggi al suo uomo!»

«Come, scusa?»

«Ho capito. Guarda.» Toccai lo schermo. Morrie sbirciò dalla ringhiera per dare un'occhiata al telefono. Heathcliff rimase dov'era, con un'espressione illeggibile. «Sta usando i suoi social. In questa foto dice all'acquirente che si vedranno alla cena di gala e che farà la consegna dopo il primo piatto. Ecco perché cita i gamberi. Scommetto che ci sono anche altri messaggi nascosti nelle foto.»

Scorsi fino alla fine del feed. Mi fermai sull'ultima fotografia, quella che aveva scattato proprio qui il giorno del suo omicidio. L'altro giorno non avevo voluto leggere la didascalia, troppo spaventata da ciò che avrebbe potuto dire su di me, ma ora le parole mi riempivano di una strana euforia.

<Ho lasciato un libro illustrato molto speciale in questa caratteristica libreria della mia città. Ho trovato anche una copia di *High Fashion and the Culture of Excess*, un classico per ogni ragazza alla moda!>

«Ecco come l'acquirente sapeva di dover venire qui a prendere le foto. Seguiva il suo feed di Instagram.» Feci una pausa. «Ma se questo messaggio è corretto, Ashley ha ritirato i soldi e ha lasciato la foto nel pomeriggio, quindi perché era qui quella sera?»

«Forse voleva parlargli, oppure sperava di riavere le foto e di tenersi i soldi?» suggerì Quoth.

Passai il telefono a Morrie. «Puoi trovare l'indirizzo IP di questi commenti?»

«Posso, ma è inutile.» Morrie si mise a digitare qualcosa sul telefono. «È un proxy residenziale. Per rintracciare il vero IP mi ci vorrà un po' di tempo, e anche allora non ci darà nessuna garanzia.»

«E comunque, cosa potremmo fare con l'indirizzo di questa persona?» Mi sfregai la tempia. «Andare a casa sua e picchiarla finché non confessa? Non possiamo certo parlare alla polizia della truffa di Ashley. Non ci crederanno mai se gli presentiamo alcuni disegni e un post su Instagram.»

«Ci deve essere un modo per indurre il responsabile a confessare,» disse Morrie. «La mia nemesi ha ingannato molti dei miei contemporanei in questo modo.»

«Ma come? Ovviamente sa che Ashley è morta. Non è che possiamo mandargli un altro messaggio dicendo... accidenti, ecco! È esattamente quello che possiamo fare.» Lanciai il telefono a Morrie. «Sei già entrato nel suo Instagram, vero? Posso postare qualcosa facendo finta di essere lei?»

Morrie batté alcuni tasti sul telefono e me lo restituì. «Ecco fatto.»

«Mi servono carta e matita. E un posto dove sedermi.»

Senza una parola, Heathcliff passò un braccio sulla scrivania, mandando a terra una cascata di penne, fogli e libri. Morrie afferrò al volo il monitor prima che facesse la stessa fine. Quoth salì di nascosto al piano di sopra e tornò con carta e matite artistiche di lusso. Io mi accomodai sulla sedia di Heathcliff e abbozzai un disegno. Era uno dei miei, per un abito a sirena aderente, con inserti in pelle e pizzo, che corrispondeva allo stile dell'ultima collezione di Marcus. Una volta terminato, ci sistemai intorno alcuni libri, assicurandomi di includere il volume in cui avevamo trovato il denaro. Scattai una foto, aggiunsi un filtro e abbastanza hashtag da farlo sembrare credibile e la caricai sul sito di Ashley.

«È una cosa molto astuta, bellezza,» disse Morrie.

«Ora il tocco finale.» Digitai un messaggio in perfetto stile Ashley. <Ehi, idiota. Sarò anche morta, ma non sono ancora sepolta. Mi troverai sotto la luna piena, nel luogo in cui ci siamo incontrati l'ultima volta. Questa stronza di una zombie è pronta a spaccare qualche culo.>

Premetti "pubblica" e il post apparve nel feed di Ashley. Iniziarono subito ad arrivare like e commenti. «Ecco. Ora, chiunque si presenti qui domani sera, sarà l'assassino di Ashley.»

«Lavoro eccellente, bellezza.» Morrie mi prese tra le braccia e mi premiò con un bacio che mi lasciò senza fiato. La tensione nella stanza si fece palpabile e mi si rizzarono i capelli sulla nuca.

Mi staccai da Morrie e presi la borsa. «È meglio che vada, è tardi e mia madre vuole che le crei una pagina Facebook per la sua attività con gli attrezzi dimagranti.»

«Non andrai a piedi, vero?»

«No, troverò un passaggio. Non sarà economico, quindi sarebbe bello se qualcuno mi pagasse,» dissi lanciando un'occhiata a Heathcliff.

Lui borbottò qualcosa. Chiamai un Uber. Ci sarebbero voluti alcuni minuti per arrivare. Presi un respiro: *ora o mai più.*

Dopo aver salutato Quoth con un abbraccio, presi la mia borsa. «Mi fai compagnia mentre aspetto?» chiesi a Heathcliff.

«Sono occupato.»

«Per favore.»

Heathcliff sospirò, ma si alzò e mi seguì in Butcher Street.

«Ascolta,» dissi prima di perdere il coraggio, quando ci fermammo sotto il lampione. «So che sei arrabbiato con me per ieri, ma non puoi trattarmi così. Per quanto io ami la libreria, non posso lavorare in un posto dove il capo mi ignora e mi evita. Quindi o me ne parli, o domani non mi presento al lavoro.»

«Non sono arrabbiato con te, Mina.» Heathcliff fissò qualcosa dietro di me, nella notte cupa.

«Allora perché mi hai gridato contro?»

«Non importa.»

«Sì che importa. Sei il mio capo. Non capisci che il bacio e questi giochetti cerebrali non sono appropriati?»

«È solo per questo che sei arrabbiata con me, perché sono il tuo datore di lavoro?»

«No. Mi baci e poi mi urli contro così? Presumo di averti fatto arrabbiare o di averti ferito in qualche modo. Al di là di ogni ragionevolezza, io ci tengo a te, okay? Come... come qualcosa più di un capo. E anche questo è un male.»

Heathcliff sospirò. Fissò la luna, con le mani che si stringevano a pugno lungo i fianchi. «Morrie e Quoth non hanno lasciato nessuno dietro di loro. Ma io ho lasciato *lei*, e ogni volta che ti guardo mi sembra di tradirla.»

Eccola qua. «Cathy.»

«Ho letto il mio libro,» ringhiò lui. «So cosa le succede, e cosa succede a me. So che divento un mostro. Ho promesso a me stesso che non avrei mai commesso quell'errore. Se in questo mondo non avessi mai amato, avrei privato il mostro del fuoco di cui si alimenta. Ma poi sei arrivata tu e io... e io...»

Chiudeva e riapriva i pugni.

«Tu cosa?» sussurrai, con il petto che mi si stringeva.

La porta si aprì di botto e il campanello tintinnò.

«Oh, non sono mai stato così felice di avere un cliente,» sbottò Heathcliff, allontanandosi da me e spezzando l'incantesimo che si era creato tra noi. Si precipitò di nuovo verso la protezione che il negozio gli offriva. «Prego, prego. Faccia come fosse a casa sua. Siamo aperti fino a tardi stasera! Tiri fuori il cellulare e si faccia tutti i selfie che vuole. I libri sono da questa parte! Venga a distrarmi con le sue domande insensate!»

Fece un passo nel corridoio e si fermò di colpo. Il mio cuore batteva forte. C'era qualcosa che non andava.

L'ispettore Hayes superò Heathcliff e si diresse verso di me, fissandomi con uno sguardo minaccioso. «Wilhelmina Wilde, lei è in arresto in quanto sospettata dell'omicidio di Ashley Greer.»

30

«Non so che altro dire.» Mi premetti le unghie nel palmo della mano per impedirmi di allungarmi sul tavolo a strozzare l'ispettore Hayes. «Non ho ucciso io Ashley.»

Dopo avermi letto i miei diritti, l'ispettore mi scortò fuori dalla libreria. Tutte le persone del villaggio ancora sveglie a quell'ora uscirono dal pub o si fermarono per strada a fissarmi mentre venivo caricata su un'auto della polizia. Il retro del veicolo puzzava di urina. Per la prima volta in tutta la mia vita, desiderai che mia madre fosse con me.

Alla stazione di polizia mi sottoposi all'esame delle impronte digitali e consegnai loro alcune ciocche di capelli che avrebbero potuto analizzare per estrarne il DNA ed eventuali prove. Speravo che in qualche modo Jo sarebbe stata in grado di provare la mia innocenza, ma a giudicare da come era fuggita dalla panetteria, immaginavo che avesse visto abbastanza per maledirmi.

«Era arrabbiata con Ashley perché aveva perso il tirocinio. Ha scoperto che era tornata in città e l'ha minacciata.»

L'ispettore Hayes mi passò un foglio sul tavolo. Su di esso c'era un elenco di commenti che avevo postato sull'account Instagram di Ashley dopo che lei aveva spifferato di me. A guardarli fuori dal contesto, tutti quei "ti odio" e "spero che ti strozzi con un ravanello" non erano stati una buona idea. (La storia del ravanello era una battuta che capivamo solo noi due, ma ora... sì, effettivamente sembrava una minaccia).

«Ero arrabbiata con lei,» dissi. «Non ero in me. Se ci fa caso, qualche giorno dopo, quando mi sono calmata, ho smesso di fare quei commenti. Controlli le mie ricevute del supermercato. Non ho comprato nessun ravanello.»

«E questi?» L'ispettore fece scivolare sul tavolo un'altra pila di fogli inseriti in custodie trasparenti. I disegni di Marcus. «Li abbiamo trovati nella sua borsa. Può spiegare da dove provengono?»

Merda. Okay, non prometteva nulla di buono.

«Li ho trovati nella borsa di Ashley,» dissi.

«Noi abbiamo cercato nella sua borsa e non abbiamo mai visto questi disegni.»

«Avete cercato nella sua *borsetta*. Io li ho trovati nella sua borsa da viaggio a casa di sua madre.»

«Perché ha frugato nella sua borsa?»

«Rubava i disegni da sotto il naso di Marcus per venderli ad altri stilisti affinché lo battessero sul tempo. I disegni lo dimostrano e credo che sia per questo che è stata uccisa. Stavo cercando di trovare la persona che li comprava. Non è una mossa che farebbe un colpevole.»

«In realtà, cercare di scaricare la colpa su altri è tipico di un colpevole. Si aspetta che crediamo a questa storia inverosimile?»

«È la verità! Chiamate Marcus Ribald: chiedetegli se questi sono i suoi disegni.»

«L'abbiamo già fatto. Ma abbiamo solo la sua parola che li

ha rubati Ashley. Un'ipotesi molto più probabile è che *lei* li abbia rubati e abbia progettato di metterli addosso ad Ashley, vendicandosi di entrambi allo stesso tempo. Solo che l'arrivo dei suoi amici del piano di sopra glielo lo ha impedito.»

«Morrie e Heathcliff sono scesi appena prima di me. Non ho avuto il tempo di fare nulla.»

«Un comodo alibi. Controlleremo le loro dichiarazioni. Immagino che siano fin troppo felici di falsificare la loro testimonianza per una ragazza giovane e carina come lei.»

«Posso provarlo.» Indicai la data nell'angolo in basso. «Marcus datava e archiviava sempre i suoi disegni. Questi sono stati fatti tutti dopo che ho perso il posto al tirocinio. Non ero nemmeno a New York, quindi è impossibile che li abbia rubati io.»

Mi sedetti, aspettando che si scusassero, ma la sergente Wilson non sembrava convinta. «È il tirocinio da cui sei stata licenziata perché molestavi la vittima?»

«Cosa? *No.* Io non ho mai molestato Ashley. Era la mia migliore amica. Marcus non mi ha *licenziata.* Aveva una posizione aperta, e anche se ha ammesso che ero la più qualificata per quel ruolo, ha scelto di assumere Ashley perché io sto diventando cieca.»

Qualcosa sbatté contro la porta. L'ispettore Hayes alzò lo sguardo proprio mentre la maniglia girava e Heathcliff entrava affannato. «Non dire un'altra parola, Mina. Questi agenti non dovrebbero interrogarti senza la presenza di un avvocato.»

«Lei non è un avvocato,» fece notare l'ispettore Hayes.

Heathcliff schiaffò un foglio di carta sul tavolo. «Questa è una copia della mia abilitazione. La vostra segretaria ha già confermato il mio nome sul registro. Questo colloquio è terminato e io ho un incontro con il mio cliente. In *privato*,» aggiunse con un'occhiata che avrebbe potuto affondare mille navi.

L'ispettore Hayes gli lanciò un'occhiataccia, ma fece cenno a Wilson di alzarsi. Uscirono dalla stanza. «Venti minuti,» sibilò l'ispettore a Heathcliff.

«Mi prenderò tutto il tempo che voglio,» ribatté lui, sbattendo la porta così forte dietro di sé da far tremare il muro. Prese il registratore dal tavolo e strappò la cassetta dalla fessura.

Io mi appoggiai a lui, il mio corpo che gli si afflosciava addosso. «Sono felice di vederti.»

Heathcliff si irrigidì sotto il mio tocco. *Dovrai fartene una ragione, amico. Sono una ragazza e ho bisogno di abbracci.*

Dopo qualche istante Heathcliff mi avvolse le braccia intorno alle spalle, riempendomi di cuoio, torba e forza. *Per Iside, mi sta così bene addosso.*

«Non sono mai stato arrabbiato con te,» mi mormorò all'orecchio.

«Lo so. Heathcliff, sei davvero un avvocato?»

«Certo che no. Morrie mi ha falsificato un'abilitazione. Ora,» passò le dita sulle mie nocche, provocandomi un brivido che mi attraversò il braccio e arrivò dritto al cuore, «abbiamo un piano.»

«Certo che l'avete.» Gli diedi una pacca sul braccio. «Visto che dietro tutto questo c'è Morrie, immagino che si tratti di infrangere la legge?»

«Diverse leggi, suppongo. Sii pronta. Quoth verrà a prenderti stanotte. Tra poche ore prenderemo l'assassino e tu sarai di nuovo tra le nostre braccia.»

«Heathcliff, sai che io e Morrie...»

Lui annuì.

«Ti dà... fastidio?»

«Vuoi che facciamo un duello per la tua virtù? Vincerei io, ovviamente, ma da quello che mi dice Morrie non è rimasta molta virtù da rivendicare.»

«No, io...»

Heathcliff mi accarezzò la mano, il gesto più intimo che mi avesse mai fatto. I suoi occhi brillavano di una sorta di stupore. «Prima ti tireremo fuori da questa situazione, Mina. E poi vedremo cosa succederà.»

31

Heathcliff rimase al mio fianco mentre gli agenti terminavano l'interrogatorio. Non che abbiano ottenuto molto dalla sottoscritta, con lui che ringhiava "no comment!" a ogni domanda, con una mano sul mio ginocchio e l'altra che stringeva il bordo del tavolo.

Quando l'ispettore Hayes concluse l'interrogatorio, mi spiegò che mi avrebbe riportato in cella, dove mi avrebbero trattenuto per ulteriori verifiche prima di procedere all'arresto.

Ero perseguitata da visioni di lame che mi squarciavano la pelle, ma quando arrivai alla cella fui felice di scoprire che avrei dormito da sola. Come se avessi potuto chiudere occhio su quella stretta branda di legno in una stanza spoglia che puzzava di urina. Tra le piastrelle del pavimento c'erano delle macchie rosse. Era sangue?

Mi sdraiai sul letto e fissai il soffitto, ascoltando due prigionieri maschi che chiacchieravano nell'altra cella e gli agenti di polizia che rispondevano alle chiamate. Fuori, un cane abbaiava e passavano delle auto. Le contai. Ero terribilmente annoiata.

La mia mente si ribellò all'immobilità della cella. Cercai in ogni angolo della mia memoria volti e nomi di persone dell'industria della moda, o di chiunque fosse in contatto con Ashley, che avrebbe potuto voler distruggere Marcus Ribald.

Era stata Holly? Aveva un alibi per quella sera, ma magari aveva assunto qualcuno. Roger Cox? Non ci stava con la sua storia. Non pensavo nemmeno che fosse stato Earl Larson. Ma chi era entrato e aveva ucciso Ashley? Earl aveva detto che nessuno gli era passato davanti, quindi quella persona era rimasta nascosta nel negozio per tutto il tempo?

E a parte l'omicidio, c'era un mistero ancora più grande. Cosa stava succedendo nella Libreria Nevermore? Heathcliff. Morrie. Quoth. Come facevano a essere reali? Come poteva una persona uscire dalle pagine di un libro e diventare carne e ossa? Tre personaggi sexy da morire dalle penne di tre dei miei autori preferiti.

Era quasi come se qualcuno li avesse scelti apposta per me.

Un'agente donna mi portò la cena: un panino al prosciutto e formaggio con del pane vecchio e del succo d'arancia acquoso. Mangiai tutto di gusto.

Mi sdraiai sul letto e guardai la luce fuori che passava dal grigio al blu pallido della luna. *Scratch, scratch, scratch.* Qualcosa di appuntito raschiava contro il cemento. Mi alzai sul letto e scrutai la finestra. «Quoth, sei tu?»

«Cra,» rispose il corvo. Il mio cuore ebbe un sussulto. Un paio di chiavi caddero dalle sbarre e atterrarono sul letto accanto a me.

«È fantastico, ma come faccio a superare le guardie?» sussurrai dal finestrino.

Nessuna risposta. «Quoth?»

Ancora niente.

Immagino di dover scappare via. Perché hanno pensato che sia una buona idea?

Perché sono stata io a fare il post su Instagram e se l'assassino viene dal mondo della moda potrei essere io l'unica in grado di identificarlo. Devo esserci, per il bene di Ashley. Se lo merita.

Fantastico. Fissai le chiavi che avevo in mano. *Credo che lo farò. Mi metterò in un mare di guai.*

Armeggiando nel buio, riuscii far passare la mano tra le sbarre e a inserire la chiave giusta nella serratura, dall'esterno. La chiave girò facilmente e la porta della cella si aprì con un cigolio che mi fece tremare i timpani. La trattenni, il cuore che mi batteva all'impazzata.

Dieci secondi. Venti secondi. Nel corridoio non si muoveva nulla. I ragazzi nella cella accanto a me continuavano a russare.

Tornai di corsa al letto, mi tolsi la felpa e i jeans e li sistemai insieme ai cuscini sotto la coperta logora, in modo che sembrassero una persona che dormiva. Aprii la porta quel tanto che bastava per passare, poi la riaccostai e la chiusi a chiave.

Mi mossi silenziosa nel corridoio, fermandomi davanti alla porta dell'altra cella. Trattenni il respiro e attraversai l'apertura mantenendomi vicinissima al muro. Il ritmo del russare non cambiò.

Un ostacolo superato, ora le guardie.

Il corridoio terminava con una tromba delle scale. In cima c'era l'agente in servizio. Salii di soppiatto la prima rampa, mi appiattii sul muro e sbirciai dietro l'angolo. L'agente era seduto dietro la scrivania a studiare delle carte. Si fermò per bere un sorso di caffè. Un'ombra si mosse dietro la sua testa.

Cosa...

Un corvo volò giù dalla cima dello schedario, sbattendogli le ali in faccia. «Aahh, ma che diavolo!» Barcollò dalla sedia e prese un enorme tomo intitolato *Manuale di autodifesa*. L'agente fece per scagliare il libro contro il corvo, ma Quoth si scansò appena in tempo e il poliziotto si colpì al volto.

«Ahia, il mio naso!» Si strinse il viso e girò su se stesso, inciampando sulla sedia.

Io salii di corsa le scale e mi nascosi sotto la scrivania. Il mio cuore batteva così forte che ero sicura che il poliziotto riuscisse a sentirlo, ma lui continuava a imprecare e a cercare di colpire Quoth. Scattai verso una porta dall'altra parte della stanza e la attraversai. Portava a un altro lungo corridoio. Alla fine c'era una stanza con la scritta "Sala da Pranzo". Sbirciai dentro. Era deserta. Due file di grandi finestre si affacciavano sui campi della scuola locale.

Ne spalancai una, mi arrampicai e mi lasciai cadere nei cespugli sottostanti, fermandomi per riprendere fiato. Pochi istanti dopo, un puntino nero si librò sulla luna, seguito dalle grida rabbiose dell'ufficiale.

Il corvo atterrò nei cespugli accanto a me. Un secondo dopo, si materializzò Quoth in carne e ossa. Sorrise quando vide che anche io ero nuda. «Non è un po' presto per andare in giro vestiti uguali?»

«Ho dovuto usare i miei vestiti per creare una Mina nel letto, nel caso avessero controllato.»

«Una buona idea. Inoltre, mi piace ciò che vedo.»

Gli diedi un pugno sul braccio. «Grazie per il diversivo di prima. Come hai fatto a prendere le chiavi?»

«È stato facile. Gliele ho prese dalla cintura quando è sceso dall'auto. Quel maledetto idiota non se n'è nemmeno accorto.» Quoth mi afferrò la mano. «Sei pronta a correre? Darai nell'occhio vestita solo in mutande.»

«E se salissi sulla tua schiena e mi portassi in salvo in volo?»

«Accidenti, sarebbe divertente. Mi piacerebbe se funzionasse così. Seguimi. Prenderemo la strada secondaria: meno possibilità di essere individuati. Io ti starò vicino, così potrai vedermi.»

Quoth digrignò i denti mentre le piume uscivano dalla pelle e le ossa scrocchiavano e si contorcevano. Un attimo dopo, decollò, volando basso in modo che notassi la sua sagoma sull'erba. Strofinandomi le mani sulle braccia piene di pelle d'oca, lanciai un'occhiata in entrambe le direzioni per assicurarmi che non ci stesse osservando nessuno, e mi tuffai dietro di lui.

La polizia mi aveva confiscato i lacci delle scarpe, per cui gli stivali mi sventolavano sulle caviglie, le suole che affondavano nell'erba morbida e umida. Mi avviai di corsa verso il filare di alberi che separava la stazione di polizia da Donahue Road. I miei occhi scrutavano il terreno davanti a me, ma con la mia scarsa vista riuscivo a malapena a distinguere qualcosa. Ascoltai il fruscio delle foglie sugli alberi, il vento che frullava tra le ali di Quoth. *Mi guiderà lui.*

L'aria era umida e pesante, e il freddo pungente mi penetrava nelle ossa. Ma almeno non pioveva più. I rami mi graffiavano la pelle mentre seguivo Quoth lungo il filare, in direzione di Donahue, oltre il cottage di Helen e verso il vicolo sul retro della libreria.

Ah, essere liberi dove l'aria non puzzava di urina stantia.

Quoth saltò in mezzo alla strada deserta. Io scrutai la fila di negozi, ma le uniche luci che riuscii a vedere provenivano dal piano superiore della Libreria Nevermore. Inspirai a fondo e attraversai la strada di corsa, con gli stivali che sbattevano sull'asfalto umido e mi schizzavano acqua gelida sulle gambe. La porta sul retro si aprì proprio quando la raggiunsi e una mano ruvida mi prese per un braccio e mi trascinò dentro.

«Perché vai in giro senza vestiti?» chiese Heathcliff, sbattendo la porta dietro di me. «Ti prenderai un raffreddore.»

«Perché ha usato i vestiti per creare una Mina nel letto, in modo che per qualche ora nessuno si accorgesse della sua assenza.» Moriarty intervenne dalla sala d'ingresso. «Ovviamente.»

«Come fai a saperlo?» chiesi, digrignando i denti.

«Perché sei intelligente, Mina Wilde, proprio come me.»

«Non è affatto come te,» brontolò Heathcliff.

«Ehi, mi pia-pia-piacerebbe pensare di essere almeno un po' intelligente,» protestai. Ero scossa da brividi di freddo. «Qualcuno di voi può prestarmi dei ve-ve-vestiti?»

Morrie saltò in piedi e fece le scale due gradini alla volta. Heathcliff mi condusse alla sua sedia e mi fece sedere. Si tolse la giacca. Quoth stava già portando una teiera, tenendo il vassoio in modo da nascondersi le pudenda.

Si starà congelando le palle. Scommetto che è per questo che non vuole che lo veda.

Avvolsi le mani intorno alla tazza di tè caldo, meravigliandomi di come Quoth, che mi conosceva da così poco, riuscisse a prepararlo alla perfezione, al contrario di Ashley che non riusciva mai a ricordare se lo prendevo con il latte. Morrie apparve sulla porta con un carico di vestiti.

«Visto che sei una donna dai gusti raffinati, ho lasciato perdere l'armadio di Quoth e la fogna puzzolente di Heathcliff e mi sono procurato questi dal mio guardaroba.» Mi porse un paio di pantaloni grigi e morbidi come il burro. Li indossai. Morrie si morse il labbro mentre arrotolavo gli orli e me li infilavo negli stivali. Mi passò una camicia di seta nera a maniche lunghe e una giacca di lana fine. *Vorrei avere uno specchio. Scommetto che sono elegantissima.* «Ti ho trovato anche una cintura, visto che questi non ti rimarranno su, con la vita minuscola che ti ritrovi.» Mi passò una morbida cintura di cuoio pregiato e io la infilai nei passanti.

Mi misi in posa. «Come sto?»

«Meno ridicola di Morrie,» rispose Heathcliff.

«Anche per me è un piacere rivederla, Vostro Onore,» replicai con un sorriso.

«Sono un avvocato, non un giudice.»

«In questo momento non mi interessa. Qual è il piano? Non

abbiamo avuto modo di discutere i dettagli prima che venissi trascinata via dalla polizia.»

«Rimarrai qui ad aspettare che il nostro amico si faccia vivo.» Morrie mi diede una pacca sulla spalla. «Io, Heathcliff e Quoth ci nasconderemo tra gli scaffali. Gli prepariamo un'imboscata per quando si presenterà.»

«Perché devo essere io l'esca?»

«Per tre motivi. Perché questo tizio si aspetta di vedere una donna. Se conosce Ashley, probabilmente conosce anche te. Io sono la mente criminale, quindi non faccio da esca. E poi, perché Heathcliff e Quoth non saranno mai convincenti come fashionisti.»

«È vero.» Feci un cenno con la mano a Heathcliff. «Via da quella sedia. Tu devi andare a nasconderti e io devo avere l'aria di essere al mio posto qui.»

«Se mi rovini il mio solco delle chiappe, ti licenzio,» disse Heathcliff, allontanandosi verso la stanza di Lingue Antiche dall'altra parte del corridoio.

«Stai attenta, Mina.» Gli occhi penetranti di Quoth si tuffarono nei miei. Si chinò e mi sfiorò la testa con le labbra. Il tocco leggero come una piuma mi si riverberò in tutto il corpo, perforandomi il cuore. «Non ti perderò di vista.»

Si inginocchiò, tenendosi la testa in mano mentre il suo corpo si contorceva e diventava corvo. Il mio cuore pianse per lui. Si era trasformato così tante volte quella sera che suo corpo doveva urlare di dolore, però non mostrava nulla.

Svolazzò sul lampadario, ripiegando le ali e sprofondando nell'ombra. Nessuno lo avrebbe visto lì, a meno che non lo stessero cercando.

Morrie mi mise un dito sotto il mento, sollevandomi la testa. «Sei l'esca più sexy che abbia mai usato.»

«Grazie, credo.»

Premette le labbra sulle mie, divorandomi con quella sua

energia caotica e dandomi la forza di cui avevo bisogno per superare tutto.

Poi si allontanò, lasciandosi dietro una scia di dolcezza.

Mi sedetti dietro la scrivania, toccandomi le labbra. Presi un libro dalla cima della pila di Heathcliff. Con mia grande sorpresa, si trattava di *Cime tempestose. Perché sta leggendo di nuovo la sua storia? Di sicuro si sta solo torturando?* Scorrendo la pila, trovai un libro di Agatha Christie e lo aprii. Dopo aver letto dodici volte la stessa pagina senza capire una parola, chiusi il libro e mi accontentai di controllare l'orologio ogni venti secondi.

Non dovetti aspettare a lungo. La porta si aprì con uno scricchiolio che mi fece battere il cuore. Mi chinai sulla scrivania e strizzai gli occhi nell'oscurità.

Una figura scura apparve all'ingresso. *È lui. È l'uomo che ha ucciso Ashley.*

«Salve,» dissi, tenendo in mano il disegno. «Ho qualcosa che credo tu voglia. Se vieni da questa parte, penso che possiamo trovare un accordo.»

La figura fece un passo avanti, sotto il fascio di luce del lampadario. Il profilo dei suoi lineamenti si fece chiaro e io sobbalzai per la sorpresa.

«Darren?»

32

Darren mi fissò dall'altro lato del tavolo. «Ciao, Mina.»

Infilai rapidamente il disegno sotto la pila di libri, con la mente che lavorava in fretta. Darren doveva avermi vista all'ingresso ed era venuto a parlarmi ancora di Ashley. *Devo farlo andare via di qui prima che arrivi l'assassino.*

«Ciao Darren. Mi dispiace, non posso parlare ora. È chiuso. Sto facendo dei conti e voglio finire.»

«Non mi aspettavo di vederti qui.»

I suoi occhi mi inquietarono. *Allora perché è entrato?* «Chi ti aspettavi di vedere, Darren?»

«Ashley, naturalmente.»

«Ehm... perché Ashley dovrebbe essere in libreria?» Un solletico nervoso mi punzecchiò la nuca.

«Questo è l'ultimo posto in cui l'ho vista,» mi spiegò lui, spostando il peso del corpo da un piede all'altro. «Pensavo... pensavo di averla persa per sempre, ma quando ho ricevuto il suo messaggio ho capito che non era davvero morta, così sono venuto a trovarla. Sono venuto a vedere se avrebbe accettato la mia offerta.»

Le parole di Darren mi si conficcarono in testa. *L'ultimo posto in cui l'ho vista.*

Quella sera Darren era stato nel negozio.

Altri pezzi andarono al loro posto. Il fatto che al supermercato avesse detto che stava seguendo Ashley sui social media. Il fatto che viveva sopra la macelleria e che poteva vedere tutto l'andirivieni, e che quindi poteva entrare e uscire senza incrociare Earl all'angolo. Il fatto che Earl aveva trovato due lattine di birra tra i cespugli fuori dal negozio. E non di una birra qualsiasi, ma di una costosa IPA di produzione locale.

Merda.

È Darren.

Darren ha ucciso Ashley. Ma perché?

Diedi un'occhiata agli scaffali dietro la testa di Darren, ma era così buio che non riuscivo a vedere Quoth da nessuna parte.

Continua a farlo parlare. Fallo confessare.

«Che offerta era, Darren?»

«Le avevo chiesto di sposarmi. Ho risparmiato tutti i soldi guadagnati lavorando al supermercato, ogni singolo centesimo. E li ho spesi per ottenere quei disegni. Ho anche comperato dei brutti coltelli, su eBay, solo perché li vendeva lei.»

L'arma del delitto. «Ma perché? Se l'amavi così tanto, perché l'hai uccisa?»

«Quando Ashley è andata a New York, ha portato con sé il sole e la luna. Non potevo sopportare di separarmi da lei, però per fortuna sui social media potevo vedere cosa faceva. Tutte quelle persone famose che la amavano! Certo che l'amavano: è fantastica.»

Darren si avvicinò. «Mi ha mandato dei messaggi. Aveva bisogno di soldi per promuovere i suoi social media. Voleva guadagnare abbastanza per farsi fare un servizio fotografico da modella professionista, per andare a Los Angeles e diventare una star del cinema. Sarebbe diventata la più grande star del mondo! Ma sarebbe stata dura, dal punto di vista finanziario, mentre si costruiva la sua nuova carriera. Decisi di dimostrarle che potevo provvedere a entrambi. Così acquistai i suoi disegni. Feci un'offerta più alta di tutti quelli che li volevano. Lei mi disse di farmi assumere temporaneamente come cameriere al gala, così spesi i miei risparmi per un biglietto. Ne valeva la pena per rivederla di persona. Mi disse di usare un telefono usa e getta, in modo che nessuno potesse risalire a me, ma io stampai tutti i suoi messaggi. Non avrei mai distrutto nessuna delle sue preziose parole. Una volta mi ha mandato un'emoji a forma di cuore, perché era ciò che sentiva.»

Mi ricordai di un terribile film d'azione in cui si diceva che quando si negozia con aggressori impazziti si cerca di trattarli come se fossero dalla propria parte e si giustificano tutti i loro deliri fino a quando non si presenta l'opportunità di farli fuori. Così annuii. «Sì, provava dei sentimenti per te.»

«Lo sapevo,» gemette Darren, sollevando la mano sinistra per asciugare le lacrime che gli riempivano gli occhi. La mano destra rimase dietro la schiena. «Sapevo che mi amava. Mi aveva sempre prestato un'attenzione particolare, chiedendomi sempre di aiutarla con il computer o a finire i compiti. Aveva bisogno di me. Si fidava di me. Lei...»

«Darren, raccontami della serata di gala. Cosa è successo dopo?»

«Oh, sì.» Darren alzò lo sguardo, lo sguardo assente come se avesse dimenticato dove si trovava. «Ho incontrato Ashley all'ingresso di servizio, dopo aver servito l'antipasto. Ashley non poteva trattenersi a lungo perché doveva tornare da *te*. Quella sera ti ho odiato, Mina, perché eri riuscita a stare con lei, ma sapevo che non sarebbe passato molto tempo prima che riuscissi finalmente a portarla a serate di gala. Le ho dato i soldi e lei mi ha consegnato le foto, mi ha baciato sulla guancia...» Si sfregò un brufolo sul viso, con gli occhi rivolti al soffitto. «Ero così felice di vederla e di avere la sua fiducia che gettai il grembiule e scappai via. Feci anche cadere uno dei disegni sui gradini fuori. Riesci a immaginare la mia faccia?» Sorrise felice. «Ne è valsa la pena, solo per vederla. È stato il nostro primo vero appuntamento.»

«Che cosa ne hai fatto dei disegni?» indagai.

«Oh, li tengo in un album sotto il letto,» mi spiegò. «Mi ricordano Ashley e lei voleva che li avessi io. Non mi sognerei mai di venderli.»

«Al supermercato mi hai mentito. Ashley ti ha ricontattato quando ha deciso di tornare ad Argleton.»

«Quando ho ricevuto quel messaggio è stato il giorno più bello della mia vita,» mi disse sorridendo. «Non mi aveva dato molto tempo, così pianificai al meglio. Trovai un bellissimo anello da Debenhams. Per fortuna c'erano i saldi, così ho potuto comprare anche una camicia nuova. Avevo una bottiglia di IPA americana, importata appositamente per festeggiare. Ma lei non voleva vedermi di persona. Pensava che fosse troppo pericoloso, così mi fece mettere i soldi in un libro e poi tornò qui a prendere il libro e a lasciare i disegni. Ma a me non importava dei disegni. Mi importava di lei. La aspettai fuori dalla libreria dopo che li aveva depositati, però lei non usciva e io dovevo tornare al lavoro. Non ha risposto al mio messaggio in cui le chiedevo di incontrarci. Vabbè, voglio dire, era così impegnata e importante. Però avevo bisogno di vederla.

«Pensavo di aver perso la mia occasione, ma quando quella sera dalla mia finestra l'ho vista entrare in libreria, ho capito che era l'occasione perfetta. L'ho trovata vicino alla libreria. Mi sono inginocchiato e le ho detto quanto l'amavo.» La bocca di Darren si storse in una smorfia. «Mi ha respinto. Mi ha detto di smetterla di fare lo stupido, di andarmene, che doveva parlare con te. Che era venuta a trovare te. Non le importava niente di me. Solo Mina, Mina, Mina.»

Strinse la mano in un pugno. Arrossì e serrò la mascella. «Tu hai rovinato tutto! Mi hai portato via Ashley e l'hai messa contro di me. Ormai era rovinata da te, guastata. Non poteva diventare mia moglie, e tutto per colpa tua!»

«Quindi l'hai uccisa.»

«No, *tu* l'hai uccisa,» sussurrò Darren. «L'hai uccisa perché non volevi lasciarla andare. Mi hai portato via la mia Ashley. È partita per New York con te e non mi ha più amato. Poi le hai spezzato il cuore perché non potesse amarmi.»

«No, è...»

«Hai fatto del male ad Ashley,» Darren tirò fuori la mano da dietro la schiena, rivelando un lungo oggetto che brillò alla luce. Un coltello. Lo sollevò sopra la testa e mi fissò, con il volto stravolto dall'odio. «E ora io farò del male a te.»

33

Darren si fiondò sulla scrivania, puntandomi il coltello alla gola. Io mi allontanai di scatto. La sedia si spostò sul pavimento di legno duro e si schiantò contro il muro. Il coltello si conficcò nel legno, affondando per un centimetro. Darren afferrò il manico con entrambe le mani e cercò di liberarlo. Quando non si mosse, lui prese il *Doomsday Book* che Heathcliff aveva sulla scrivania e si fiondò di nuovo su di me.

Io urlai e mi spostai a sinistra, proprio mentre lui sbatteva il libro dove prima c'era la mia testa. Il peso gli fece perdere l'equilibrio e lui cadde in avanti.

Uno stridio selvaggio riecheggiò nella stanza e qualcosa si levò in volo sopra la mia testa. Quoth conficcò gli artigli nelle spalle di Darren, che urlò e scagliò il libro dietro la propria schiena.

«Quoth!» gridai, ma il corvo si allontanò in tutta furia. Il libro sbatté sulla schiena di Darren. Lui urlò e cadde a terra. Heathcliff saltò fuori dall'armadio e gli salì a cavalcioni, bloccandolo con le ginocchia e dandogli un pugno sul naso con una forza tale che mi aspettavo che il corpo di Darren sfondasse il pavimento.

«No!» urlai. Heathcliff sferrò un altro pugno. Darren singhiozzava mentre il suo sangue schizzava sul fianco della scrivania. Quoth tirò la camicia a Heathcliff, ma lui non si fermò. I suoi occhi brillavano di una rabbia feroce che mi terrorizzava.

«Piano, ragazzone.» Morrie lo afferrò per le spalle e lo allontanò da Darren. «Lasceremo che se ne occupi la polizia.»

La porta si spalancò ed entrarono l'ispettore Hayes e la sergente Wilson, affiancati da due agenti in uniforme e da Jo.

«È qui che verrà Mina,» spiegò Jo ansimante, scostandosi i capelli biondi dagli occhi. «Per favore, non siate troppo duri con lei. Sono sicura che è solo spaventata...»

Poi si fermò di colpo quando mi vide. Sbatté le palpebre due volte. «Mina?»

«Ah. Vedo che la polizia è molto più avanti di noi.» Morrie rimise in tasca il telefono.

«Mina Wilde,» sbottò l'ispettore Hayes. «Evadere è un reato grave e lei...»

«Ah, bene, agenti, siete arrivati giusto in tempo,» annunciò Morrie dando un calcio al piede cascante di Darren. «Io, la signorina Wilde e il signor Earnshaw abbiamo catturato l'assassino di Ashley Greer.»

«Cosa?» L'ispettore si accorse del corpo prono di Darren, dell'espressione omicida di Heathcliff e degli schizzi di sangue dappertutto.

«Proprio così,» confermai annuendo. «Non c'è bisogno di ringraziarci. Basta che le nostre medaglie siano d'oro e luccicanti.»

«Che storia è questa?» si interrogò Wilson. «Wilde è l'assassina. Lo ha dimostrato fuggendo. Perché voi due vi immischiate in una questione di polizia?»

«Perché un grande errore giudiziario sta per essere compiuto sotto i suoi occhi,» spiegò Morrie con un sorriso malvagio. «E io sono un grande fan della giustizia.»

«Voi idioti incompetenti non farete una bella figura se arresterete la persona sbagliata,» aggiunse Heathcliff, sollevando Darren dal pavimento.

«Aiuto,» mugolò Darren, stringendosi il naso sanguinante.

«Cosa state facendo a quel ragazzo?»

«Lo tengo fermo io, ispettore. È lui il vero assassino di Ashley Greer.»

«Mi ha rotto il naso!» urlò Darren. «Ho bisogno di un'ambulanza.»

«Abbiamo abbastanza prove per accusare la signorina Wilde del crimine...»

«Ma non sono stata io. E posso provarlo.» Tenevo in mano il disegno che avevo fatto. «Ashley vendeva i disegni di Marcus Ribald a Darren. Ha usato la sua pagina sui social media per inviare messaggi nascosti su quando incontrarsi per lo scambio. Quello che vi ho detto in centrale era vero: avevo i disegni di Marcus in borsa perché li avevo presi dalla valigia di Ashley. Una volta trovati, abbiamo capito che chiunque avesse comprato i disegni avrebbe potuto uccidere Ashley per metterla a tacere. Così ho creato un falso post con un falso disegno sulla pagina social di Ashley, dicendo all'assassino che ci saremmo incontrati qui stasera. Darren si è presentato e ha cercato di uccidermi.»

Indicai il coltello infilzato nella scrivania. Jo si chinò in avanti per scrutare la lama. «È della stessa dimensione e forma della lama usata per uccidere Greer.»

«Potrebbe essere il coltello di Ashley,» confermò l'agente.

«Improbabile. Mina e Ashley hanno venduto insieme i loro coltelli. Questo giovane è ossessionato dalla signorina Greer fin dalle scuole superiori. Li ha acquistati lui, per possedere qualcosa che era stato toccato da lei.» Morrie posò il telefono sulla scrivania e premette il tasto *play*. La voce di Darren fendette l'aria, raccontando la sua dolorosa storia.

Morrie spense il telefono e lo porse all'ispettore sbalordito. «È tutto qui dentro. Darren ha seguito Ashley fino a New York per comprare la prima serie di disegni, probabilmente facendo un'offerta più altra degli altri acquirenti per avere la possibilità di essere interessante per Ashley.» Puntò il dito allo schermo. «Mi sono anche preso la libertà di scaricare l'itinerario di volo di Darren e il conto dell'albergo nella Grande Mela. Se recuperate i filmati di sicurezza della cena di gala di quella settimana, scommetto che sarà possibile dimostrare che si trovava nello stesso luogo della vittima. Secondo la sua confessione, quando ha visto sui social che lei stava tornando ad Argleton, l'ha avvicinata per chiederle se voleva vendere altri disegni. Lei organizzò di inserire i disegni in un libro di questa libreria (uno che immaginava non sarebbe stato richiesto da nessuno) e Darren avrebbe dovuto ritirarli in un secondo momento e lasciare i soldi. Ma quando ha scoperto che durante lo scambio non avrebbe nemmeno visto Ashley, ha cercato di trovare un altro modo per rivelarle il suo amore. Ecco spiegato il messaggio che c'è sul suo telefono, in cui lui la pregava di incontrarsi di persona. Darren l'ha osservata da casa sua mentre passava davanti al negozio quella sera e, quando Ashley si è accorta che la porta era aperta, è salita di nascosto al piano di sopra per cercare di parlare con Mina. Lui l'ha seguita per chiederle di sposarlo. Lei gli ha riso in faccia, ovviamente...» Le labbra di Morrie si arricciarono nel suo sorriso crudele. «Non l'ho registrato, però sappiamo che è andata così. Lui si è arrabbiato e l'ha uccisa. Il caso è chiuso. Se non riuscite a fare stare nelle vostre piccole teste tutto quello che vi ho appena detto, la sua confessione è stata registrata.»

«Se cercate sotto il suo letto, troverete una cartella di foto di

Marcus Ribald,» aggiunsi io. «E probabilmente anche qualche strana foto di Ashley, tipica da stalker.»

«Scommetto che ha un'intera scatola di fazzoletti usati,» aggiunse Heathcliff.

«Amico, nessuno usa più i fazzoletti,» gli sorrisi. Con mia grande sorpresa, il cipiglio di Heathcliff si accentuò leggermente.

«Ehm... allora avete ragione.» L'ispettore Hayes si grattò un orecchio. Cliccò di nuovo sul file audio. La voce sottile di Darren riempì la stanza. Quando la confessione finì, l'uomo si girò verso Wilson.

«Fatti dare un mandato di perquisizione per la casa di quest'uomo. Trova quei disegni. Signorina Wilde, a quanto pare le dobbiamo delle scuse.»

«Ma... ma è evasa dalla prigione!» balbettò Jenny Wilson.

Heathcliff si avvicinò a grandi passi alla sergente, sovrastandola con la sua mole imponente. «La mio cliente è debitamente pentita di essere fuggita alla legge,» disse. «Ma credo che, date le circostanze e il fatto che abbiamo risolto noi l'omicidio e fatto tutto il lavoro al posto vostro, possiate anche trascurare la trasgressione di Mina. Dopotutto, è una donna ed è soggetta a crisi isteriche.»

«Ehi!» ringhiai. Si era almeno reso conto del secolo in cui si trovava? Presi nota di preparare una pila di libri sul femminismo da far leggere a Heathcliff.

«Stia attento, Moriarty,» disse Wilson. «Non è così che funziona la legge.»

«L'alternativa è che il nostro amico Earnshaw, esperta mente legale qual è, vi crei un sacco di problemi per quanto riguarda il maltrattamento della sua cliente,» intervenne Morrie. «E dato che dovresti essere promossa nei prossimi due mesi, non credo che sia ciò che desideri.»

«Noi non l'abbiamo mai maltrattata!»

«Non si tratta di ciò che è realmente accaduto,» commentò Morrie. «Si tratta di ciò che un tribunale di suoi pari *ritiene* sia accaduto.»

Jenny Wilson impallidì. L'ispettore la spinse verso la porta. «Ci dispiace di averla arrestata, Mina Wilde. Sa che c'erano prove che indicavano...»

«Va bene,» sorrisi. «Va bene così.»

Gli agenti la seguirono. Jo si attardò sull'uscio della porta e alla fine scoppiò in una risata. «Un tribunale di pari? Sei davvero in gamba, Morrie. Non so come hai fatto a convincerli a lasciare andare Mina, ma sono dannatamente felice che tu ce l'abbia fatta.»

«La vera eroina è stata Mina,» commentò Morrie. «È stata lei a capire come Ashley stesse facendo sapere dei disegni al suo acquirente, e questo ci ha portato a Darren.»

«Sembra che sia la ragazza giusta per tenervi in riga, allora.» Jo mi salutò con un cenno della mano. «Pare che stasera dovrò lavorare, se verranno rinvenute altre prove nella stanza di Darren, ma che ne dici se ti chiamo domani e ci prendiamo un caffè?»

«Un appuntamento!» esclamai raggiante.

Jo fischiettò sottovoce una canzone dei Clash mentre seguiva gli agenti fuori dalla porta. Non appena la porta si chiuse, Morrie mi afferrò per la vita e mi sollevò da terra.

«Sei libera, Mina!» disse raggiante. «Il sistema giudiziario inglese trionfa di nuovo!»

«Non posso crederci!» Ricambiai il sorriso, finalmente libera dal peso degli ultimi giorni.

«Questo dimostra che, come diceva sempre un mio vecchio collega, "quando hai eliminato l'impossibile, ciò che rimane, per quanto improbabile, deve essere la verità." Nessuno di noi aveva previsto le vere motivazioni dell'assassino, eppure gli indizi erano proprio lì. Le lattine di birra nel giardino esterno, l'anello in tasca e i disegni lasciati dall'assassino.»

«Ci vorrà una bella lavata per togliere quelle macchie di sangue dalla mia scrivania,» brontolò Heathcliff.

«Lasciale,» suggerì Quoth, riassumendo la sua forma umana. «Come monito per chiunque osi mettersi contro di voi.»

«Bisogna festeggiare. Vado a prendere il vino.» Morrie salì le scale e Quoth lo seguì a ruota.

Heathcliff sfregò la macchia di sangue. Tra noi scese un silenzio imbarazzante.

«Mina...» Heathcliff alzò di scatto la testa, fissando un punto dietro la mia spalla. «Riguardo all'altro giorno...»

«Vuoi dire quando mi hai baciata? Puoi dirlo, sai. Non sono così puritana.»

«Sì, beh,» mormorò. «Mi sono sbagliato.»

«Il potente Heathcliff che ammette di essersi sbagliato. Ebbene, su cosa ti sei sbagliato?»

«Ho sbagliato a baciare una dipendente. Ora, rispondi tu a una domanda. Se non fossi il tuo capo, cosa significherebbe?»

Se non fossi il tuo capo...

Cosa sta dicendo?

L'aria tra noi si fece tesa e il respiro di Heathcliff affannoso. Il mio corpo fremeva di energia. Feci un passo verso di lui, attirata da una forza invisibile.

Heathcliff borbottò qualcosa e si allontanò. «Non è una cosa a cui dovremmo pensare,» disse.

«Sembra che tu ci stia pensando proprio adesso.»

«Donna esasperante.»

«Se hai un problema con me, allora dovresti licenziarmi.»

«*Dovrei* licenziarti,» ringhiò. «Vieni di sopra a bere un bicchiere di vino con noi.»

Un ampio sorriso mi si disegnò sul volto. Tesi la mano e Heathcliff la prese, il calore delle sue dita mi attraversò il corpo. «Ci sto.»

34

«Sono contenta che tu non sia l'assassina.» Jo versò il vino in due bicchieri e me ne porse uno. «Ora posso uscire con te senza preoccuparmi di finire con un coltello nella schiena.»

Eravamo sedute ai lati della scrivania di Heathcliff, a reggere il gioco mentre lord Brontolone andava a sgridare una povera cassiera indifesa per un errore di calcolo, come se fosse colpa sua se lui non sapeva usare l'applicazione di banking online come il resto dell'universo.

Feci tintinnare il mio bicchiere contro quello di Jo. «Ne sono felice anch'io. Anche se non sono sicura che tu abbia una buona influenza su di me. Sono ufficialmente diventata una bevitrice.»

«Lavori in una libreria nell'era dei media digitali. Non credo ci sia altro da fare che bere.»

Risi. «Questa battuta l'ho già sentita.»

«Non so se sia una battuta o una verità universale.»

Erano passate due settimane da quando avevamo catturato Darren e io e Jo ci eravamo frequentate ogni tanto, per lo più per bere qualcosa all'ora di pranzo. Amava raccontarmi storie macabre della sua vita da laboratorio e io conservavo per lei tutti i racconti delle interazioni con i clienti di Heathcliff. Era l'esatto opposto di Ashley sotto quasi tutti i punti di vista, ma avevo la sensazione di aver trovato la mia nuova anima gemella.

Quando finimmo il bicchiere Jo se ne andò. Aveva due autopsie da fare nel pomeriggio. Mentre fissavo gli scaffali ordinati e spolverati (da me) e cercavo di non pensare a Jo che si infilava dentro gli organi di qualcuno, le mie dita percorsero il bordo del *Doomsday Book* che si trovava sulla scrivania.

Mi tornò in mente la scoperta di Heathcliff, sul fatto che l'edificio fosse un luogo di commercio di libri da centinaia di anni. Pensavo alla stanza al piano superiore e a quanto fosse immacolata, come se fosse stata abbandonata solo da pochi mesi. Ma i mobili erano vecchi, vittoriani o forse tardo-georgiani. Sembrava impossibile che fossero rimasti in quello stato, mai toccati, per tutti quegli anni.

Girai una pagina. Ripensai alla stanza dell'occulto e alle vecchie rilegature polverose di alcuni di quei libri. *Mi chiedo se qualcosa lì dentro risalga al periodo in cui il negozio è stato fondato.*

Aprii il primo cassetto della scrivania di Heathcliff. Lì, sotto un pacchetto di biscotti schiacciati, c'era un vecchio mazzo di chiavi. Me lo misi in tasca.

«Tieni d'occhio la scrivania per me,» dissi a Quoth. «Devo solo controllare una cosa al primo piano.»

Quoth annuì dal suo trespolo posizionato sopra l'armadillo. Salii le scale e mi infilai nel ripostiglio. Heathcliff aveva incollato un grande cartello NON ENTRARE sulla porta ben chiusa. Provai le chiavi finché una non girò. La porta si aprì con uno scatto, ed entrai.

Questa volta ignorai il libro sul plinto e mi diressi verso gli scaffali, estraendo libri a caso e controllandone i risvolti interni. Molti di essi non erano in inglese, e quando erano stati scritti il diritto d'autore non era ancora stato inventato, ma dopo qualche volume ne trovai uno che risaliva al XIV secolo. Naturalmente era in latino.

Perché la scuola di moda non aveva un corso di latino medievale? Porca miseria.

«Morrie!» Presi il volume e lo portai al piano di sopra.

«Sì, bellezza?» Morrie fece capolino dalla sua nicchia, il volto illuminato dal bagliore degli schermi.

Gli ficcai il libro sotto il naso. «Cosa c'è scritto qui, nella prima pagina?»

Morrie scrutò il volume. «Questo è il titolo dell'opera, che è un libro *affascinante* sulla demonologia, e qui c'è il nome del libraio presso cui fu copiato: Herman Strepel.»

Lo sapevo. «È lo stesso che aveva un negozio proprio *qui*. C'è modo di scoprire di più su questo Strepel? Magari una lista dei libri che aveva in vendita.»

«I libri antichi non fanno per me, a meno che non si tratti di rubarli. Ma parlerò con alcune persone.» Morrie mi sorrise.

«Potrebbe essere una cosa importante. Potrebbe essere un indizio rilevante sul perché questo edificio fa quello che fa. Ma Morrie, se voglio avere qualche speranza di risolvere la questione, devo sapere qual è il problema della camera da letto principale.»

«Devi chiedere a Heathcliff...»

«Lo sto chiedendo a te.» Gli rivolsi l'espressione più severa di cui ero capace.

Morrie sospirò. «Il signor Simson aveva detto a Heathcliff di non entrare mai in quella stanza. Lui obbedì, ma io no. La prima notte che sono stato qui ho rubato la chiave dalla sua scrivania e ho aperto la porta. Dentro ho trovato una foresta.»

«Una...»

«Foresta. Alberi, strane cose a forma di palma. Sporcizia. Mi sono completamente rovinato il mio primo paio di scarpe eleganti.» Si stropicciò il viso al ricordo.

«Ma è impossibile.»

«Non esattamente. Ho fatto alcuni calcoli e credo che la stanza funzioni come una sorta di portale spazio-temporale. In questo caso, temporale. Credo che mostri le trasformazioni passate e forse anche future della libreria. Ciò che è stato e ciò che sarà in questo luogo. Dopo essere fuggito dalla foresta, raccontai a Heathcliff ciò che avevo visto. Lui mi sgridò per ben tre ore, poi io e lui guardammo di nuovo nella stanza e quella volta c'era uno spazio vuoto e polveroso. Niente mobili. L'unica cosa all'interno era un grande libro di pelle, vuoto, con un simbolo d'oro sulla copertina. Il libro che ora si trova nella stanza dell'occulto al piano di sotto.»

«L'ho visto.»

«Sì, e hai visto una camera da letto padronale vittoriana, quando la porta si è aperta di sua iniziativa. Anche la stanza dell'occulto si è aperta per te. Non so cosa significhi, ma so che la libreria vuole che tu scopra i suoi segreti.» Morrie sorrise e mi diede un pizzicotto sul sedere. «È una buona cosa. I segreti sono divertenti. A me piace scoprire i tuoi, Mina Wilde.»

Ricambiai il sorriso. Forse non avevamo ancora idea del perché i ragazzi fossero qui o del tipo di magia che quella libreria possedesse, e forse Quoth era in qualche modo intrappolato lì, e magari io ero in qualche modo infatuata di tutti loro, ma per la prima volta dopo tanto tempo mi sentivo a posto con il futuro. Avevo la sensazione di essere sistemata. Finalmente in grado di affrontare la mia eventuale cecità.

La Libreria Nevermore era la mia casa.

CONTINUA

Hai bisogno di scoprire altri segreti della libreria Nevermore?
Prendete il libro 2, Of Mice and Murder.

http://books2read.com/ofmiceandmurderitalian

Non ne hai mai abbastanza di Mina e dei suoi amici? Se ti iscrivi
alla newsletter di Steffanie Holmes potrai avere gratuitamente
una scena dal punto di vista di Quoth e altre scene bonus e
storie extra.

http://www.steffanieholmes.com/newsletteritalian

INFORMAZIONI SULL'AUTRICE

Steffanie Holmes è autrice bestseller di *USA Today* e scrive romanzi dark, gotici e peccaminosi. I suoi libri sono caratterizzati da eroine intelligenti e spiritose, società segrete, antiche dimore da brivido e maschi alfa che ottengono *sempre* ciò che vogliono.

Ipovedente dalla nascita, Steffanie ha ricevuto il premio Attitude Award for Artistic Achievement nel 2017. È stata anche finalista del premio Women of Influence 2018.

Steff è anche la creatrice di *Rage Against the Manuscript*: una fonte di contenuti, libri e corsi gratuiti per aiutare gli scrittori a raccontare storie, a trovare lettori e a costruirsi una carriera di scrittori rampanti.

Steffanie vive in Nuova Zelanda con suo marito, un'orda di gatti irascibili e la loro collezione di spade medievali.

Newsletter di Steffanie Holmes

Se ti iscrivi alla newsletter di Steffanie Holmes riceverai una copia gratuita di *Cabinet of Curiosities:* un compendio di racconti e scene bonus scritte da Steffanie Holmes, compresa una scena bonus della Libreria Nevermore.

INFORMAZIONI SULL'AUTRICE

http://www.steffanieholmes.com/newsletteritalian
Segui Steffanie
www.steffanieholmes.com
steff@steffanieholmes.com

ESTRATTO

Hai bisogno di scoprire altri segreti della libreria Nevermore?
Prendete il libro 2, Of Mice and Murder.

http://books2read.com/ofmiceandmurderitalian

«Che ne pensi?» urlò Morrie dalla posizione precaria in cima alla scala di legno, mentre teneva appoggiato ai pannelli scuri della parete sopra la scala il dipinto di un gatto Godzilla furioso che terrorizzava una città piena di topi in fuga.

«Mi fa venire in mente le interiora di uno dei topi sventrati da Grimalkin,» ringhiò Heathcliff.

«Miao,» fece eco Grimalkin dalla spalla di Heathcliff dove era acciambellata.

«Ehi,» disse Quoth imbronciato. Si sedette sul gradino più basso, con i capelli neri che gli ricadevano sul viso e lo avvolgevano di ombre. «Ci ho lavorato molto.»

«Ignora Heathcliff, non è di nessun aiuto.» Morrie si appoggiò al muro mentre la scala traballava. «Mina, tu che ne pensi?»

«Che quella scala non sia strutturalmente solida.»

Morrie digrignò i denti, i muscoli delle sue braccia rigidi a forza di tenere la tela. «Vorrei ricordarti che sono qua a rischiare il mio bel collo per il *tuo* piano geniale. Non è che dobbiamo per forza appendere i quadri di Quoth in tutto il negozio...»

«Bene. Spostalo di cinque centimetri in modo che sia al centro del pannello.»

Morrie si sporse, allungando le braccia ancora di un centimetro. Io annuii, lui prese il martello e...

Qualcosa di caldo mi passò sugli stivali. Una minuscola sagoma bianca si arrampicò su per le scale e lungo la struttura della scala a pioli. Un nasetto impertinente annusò l'aria e il topo studiò la mossa successiva.

«Ahiaaa!» gemette Heathcliff quando gli artigli di Grimalkin gli si conficcarono nella spalla. La gatta attraversò di corsa la stanza, sfrecciando su per i gradini e atterrando sul piolo più basso proprio mentre il topo si infilava nella gamba dei pantaloni di Morrie.

«Aiuto, mi si è infilato nei pantaloni!» Morrie si spostò di scatto in avanti, saltellando in qualche modo da un piede all'altro, battendosi il quadro sulla gamba. La scaletta traballò pericolosamente sul gradino mentre si spostava verso il bordo.

«Morrie, attento!» urlai. Morrie saltò giù dalla cima della scaletta proprio mentre il piede della stessa oltrepassava il bordo del gradino e il tutto si schiantava rovinosamente giù per le scale. Il quadro gli scappò di mano e volò in aria.

Una nuvola di piume volò in tutte le direzioni e Quoth si trasformò in corvo, sfilandosi di lì proprio nel momento in cui la scaletta andò a schiantarsi sul gradino inferiore. Io trattenni il fiato.

Quoth si alzò in volo e catturò la cornice con gli artigli appena prima che toccasse terra. Sbattendo le ali l'appoggiò al muro.

Il topo gli sfrecciò accanto. Grimalkin saltò giù per le scale e si lanciò all'inseguimento. Quoth allungò un artiglio per catturare la creatura, ma il topo sfuggì alla sua presa e scomparve sotto uno scaffale.

Le zampe anteriori di Grimalkin scivolarono sulle assi del pavimento. Sbandando, emise un grido e andò a sbattere contro Quoth. Entrambi rotolarono in giro per la stanza in una palla rabbiosa di pelo e piume.

Io salii di corsa per le scale, poi con il cuore che batteva all'impazzata presi tra le braccia Morrie, che stava ancora sbattendo freneticamente la gamba dei pantaloni.

«Tiralo fuori, tiralo fuori, tiralo fuori!» urlava.

«Non c'è più.» Lo afferrai da sotto le braccia e lo sollevai in piedi, sorprendendomi di sentire le chiazze umide che aveva sotto le ascelle. *James Moriarty, mente criminale ed eminente professore di matematica, ha paura di un piccolo topo?*

Così sembrava. Morrie affondò il viso nel mio collo. «Aveva le zampette che graffiavano,» mi sussurrò tra i capelli.

«Non essere così drammatico. Dov'è finito?» Heathcliff separò Grimalkin e Quoth.

«Tra le cataste di libri. Sono sicura che non c'è nulla di cui preoccuparsi. È solo un minuscolo topolino.» Scostai una ciocca di capelli dal viso di Morrie. Il suo labbro inferiore tremava ed era assolutamente adorabile. «A giudicare dalla fila di piccoli trofei lungo il trespolo sulla porta, se ne occuperanno Quoth e Grimalkin prima o poi.»

«Quello non era un semplice topo,» ringhiò Heathcliff. «È la Furia Bianca, il Topo dei Baskerville, il Demone di Butcher Street.»

«Ora chi è che fa il drammatico?»

«Non hai letto le notizie?» Morrie si accasciò sul gradino dell'ingresso, incrociando le mani sulle lunghe gambe. «Questo piccoletto ha fatto il giro di tutti i negozi della città, vi si è inoltrato rosicchiando cavi elettrici e condutture, ha terrorizzato i clienti e violato il codice sanitario. Sembra che ora abbia deciso di stabilirsi nel nostro negozio. Non mi piace questa situazione. Non ho un buon rapporto con queste bestie.»

«Un *topo* è finito sulle locandine della *Gazzetta* di Argleton?» I quattro anni a New York mi avevano fatto dimenticare quanto folle poteva essere la vita di paese.

«Non solo sulle locandine. Sulla prima pagina.» Morrie trasalì mentre si alzava in piedi e si spolverava i pantaloni. «Ora questi pantaloni sono contaminati. Dovrò buttarli via e mi sono costati quattrocento sterline.»

«Hai quattrocento sterline da spendere in pantaloni?» Non credo di aver mai avuto quattrocento sterline in vita mia.

«Lascia perdere quei maledetti pantaloni. Guarda cos'avete fatto al mio negozio!» Heathcliff incrociò le braccia e guardò la scala a pioli, che aveva spaccato un pannello di legno e lasciato un lungo graffio sulla balaustra.

«Non sono stato io,» protestò Morrie. «È stato il topo!»

«Miaoooo!» gridò Grimalkin.

Avevo le tempie che mi pulsavano. *Un giorno come un altro nella Libreria Nevermore.*

Il campanello del negozio tintinnò. Heathcliff aggrottò le sopracciglia quando un rumore pesante di scarpe ortopediche segnalò l'arrivo di un cliente anziano. Erano i clienti che odiava di più, dopo i bambini, i millennial e tutti gli altri.

Heathcliff era l'unico proprietario di negozio che conoscevo a desiderare che i clienti lo lasciassero in pace. Da quando avevo iniziato a lavorare alla Libreria Nevermore, avevamo avuto un flusso costante di clienti, ma secondo me il merito era del recente omicidio nella sezione di Sociologia. Anche se la polizia aveva risolto il caso da più di un mese (con un piccolo aiuto da parte mia, di Heathcliff, Morrie, e Quoth), gli abitanti del villaggio continuavano ad andare alla stanza al piano superiore dove era avvenuto il delitto.

Che ci si creda o no, un omicidio durante la mia prima settimana di lavoro era stato il minore dei miei problemi. Dato che la vittima dell'omicidio era la mia ex migliore amica, Ashley, e dato che io ero stata una delle persone che avevano trovato il corpo, la polizia si era convinta della mia colpevolezza. Per fortuna siamo riusciti a scagionarmi e a far rinchiudere un pericoloso assassino dietro le sbarre.

Inoltre, il mio nuovo capo e i suoi due coinquilini in realtà sono risultati essere i personaggi immaginari Heathcliff, James Moriarty e Quoth, il corvo di Poe. In seguito si è anche scoperto che la libreria che avevo amato fin da bambina non era una libreria normale, ma era colpita da una specie di maledizione, aveva una collezione di libri occulti nascosta e una stanza che si muoveva avanti e indietro nel tempo.

E *poi*, visto che la mia vita non era già abbastanza folle, ho tipo... *dormito* con Morrie. Beh, non proprio dormito. Mi aveva presa con forza contro una delle librerie del corridoio. Le mie guance arrossivano al solo pensiero. Da allora l'avevamo fatto ovunque: nel ripostiglio, sul suo letto perfettamente rifatto, sulla poltrona di Heathcliff in salotto. Il mio corpo formicolava al solo pensiero delle mani di Morrie che mi scivolavano sulla pelle. La mia vita sarà anche folle, ma non era mai stata più perfetta di così... se non si contavano alcune piccole questioni irrisolte: me che non volevo stare con un maestro del crimine, Heathcliff che mi baciava, Quoth che dichiarava di provare qualcosa per me, e io che non sapevo chi di loro scegliere...

Ah sì, e stavo diventando cieca. Anche quello era un problema.

Quoth volò a salutare il nostro cliente, mentre Morrie si affannava a sistemare la scala. Heathcliff tornò alla sua scrivania e accomodò la sua struttura muscolosa sulla sedia, per poi aprire un libro davanti a sé con un tonfo pesante.

Beh, credo che andrò ad aiutare il cliente. Mi voltai per vedere chi fosse entrato dalla porta.

«Oh, salve, signora Ellis!» La signora Ellis era una vecchia befana arrapata che era stata la mia insegnante di scuola. Aveva sostenuto il mio amore per la lettura, regalandomi sempre libri molto al di sopra del mio livello, di solito con le copertine decorate da uomini muscolosi e donne in calore, in vari stati di svestizione. Era andata in pensione anni fa e ora viveva in un piccolo appartamento sopra il fish-and-chips di fronte, cosa che le si addiceva perfettamente in quanto le offriva la postazione ideale per origliare le conversazioni in strada e raccogliere tutti i pettegolezzi del villaggio.

«Ciao, Mina cara.» La signora Ellis mi strinse in un abbraccio materno. Aspirai una boccata del suo profumo di giacinto e cercai di tenere a bada i conati di vomito. Quando mi staccai, un paio di occhi grigi e brillanti mi guardavano da sopra la spalla della signora Ellis.

Gli occhi appartenevano a una donna dall'aria acida che indossava un completo rosa fucsia, con tanto di borsetta e cappello abbinati. Si appoggiava a una stampella e mi scrutava da un paio di occhiali con la montatura in corno.

«Sei abbigliata in modo provocante per un lavoro di vendita al dettaglio,» mi disse accigliata, guardandomi con biasimo.

Io mi lisciai la parte anteriore della maglietta che avevo stampato la sera prima. Diceva: *"Adoro i books grandi, e non mento"* con le OO della parola BOOKS strategicamente sistemate sul petto. Morrie e Quoth pensarono che fosse esilarante. Heathcliff non sembrava averla ancora notata. «Che cosa intende dire, signora?» le chiesi, solare e ingenua. «Sto dichiarando il mio amore per la parola scritta.»

«Fa capire che sei sessualmente eccitata dai libri, come una specie di *lesbica* perversa,» ribatté lei, tirando su con il naso.

«Oh no,» dichiarò Morrie dalla cima delle scale. «Le posso assicurare che è una sostenitrice degli attributi maschili.»

La signora Ellis ridacchiò e mi strinse una mano. «*Sapevo* che ti saresti aggiudicata uno di questi bei ragazzotti, cara. Dimmi un po': è lungo e slanciato nei punti giusti?»

Il mio viso divenne paonazzo. *Il pavimento non potrebbe inghiottirmi ora?*

L'altra donna assunse una tonalità rosso barbabietola e, rivolta alle scale, disse: «Giovanotto, questo è un linguaggio inappropriato di fronte a persone più anziane di te, e tu...»

Prevedendo l'arrivo di una lezioncina e percependo la rabbia di Heathcliff che sfrigolava in sottofondo, intervenni. «Signora, chiedo scusa per il mio amico e per la mia maglietta. Sarò ben felice di aiutare due fanciulle così carine a trovare i libri che fanno per loro.»

La signora Ellis ridacchiò. La sua compagna invece non sembrava minimamente divertita, anche se si diede da fare a togliersi un invisibile pelucco dalla spalla.

«Oh, santo cielo, dove sono le mie buone maniere. Mina, ti presento la mia cara amica Gladys Scarlett. Facciamo parte del Comitato per la raccolta fondi della Comunità di Argleton.» La signora Ellis era raggiante quando prese per mano Gladys. «Non badare a lei. In realtà approva gli abiti provocanti e gli uomini affascinanti che amano i libri, vero Gladys? È solo che oggi è un po' sottotono.»

«Io *presiedo* il comitato, prego,» la corresse Gladys Scarlett.

«Sì, certo. Gladys è davvero molto impegnata nella comunità: fa parte di molti comitati, anche se ora non ricordo quali.»

«Piacere di conoscerla, Gladys.» Le porsi la mano e l'anziana donna la strinse. Aveva una presa salda. «Mi chiamo Wilhelmina Wilde. Ero una delle studentesse della signora Ellis...»

«Wilde?» Gli occhi della signora Scarlett si illuminarono. «Sei parente del nostro Oscar?»

«Ehm, non credo proprio.» Il mio cuore ebbe un sussulto. Mia madre era scappata di casa a sedici anni per mettersi con mio padre, che l'aveva abbandonata poco dopo, incinta di me. Ancora oggi non aveva riallacciato i rapporti con nessuno della sua famiglia e io non avevo mai conosciuto nessun parente. «Non conosco nessuno con questo nome...»

«No, no, no, *Oscar Wilde*, il grande scrittore e provocatore vittoriano. Il mese scorso abbiamo studiato *Il ritratto di Dorian Gray* nel club del libro, vero Mabel?»

«Certamente. Anche se devo ammettere che era meno volgare di quanto mi aspettassi.»

«La scelta di questo mese dovrebbe essere più adatta ai tuoi gusti,» dichiarò la signora Scarlett. «È uno dei libri più banditi in America sin dalla sua uscita, nel 1962, a causa della sua volgarità e del suo linguaggio. È questo che lo rende così *stimolante*.»

«Siete entrambe in un club del libro?» chiesi, interessata.

«Ma certo! Mi sorprende che Heathcliff non te ne abbia parlato.» La signora Ellis era intenta a scrutare i libri sugli scaffali di Narrativa, probabilmente alla ricerca di altri libri strappamutande che lei adorava. «Gladys gestisce da un anno il Club dei Libri Banditi di Argleton.»

«Club dei Libri Banditi? Quindi leggete solo libri vietati?» L'idea mi incuriosiva. Heathcliff mi pestò il piede nel tentativo di farmi accelerare la conversazione, ma io lo ignorai.

«Sì, è stata una mia idea. Riteniamo che sia importante garantire che la censura continui a essere sfidata,» spiegò la signora Scarlett. «Ogni mese scegliamo un libro diverso che è stato in qualche modo bandito, lo leggiamo e ne discutiamo i meriti e i personaggi, davanti a un tè in grande stile.»

«Ogni mese veniamo a prendere i libri per i nostri membri,»

spiegò la signora Ellis mentre salutava Heathcliff con un gesto. «Il signor Heathcliff è così gentile da metterci da parte i libri che gli chiediamo. È per questo che siamo qui, per le nostre sei copie di *Uomini e Topi*.»

«Non parlate di topi!» gridò Morrie dal piano di sopra.

«È un po' sensibile in questo momento,» sussurrai a voce abbastanza alta da farmi sentire da lui. «Un topolino gli è entrato nei pantaloni e da allora non è più lo stesso.»

«Non era un topolino. Era enorme, come tutte le cose nei miei pantaloni!»

«Capisco perché ti senti a casa in questo negozio, Mabel,» sbuffò la signora Scarlett, battendo la stampella a terra. «Signorina, dimmi che avete tutte e sei le copie. Non posso permettere che vada storto qualcos'altro.»

Heathcliff scaricò una pila di libri sulla scrivania. «Ecco. Sei copie in condizioni quasi perfette. Se trovate degli escrementi di topo, potrete averli a metà prezzo. Ora, possiamo procedere? Questa è una libreria, non un cazzo di club sociale.»

«Cos'altro è successo?» le chiesi mentre davo una gomitata a Heathcliff per farmi strada verso la cassa con i libri in mano.

«Di solito ci riunivamo nella sala comunitaria, ma alcuni operai che stavano lavorando al progetto King's Copse hanno perso il controllo della macchina per il movimento terra e l'hanno fatta sbattere contro il muro.» La signora Ellis si illuminò, divertita. «Quindi, ovviamente, il posto è in uno stato pietoso e l'Ufficio Sanitario non ci permetterà di tornare là a fare le nostre riunioni finché non sarà sistemato.»

«Abbiamo chiesto di utilizzare la sala del gruppo giovanile, ma alcuni membri del comitato della parrocchia si sono opposti,» aggiunse la signora Scarlett. «A quanto pare, il nostro club del libro ha un'influenza negativa sulla comunità. Personalmente, penso che sia un tentativo di estromettermi dal mio posto e sostituirmi con quella carogna di Dorothy Ingram.»

«Beh, stiamo effettivamente leggendo dei libri che la Chiesa considera discutibili,» confermò la signora Ellis. «Anche se non capisco come si possa essere contrari a Harry Potter. Il giovane Harry non fa mai sesso...»

«Sì, e non capisco nemmeno come possano essere contrari a opere di letteratura e sostenere invece quell'orrendo complesso!»

«Complesso?» chiesi. Mentre ero a New York ero rimasta fuori dal giro delle notizie su Argleton. Non avevo sentito parlare di nessun complesso.

«Grey Lachlan, un famoso urbanista, ha acquistato il vecchio boschetto King's Copse. Stanno costruendo un enorme complesso residenziale dietro Argleton.» La signora Ellis fece una smorfia. «Stanno già costruendo diverse case nella striscia tra il bosco e il villaggio. È stato proprio a causa di questi lavori che il municipio è finito sfondato.»

«Scommetto che l'hanno fatto apposta. Quel complesso lì è un affare terribile. Vogliono costruire proprio dentro il vecchio bosco!» La signora Scarlett schioccò la lingua. Poi si avvicinò e bisbigliò, con fare cospiratorio. Colsi un lieve sentore di aglio nel suo alito. «Ma presto metteremo fine a tutto questo.»

«E come?» Cercai di immaginare la signora Scarlett e un'orda di formidabili vecchiette che si incatenavano agli alberi.

«Sarà anche vero che Grey Lachlan è il proprietario del terreno, ma se vogliono costruirci qualcosa, devono passare attraverso il piano regolatore, come tutti gli altri,» dichiarò la signora Scarlett, gonfiando il petto. «In qualità di capo della commissione urbanistica, non intendo permettere che le loro moderne mostruosità sporchino la nostra pittoresca tipicità locale. Argleton è una destinazione popolare sia per i turisti che per gli abitanti del circondario grazie al suo fascino antico, e questo progetto è una minaccia. Mi sorprende che voi non ne siate preoccupati,» concluse, lanciando un'occhiata a Heathcliff. «Vi faranno scappare i clienti!»

«Ottimo,» mormorò Heathcliff. «Spero che inizino a costruire domani.»

«Gladys ha avviato una raccolta firme per bloccare i piani fino a quando non verrà presentato un progetto più consono al nostro patrimonio. È davvero molto intelligente,» aggiunse la signora Ellis. «Non vedo l'ora di partecipare alla riunione della prossima settimana in cui verrà presentato il progetto. Ci sarà anche Grey Lachlan. È un uomo piuttosto affascinante.»

«È un *mascalzone*,» sibilò la signora Scarlett. «Se sua moglie non facesse parte del nostro club del libro, lo farei cacciare da questo villaggio. Comunque, ciò non risolverebbe il problema di dove fare le riunioni del club. Per caso qualcuno di voi conosce qualche spazio da affittare in paese? Se non troviamo nulla, dovremo incontrarci a casa Lachlan, e l'idea non mi piace.»

«Perché non le fate qui le riunioni?» chiesi.

Lo stivale di Heathcliff atterrò sul mio piede. Io mascherai il dolore con un sorriso affabile.

«Oh, sarebbe meraviglioso!» La signora Ellis batté le mani. «Sarebbe davvero bello tenere il club del libro in una vera libreria!»

La signora Scarlett tirò su con il naso mentre studiava le file di scaffali pieni di libri, la poltrona di pelle strappata accanto alla finestra e l'armadillo impagliato al centro del tavolo. «È piuttosto buio qui dentro. Se vogliamo discutere di *Uomini e Topi*, dobbiamo essere in grado di leggere.»

Ero d'accordo. Avevo lentamente aggiunto delle lampade alle stanze del piano di sopra per illuminare l'ambiente in modo da poterci vedere, ma non l'avevo ancora detto a Heathcliff.

Invece chiesi: «Quante persone ci sono nel vostro club? Forse può bastare la sala di Storia del Mondo.» La Libreria Nevermore era divisa in diverse piccole stanze e corridoi angusti. La sala di

Storia del Mondo era lo spazio più grande al piano terra, dominato dal bovindo che faceva parte di una torretta pentagonale nell'angolo occidentale dell'edificio. Le finestre a tutta altezza e la carta da parati giallo pastello conferivano alla stanza un aspetto allegro. «Lì dentro è bello e luminoso.»

«Vediamo...» la signora Scarlett contò con le dita, «ci siamo noi due, e Sylvia Blume, la medium locale. È un po' tocca, ma porta sempre dei deliziosi tè artigianali. La signora Lachlan, ovviamente, moglie dell'odiato costruttore. Vivono nella grande casa sulla collina, fingendo di essere ricchi di famiglia, mentre in realtà sono solo dei poco di buono dell'East End. Poi ci sono la giovane Ginny Button e la mia cara amica Brenda Winstone. È cugina di Mabel, vero Mabel?»

«Sì, certo. È una signora adorabile, anche se ha sposato un marcantonio, il famoso storico Harold Winstone. Senza dubbio sentirai parlare di lui. La povera Brenda è persa per Harold, ma lui è un inguaribile donnaiolo e anche un pessimo scrittore. Sono felice che lui non sia nel club.» La signora Ellis aggrottò le sopracciglia. «Ci piacerebbe riunirci qui con il Club dei Libri Banditi e spero che tu e il bel signor Heathcliff vi uniate a noi.»

«Non succederà,» ringhiò Heathcliff, rovesciando sul bancone una pila di libri impolverati.

«A me piacerebbe molto,» risposi io raggiante.

«Oh, che meraviglia.» La signora Ellis batté le mani. «Chiediamo sempre a Greta della pasticceria di occuparsi del catering delle nostre riunioni. Fa delle ciambelle alla crema fantastiche. Io e Gladys ne mangiamo una ogni mattina dopo la passeggiata, vero? Dopo che avremo pagato i libri passeremo da lei e verificheremo che ne prepari abbastanza per tutti.»

«Dovrai leggere il libro entro mercoledìììììììììì...» La signora Scarlett si portò le mani al petto. Le guance le si gonfiarono e diventarono ancora più rosse. «Un topo!»

Mi voltai appena in tempo per vedere una striscia bianca attraversare il pavimento e scomparire dietro la scrivania di Heathcliff. Lui balzò in piedi, imprecando. Quoth scese in picchiata dal lampadario e si tuffò all'inseguimento del roditore. Il topo scomparve tra le pile di libri, ma Quoth non era abbastanza piccolo da infilarsi nel vuoto e non riuscì a fermarsi in tempo. Andò a schiantarsi contro lo scaffale e rotolò a terra in un turbinio di piume.

«Quoth!» Lo presi in braccio e lo cullai, tastandogli il corpo alla ricerca di ossa fratturate.

Lui sbatté le palpebre e si mise in posa mentre gli accarezzavo la testa.

L'ho fatto di proposito, sentii la sua voce nel cranio. Dovevo ancora abituarmi alle occasionali comunicazioni telepatiche di Quoth quando era nella forma di corvo.

Gli sorrisi. «Beh, stai benissimo.»

«Aiuto! Gladys!» gridò la signora Ellis.

Io mi voltai di scatto. La signora Scarlett aveva fatto cadere la stampella e si era inginocchiata; con una mano si teneva aggrappata al bordo della scrivania di Heathcliff e con l'altra si stringeva lo stomaco. Aveva la testa reclinata su una spalla e faceva profondi respiri agliosi.

«Sto bene,» ansimò. «Dammi solo un momento.»

«Gladys non sta bene,» sussurrò la signora Ellis accarezzando la spalla dell'amica. «I medici pensano che sia il cuore. Le vengono degli attacchi di vertigini e...»

«Fate largo, sta arrivando il dottore,» esclamò Morrie precipitandosi giù per le scale. Si inginocchiò accanto all'anziana signora, le studiò gli occhi, annusò l'alito che sapeva di aglio, le pizzicò i lobi delle orecchie e le schiaffeggiò le guance.

«Sto bene, non fate tante storie.» La signora Scarlett afferrò la spalla di Morrie e si tirò in piedi. «Ho solo avuto uno spavento.»

«Quel maledetto topo,» imprecò Morrie. «L'avete visto, vero? Non era un topo, ma una *bestia* feroce...»

«Sì, bene.» La signora Scarlett si appoggiò alla stampella e si tamponò le guance con il fazzoletto. «Credo che ora andremo. Fai il bravo e assicurati che quel topo venga sistemato prima della nostra riunione.»

«Hai sentito?» Heathcliff ringhiò a Quoth, appollaiato in cima al registratore di cassa.

«Cra!»

CONTINUA

Hai bisogno di scoprire altri segreti della libreria Nevermore? Prendete il libro 2, Of Mice and Murder.

http://books2read.com/ofmiceandmurderitalian

LIBRERIA NEVERMORE 2

Leggi il libro 2, *Uomini e Crimini*.
http://books2read.com/ofmiceandmurderitalian

Segui un antieroe tormentato, un maestro del crimine, un corvo impertinente e un'eroina con un cuore grande (e una collezione di libri ancora più grande) in questa nuova e piccante serie mystery paranormale reverse harem.

Quando il locale Club dei Libri Banditi perde la sua sala riunioni, Mina si offre per ospitare il gruppo alla Libreria Nevermore (nonostante le proteste di Heathcliff, ovviamente). Non sa che questo club del libro per vecchiette sta per trasformarsi nella scena di un omicidio.

Prima la signora Scarlett viene avvelenata, poi le signore del club del libro iniziano a cadere come mosche. Chi mai può essere disposto, nella tranquilla cittadina di Argleton, a diventare un assassino solo per impedire alla gente di leggere qualche vecchio libro polveroso? Mina deve trovare una soluzione in fretta, altrimenti la sua amata insegnante, la signora Ellis, sarà la prossima vittima.

Per fortuna, Moriarty, Heathcliff e Quoth possono aiutarla.

Sempre che lei riesca a capire cosa prova per i suoi tre uomini di fantasia prima che la magica libreria venga distrutta dalla tensione erotica.

Loro la vogliono. Lei non riesce a scegliere.

Ma forse... non è necessario che scelga.

I Misteri della Libreria Nevermore sono ciò che succede quando gli amori dei libri prendono vita. Una novità dell'autrice di bestseller USA Today Steffanie Holmes. Se anche tu pensi che un solo eroe sexy non possa bastare, continua a leggere!

Leggi il libro 2, *Uomini e Crimini*.
http://books2read.com/ofmiceandmurderitalian